abc LA COLLECTION

Réussite

Le BAC efficace
et un bon dossier pour Parcoursup

Enseignement scientifique Term

Christian Camara
Claudine Gaston
Karine Marteau-Bazouni

Nathan

NATHAN LIVE

Nathan live!

1 Télécharge l'appli gratuitement

Disponible sur Google Play

Disponible sur App Store

2 Lance l'appli et scanne les pages de ton ouvrage pour faire apparaître les ressources* (audio, vidéo, liens...)

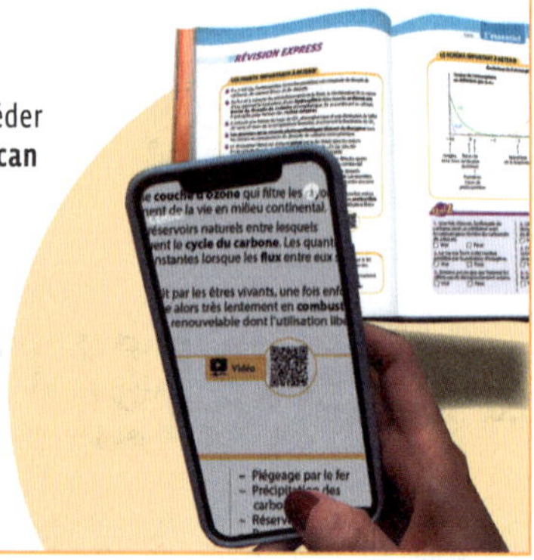

L'appli Nathan live, c'est un environnement **sécurisé** pour accéder gratuitement **sans inscription**, sans publicité et d'un **simple scan** aux **centaines de contenus numériques** de ton ouvrage.

L'appli garde en mémoire les ressources déjà scannées, te permettant ainsi de les consulter n'importe où et n'importe quand, même sans ton ouvrage.

+ D'INFOS ET TUTOS sur **nathan.fr/nathan-live** ou en scannant cette page avec Nathan live

OU

QR CODE

Scanne le QR Code associé à la ressource*.

Vidéo

* Les éditions Nathan ne sont pas garantes de la pérennité des liens.

Direction éditoriale : Raphaëlle Mourey
Coordination éditoriale : Marion Gautier, Julie Langlais
Édition : Maria Tasso
Conception graphique intérieur : Clémentine Largant
Couverture : Élise Launay
Cartographie/Schémas : Pascal Marseaud, Coredoc
Compositeur : PCA
Fabrication : Kévin Magar

ISBN : 978-2-09-157127-0

Mode d'emploi

Un ouvrage synthétique pour réviser et progresser avec méthode !

Cours

L'essentiel | Méthode | Exercices | Corrigés

- Le cours est structuré en doubles-pages, pour faciliter les révisions. La page de gauche présente un **cours précis et concis.**
- La page de droite présente les **documents** associés au cours et le **vocabulaire.**

L'essentiel

Cours | Méthode | Exercices | Corrigés

- Une **double page Révision Express** résume les points importants à retenir, les mots importants et présente un schéma récapitulatif des notions du chapitre ; un **Quiz** permet de se tester rapidement.

Méthode

Cours | L'essentiel | Exercices | Corrigés

- Cette rubrique présente de manière simple les **savoir-faire** de calcul, de lecture et d'interprétation requis dans le programme d'Enseignement scientifique et pour le contrôle continu. Ces **fiches méthode** s'appuient sur des cas **concrets** et présentent la démarche à suivre de manière très détaillée, grâce à un exercice **corrigé.**

Exercices

Cours | L'essentiel | Méthode | Corrigés

- Des exercices de **vérification des connaissances** sont présentés sous forme de QCM.
- Des exercices d'**entraînement** permettent de découvrir des exercices-types.

Corrigés

Cours | L'essentiel | Méthode | Exercices

- Les corrigés sont accompagnés de petites « bulles » présentant des **conseils**, des **remarques**, des **astuces pour gagner des points**…

CAHIER SPÉCIAL CONTRÔLE CONTINU

- La description du contrôle continu d'enseignement scientifique.
- Deux sujets corrigés permettent de s'entraîner sérieusement au contrôle continu.

ANNEXE

- Un **index** offre un accès rapide aux différentes notions.

Sommaire

Mode d'emploi 3
Le nouveau Bac 7

THÈME I • Science, climat et société

CHAPITRE 1 L'atmosphère terrestre et la vie

1. Formation et évolution de l'atmosphère terrestre 12
2. Apparition de la vie et enrichissement de l'atmosphère en dioxygène 14
3. Un équilibre favorable au maintien de la vie 16
4. Cycle du carbone 18
5. Combustibles fossiles 20
Révision Express 22
Méthode 24
Exercices & Corrigés 26

CHAPITRE 2 La complexité du système climatique

1. Climatologie et météorologie 32
2. Variations climatiques du passé 34
3. Forçage radiatif 36
4. Phénomènes de rétroaction 38
5. Climat et interactions entre enveloppes terrestres 40
Révision Express 42
Méthode 44
Exercices & Corrigés 46

CHAPITRE 3 Le climat du futur

1. Modèles climatiques 52
2. Informations fournies par les modèles 54
Révision Express 56
Méthode 58
Exercices & Corrigés 60

CHAPITRE 4 Énergies, choix de développement et futur climatique

1. Énergies mondiales 66
2. Combustion d'hydrocarbures et de biomasse 68
3. Empreinte carbone 70
4. Transition écologique : les scénarios possibles 72
Révision Express 74
Méthode 76
Exercices & Corrigés 78

THÈME II • Le futur des énergies

CHAPITRE 5 Deux siècles d'énergie électrique

1. Alternateur : de l'énergie mécanique à l'énergie électrique 84
2. Cellule photovoltaïque : de l'énergie radiative à l'énergie électrique 86
Révision Express 88
Méthode 90
Exercices & Corrigés 92

CHAPITRE 6 Les atouts de l'électricité

1. Production de l'énergie électrique 98
2. Impact sur l'environnement et la biodiversité 100
Révision Express 102
Méthode 104
Exercices & Corrigés 106

CHAPITRE 7 L'optimisation du transport de l'électricité

1. Réseau électrique et minimisation des pertes 112
2. Modèle du réseau de transport électrique 114
Révision Express 116
Méthode 118
Exercices & Corrigés 120

CHAPITRE 8 **Choix énergétiques et impacts sur les sociétés**

1. Transition énergétique et diversification des ressources 126
2. Des choix en discussion 128
Révision Express 130
Méthode 132
Exercices & Corrigés 134

THÈME III • Une histoire du vivant

CHAPITRE 9 **La biodiversité et son évolution**

1. Évaluer la biodiversité 140
2. Composition génétique des populations 142
3. Effet des forces évolutives 144
4. Influence des activités humaines 146
Révision Express 148
Méthode 150
Exercices & Corrigés 152

CHAPITRE 10 **L'évolution comme grille de lecture du monde**

1. Histoire évolutive des caractères anatomiques : exemple de l'œil 158
2. Évolution et pratiques médicales 160
3. Évolution et pratiques agricoles 162
Révision Express 164
Méthode 166
Exercices & Corrigés 168

CHAPITRE 11 **L'évolution humaine**

1. Hommes et Singes, des relations de parenté 174
2. Émergence de la lignée humaine 176
3. Évolution récente du genre *Homo* 178
4. Une évolution culturelle 180
Révision Express 182
Méthode 184
Exercices & Corrigés 186

CHAPITRE 12 Les modèles démographiques

1. Modèle linéaire 192
2. Modèle exponentiel 194
Révision Express 196
Méthode 198
Exercices & Corrigés 200

CHAPITRE 13 L'intelligence artificielle

1. Ordinateurs et traitement de l'information 206
2. Langages de programmation et code 208
3. Apprentissage machine 210
4. Inférence bayésienne 212
Révision Express 214
Méthode 216
Exercices & Corrigés 218

CAHIER SPÉCIAL CÔNTROLE CONTINU

Le côntrole continu 226
Sujet 1 227
Sujet 2 237

ANNEXES

Classification périodique des éléments 248
Constantes et valeurs numériques utiles 249
Analyse dimensionnelle 249
Grandeurs fondamentales et dérivées 250
Principaux représentants de la lignée humaine 251
Effet de serre 251
Index 252

Le nouveau Bac

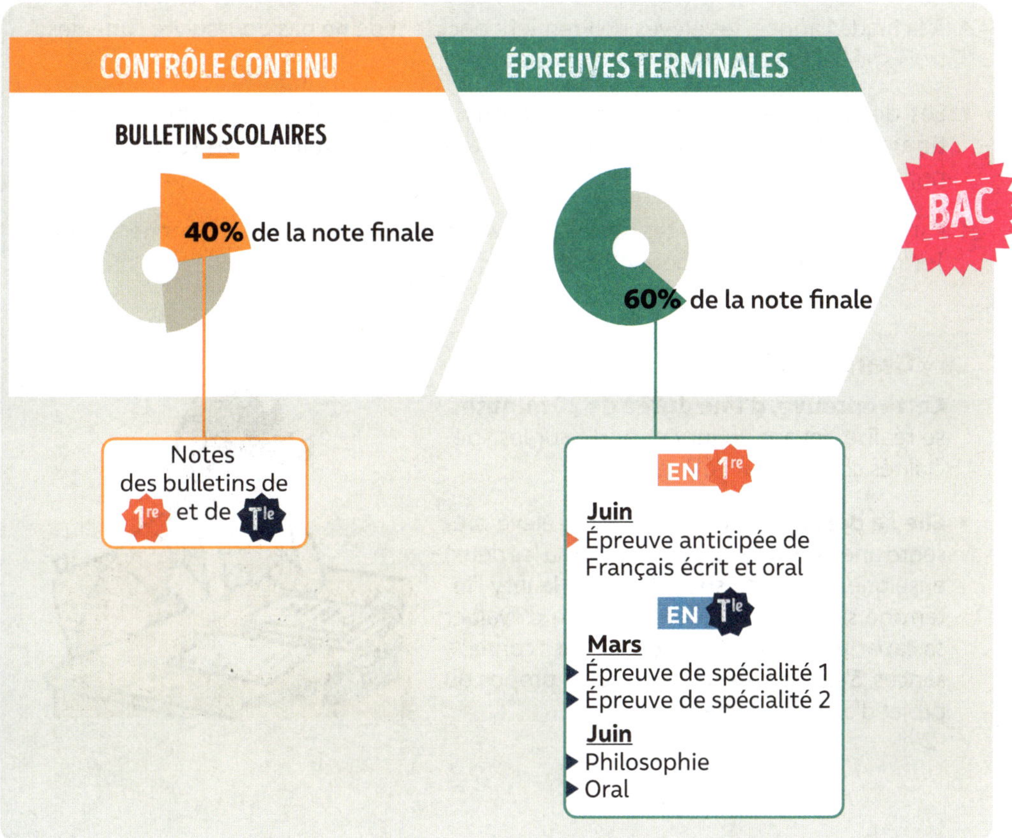

* Toutes ces informations correspondent aux instructions officielles d'avril 2022 et sont susceptibles d'évoluer.

3 spécialités en 1re, 2 spécialités en Terminale

- À la fin de l'année, les élèves de Première décident de ne pas poursuivre l'une des trois spécialités choisies en début d'année.
- Les deux spécialités conservées en Terminale sont évaluées par une **épreuve finale** en fin de Terminale (60 % de la note finale). Cette épreuve se déroule au printemps.
- Par ailleurs, toutes les notes des **bulletins scolaires** des années de Première et de Terminale compteront pour 40 % de la note finale.

Le « Grand Oral »

- **Cette épreuve, d'une durée de 20 minutes**, se réalise devant un jury et porte sur les spécialités choisies par l'élève.
- **Elle se déroule en trois parties :** l'élève présente une question portant sur un (ou les deux) enseignement(s) de spécialité, puis le jury l'interroge sur ces enseignements, afin d'évaluer sa capacité à analyser et mobiliser des connaissances. S'ensuit enfin un échange à propos du projet d'orientation de l'élève.

Les grands moments de l'année de Terminale

CALENDRIER DU BAC		CALENDRIER PARCOURSUP
	Novembre	Recherche des informations sur Parcoursup
	Janvier	Inscription sur Parcoursup
	Février	Constitution de votre dossier complet, saisie et confirmation de vos vœux
Deux épreuves écrites de spécialité	**Fin mars**	
	Avril	
	3e trimestre dates au choix de votre lycée	
	Mai	Pensez à répondre aux propositions des établissements.
Épreuve écrite de Philosophie et « Grand Oral »	**Juin**	
	Juillet	Éventuellement, phase complémentaire
	Septembre	

* Informations mises à jour en mars 2022

CHAPITRE

1 L'atmosphère terrestre et la vie

1 Formation et évolution de l'atmosphère terrestre

De quoi s'agit-il ? **Après sa formation, l'atmosphère terrestre, de composition bien différente de celle d'aujourd'hui, a subi une succession de transformations.**

1 Atmosphère primitive de la Terre

- Il y a environ 4,6 milliards d'années (Ga), la Terre et les autres planètes telluriques se forment par accrétion de matériaux rocheux : la matière s'assemble par gravité.
- Une atmosphère primitive se crée, alimentée notamment par le dégazage du manteau de la Terre lors d'éruptions volcaniques. Elle est également enrichie pendant les 200 premiers millions d'années d'existence de la Terre, par les météorites qui s'écrasent en grand nombre.
- L'analyse de météorites de composition semblable à la Terre à ses origines (chondrites) ou encore de gaz volcaniques a permis de reconstituer la composition de cette atmosphère primitive : elle était dépourvue de dioxygène, mais riche en vapeur d'eau (80 à 90 %), en dioxyde de carbone (10 à 20 %), et pauvre en azote (1 à 3 %). Cette atmosphère primitive était donc très différente de l'atmosphère actuelle (N_2 : 78 % ; O_2 : 21 % ; CO_2 : 0,003 %).

2 Mise en place d'une hydrosphère et évolution de l'atmosphère

- Depuis ses débuts, la Terre se refroidit. Par conséquent, la vapeur d'eau se condense (**Doc. 1**) et forme les premiers océans ou hydrosphère. Le CO_2 atmosphérique peut alors se dissoudre dans l'hydrosphère, puis se combiner au calcium pour former du carbonate de calcium, qui précipite.
- Progressivement, la composition de l'atmosphère terrestre se modifie et entre – 4,2 et – 2,2 Ga, elle s'appauvrit en CO_2. Par ailleurs, cette diminution du taux de CO_2 dans l'atmosphère, en réduisant l'effet de serre, abaisse encore la température. La présence d'eau à l'état liquide est d'autant plus favorisée, ce qui à son tour facilite la dissolution du CO_2.
- Ainsi, l'atmosphère terrestre s'appauvrit de plus en plus en dioxyde de carbone, et par conséquent s'enrichit, de façon relative, en diazote (**Doc. 2**).

Doc. 1 Influence de la température (et de la pression) sur l'état de l'eau

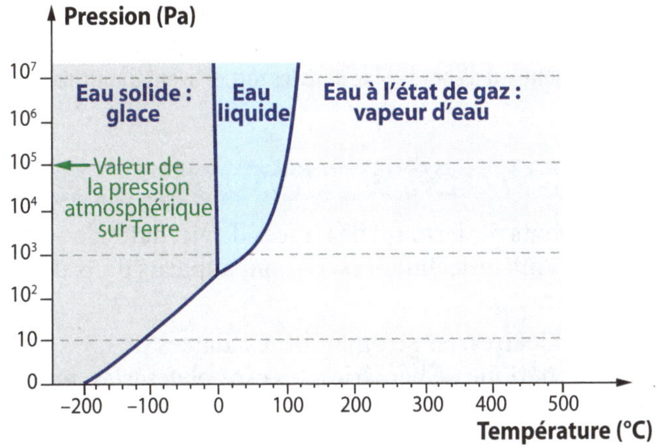

Doc. 2 Évolution des taux de CO_2 et H_2O au cours du temps

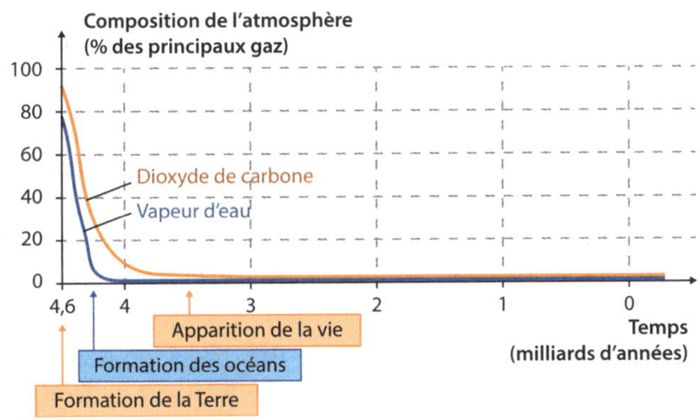

Vocabulaire

Accrétion : constitution et accroissement d'une planète par agglomération de matière.

Atmosphère : enveloppe gazeuse entourant une planète.

Dégazage : libération dans l'atmosphère d'éléments volatils du manteau terrestre.

Météorite : objet solide d'origine extraterrestre qui traverse l'atmosphère d'une planète et atteint sa surface.

Hydrosphère : ensemble des zones d'une planète où l'eau est présente.

Carbonate de calcium : molécule ($CaCO_3$) composée d'un ion carbonate (CO_3^{2-}) et d'un ion calcium (Ca^{2+}).

2 Apparition de la vie et enrichissement de l'atmosphère en dioxygène

De quoi s'agit-il ? Les premiers êtres vivants photosynthétiques libèrent du dioxygène dans leur milieu de vie. Le dioxygène est d'abord piégé dans les roches avant d'enrichir l'atmosphère.

1 Libération de dioxygène par les premiers êtres vivants

- Les plus vieux gisements renfermant des traces de vie, datés de – 4 Ga, indiquent la présence d'êtres vivants unicellulaires. Ils sont apparus dans une hydrosphère dépourvue de dioxygène.
- Des constructions calcaires, les stromatolithes, datées de – 3,5 Ga, témoignent de l'activité photosynthétique de bactéries, les cyanobactéries, procaryotes (sans véritable noyau) et unicellulaires (**Doc. 1**).
- Au cours de la photosynthèse, les cyanobactéries libèrent du dioxygène dans l'eau. En même temps, elles piègent du dioxyde de carbone, notamment sous forme de $CaCO_3$ à l'origine de ces stromatolithes.

2 Modification de la composition de l'atmosphère

- Des gisements sédimentaires d'uranium (uraninite), datés de – 3,4 Ga, sont connus en Afrique du Sud. Or l'uraninite, qui se forme dans l'eau, se dissout spontanément en présence d'oxygène. La présence d'uraninite atteste donc de l'absence de dioxygène dans l'eau à cette époque. Le même raisonnement peut être tenu avec des dépôts de pyrite, FeS_2, soluble également en présence de dioxygène (**Doc. 2**).
- Des gisements de fer oxydé (fer rubané), datés de – 3,8 à – 2 Ga, témoignent d'une libération localisée de dioxygène dans l'océan. En effet, à peine libéré par les êtres vivants, le dioxygène est capté par le fer réduit (Fe^{2+}), qui s'oxyde alors (Fe^{3+}).
- L'importance de ces gisements suppose aussi un apport considérable de fer. Toutefois, le transport du fer, sous forme soluble, ne peut s'effectuer qu'à l'état réduit dans des eaux dépourvues de dioxygène. On peut donc en déduire que jusqu'à – 2 Ga, hydrosphère et atmosphère sont dépourvues de dioxygène.
- À partir de – 2,4 Ga, de vastes gisements de fer oxydé se forment un peu partout à la surface du globe (pic du fer), et vers – 2 Ga, les premiers sols oxydés apparaissent (**Doc. 2**).
- Une fois tout le fer oxydé, le dioxygène peut diffuser d'abord dans l'océan, puis dans l'atmosphère. Hydrosphère et atmosphère s'enrichissent alors conjointement en dioxygène.

Doc. 1 Cyanobactérie fossilisée dans un silex de 3,5 Ga

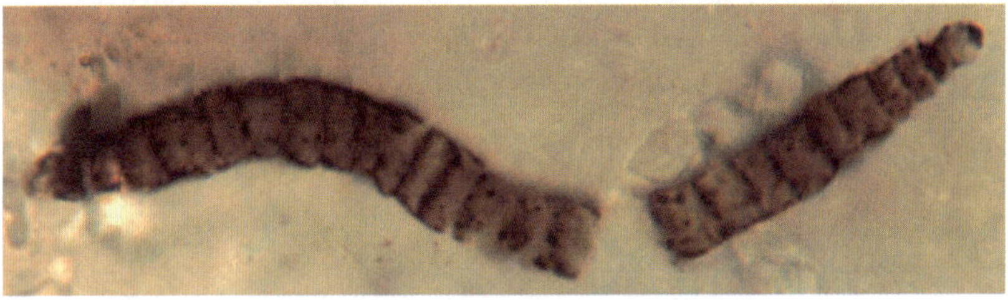

Doc. 2 Évolution de la teneur en dioxygène de l'atmosphère terrestre

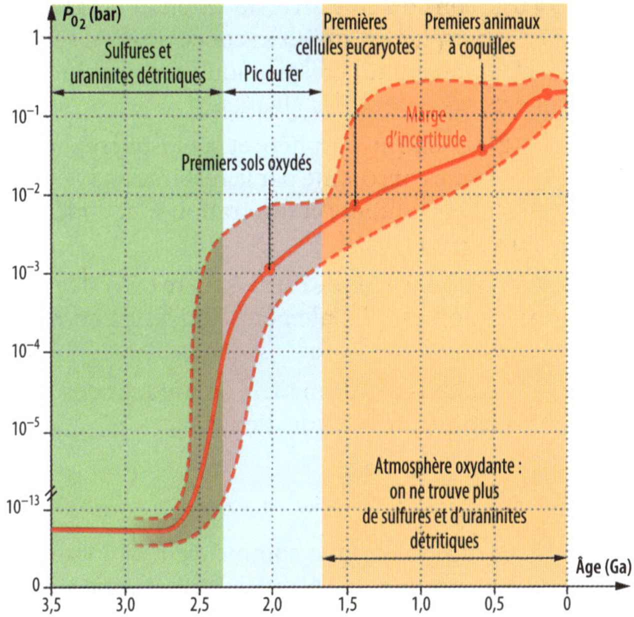

Vocabulaire

Stromatolithe : formation calcaire résultant de l'activité photosynthétique de cyanobactéries.

Cyanobactérie : procaryote photosynthétique.

Fer rubané : gisement de fer oxydé qui témoigne d'une libération localisée de dioxygène.

Sol oxydé : sol dont les éléments chimiques comme le fer ont réagi avec l'oxygène.

3 Un équilibre favorable au maintien de la vie

De quoi s'agit-il ? L'activité métabolique des premiers êtres vivants modifie l'atmosphère. Par la suite, les interactions entre biosphère et atmosphère ont permis le maintien d'un équilibre favorable à la vie.

1 Sources et puits de dioxygène

- C'est grâce à la photosynthèse des premiers êtres vivants que l'atmosphère s'enrichit en dioxygène et que la respiration devient possible.
- Les premières cellules eucaryotes apparaissent vers – 1,5 Ga, mais c'est vers – 500 Ma qu'on assiste à une considérable diversification de la vie dans les océans. À cette période (**Doc. 1**), l'atmosphère a atteint sa concentration actuelle en dioxygène O_2 (21 %), et le développement de la respiration s'accompagne d'une amélioration du rendement énergétique des êtres vivants.
- Ainsi, le dioxygène circule entre l'atmosphère et la biosphère : la photosynthèse produit du dioxygène, lui-même consommé par la respiration (y compris celle des végétaux chlorophylliens). Photosynthèse et respiration sont donc respectivement des sources et des puits de dioxygène.
- Depuis 500 Ma, la teneur en dioxygène de l'atmosphère est restée stable. Le prélèvement d'O_2 lié à la respiration est globalement équivalent au rejet d'O_2 par la photosynthèse.
- Comme la respiration, la combustion de matière organique consomme du dioxygène atmosphérique et constitue un puits de dioxygène.

2 Formation de l'ozone

- Vers – 400 MA, l'oxygène atmosphérique commence à se combiner sous l'effet du rayonnement solaire pour former de l'ozone (O_3). L'énergie solaire permet de dissocier une partie des molécules de dioxygène et de libérer les atomes qui peuvent alors se combiner avec une molécule de dioxygène préexistante : $O + O_2 \rightarrow O_3$.
- L'ozone forme dans la stratosphère une couche permanente à environ 30 km d'altitude. Très instable, il se dégrade en O_2 assez rapidement selon la réaction :

$$2\,O_3 \rightarrow 3\,O_2$$

- La couche d'ozone absorbe une partie du rayonnement ultraviolet solaire (**Doc. 2**), et protège les êtres vivants de ses effets mutagènes. Avec la formation de cette couche vers – 350 Ma, la vie en milieu continental devient alors possible pour les êtres vivants. Ils partent à la conquête du milieu aérien.

Doc. 1 Évolution de la pression partielle d'oxygène dans l'atmosphère au cours du temps

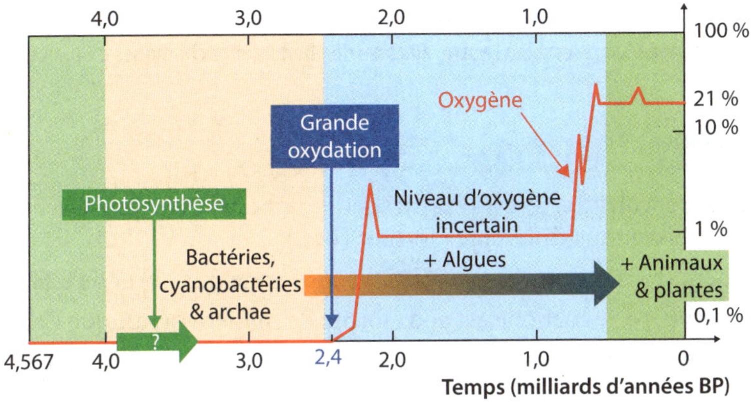

Doc. 2 Filtration des UV par la couche d'ozone

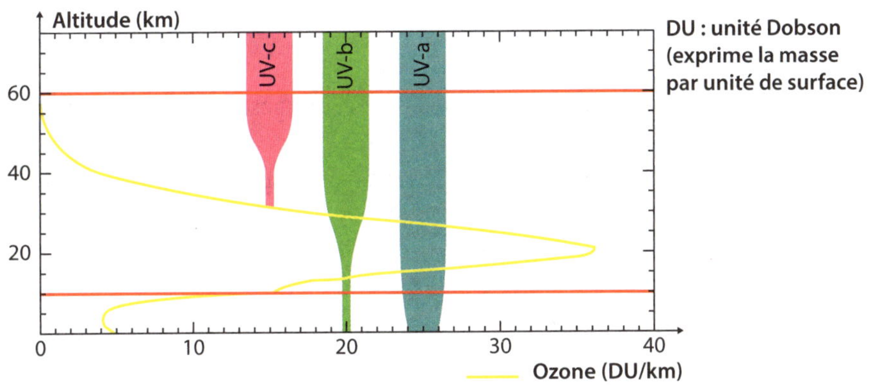

Vocabulaire

Eucaryote (cellule) : cellule présentant un noyau et des compartiments intra-cellulaires.

Source (d'O_2) : qui libère de l'O_2.

Puits (d'O_2) : qui consomme de l'O_2.

Combustion : réaction au cours de laquelle un combustible est oxydé par un comburant (le dioxygène notamment) avec libération d'énergie.

Ozone : gaz dont les molécules se composent de 3 atomes d'oxygène (O_3).

Stratosphère : seconde couche de l'atmosphère (entre 10 et 50 km environ) située entre la troposphère et la mésosphère.

4 Cycle du carbone

De quoi s'agit-il ? Le carbone terrestre est contenu sous différentes formes dans des réservoirs naturels. Il est échangé d'un réservoir à l'autre, au cours de phénomènes chimiques ou biologiques.

1 Réservoirs naturels de carbone

- Plusieurs réservoirs terrestres naturels de carbone, d'importance inégale, stockent le carbone sous différentes formes (**Doc.**).
- L'atmosphère stocke du carbone (750 Gt) sous forme de CO_2 et de CH_4.
- Dans la biosphère, le carbone est sous forme de matière organique (2 000 Gt).
- Le carbone est stocké dans l'océan (39 000 Gt) à l'état dissous (CO_2) ou sous forme d'ions hydrogénocarbonate (HCO_3^-) ou encore d'ions carbonate peu solubles (CO_3^{2-}).
- Enfin, la lithosphère constitue une réserve de carbone avec des roches carbonatées (100 millions de Gt), ainsi que des roches carbonées (5 000 à 10 000 Gt).

2 Échanges entre réservoirs

- Entre ces différents réservoirs s'effectuent des échanges qui peuvent être quantifiés (en Gt/an) (**Doc.**).
- Ainsi, le carbone circule entre l'atmosphère et la biosphère : la respiration et la fermentation (sources de CO_2) libèrent du dioxyde de carbone dans l'atmosphère, tandis que la photosynthèse (puits de CO_2) en capture.

$$6\,CO_2 + 6\,H_2O \longleftrightarrow C_6H_{12}O_6 + 6O_2$$

En théorie, ces échanges sont équilibrés. Néanmoins, une partie de la matière organique enfouie échappe à la respiration (il n'y a donc pas de rejet de dioxyde de carbone dans ce cas).

- Dans l'océan, le CO_2 dissous est en équilibre avec le HCO_3^- selon la réaction :

$$CO_2 + 2\,H_2O \longleftrightarrow H_3O^+ + HCO_3^-$$

Une diminution de la température favorise la dissolution du CO_2. Ainsi, les eaux polaires captent le CO_2 atmosphérique, tandis que les eaux équatoriales en rejettent.

- Lors de la formation des roches carbonatées, le carbone passe de l'océan à la lithosphère selon la réaction :

$$2\,(HCO_3^-) + Ca^{2+} \longrightarrow CO_2 + CaCO_3 + H_2O$$

• Enfin, du carbone est échangé entre la lithosphère et l'atmosphère : du CO_2 est piégé par la subduction et la collision des plaques dans le manteau. Il est rejeté dans l'atmosphère par les volcans. Ces phénomènes se produisent sur des millions d'années, ce qui explique la faible valeur du flux (< 0,1 Gt/an), bien que la quantité de carbone dans la lithosphère soit immense.

Doc. **Échanges de carbone entre les principaux réservoirs (en Gt)**

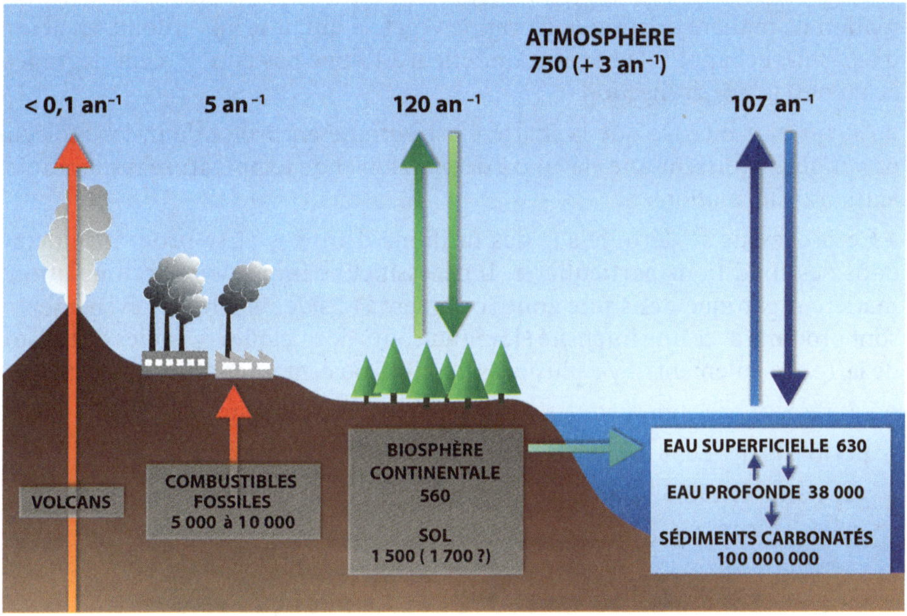

Vocabulaire

Réservoir naturel : compartiment virtuel de l'environnement stockant le carbone.

Matière organique : matière fabriquée par les êtres vivants.

Lithosphère : couche rocheuse à la surface du globe constituée de la croûte terrestre et d'une partie du manteau.

Roche carbonée : roche constituée d'hydrocarbure (pétrole, charbon, gaz).

Subduction : plongement d'une portion de lithosphère sous une autre.

5 Combustibles fossiles

De quoi s'agit-il ? Le carbone de la matière organique est susceptible d'être enfoui et, sous certaines conditions, transformé en combustible fossile, comme le pétrole ou le charbon.

1 Formation des combustibles fossiles

- Les combustibles fossiles (pétrole, gaz et charbon) proviennent de la transformation de matière organique d'origine végétale qui, une fois enfouie en absence d'oxygène, échappe à la respiration. Elle n'est donc pas entièrement dégradée et échappe à la minéralisation.
- Au fur et à mesure que la matière est enfouie en profondeur, les molécules organiques subissent une élévation de pression et de température responsable de leurs transformations.
- Ce processus se déroule sur des millions d'années et se produit seulement dans des conditions particulières. Il nécessite une importante accumulation de matière organique dans une zone fortement subsidente. De tels évènements se sont produits avec une intensité élevée au cours de quelques épisodes de l'histoire de la Terre seulement, il y a plusieurs dizaines ou centaines de millions d'années.
- Les réserves de combustibles fossiles se répartissent de façon inégale :

- pétrole brut : 1 638 milliards de barils (23 %) ;
- gaz naturel : 192,3 billions de mètres cubes (18 %) ;
- charbon : 858,3 milliards de tonnes (56 %).

2 Utilisation des combustibles fossiles et conséquences

- Les réserves de combustibles fossiles sont utilisées beaucoup plus rapidement que le temps nécessaire à leur formation. Elles sont, pour cette raison, considérées comme des sources d'énergie non renouvelable. On estime que les réserves de combustibles fossiles sont consommées environ un million de fois plus vite que le temps nécessaire au processus géologique pour les produire.
- Ainsi, on considère qu'il faudrait environ 50 ans pour épuiser les réserves de pétrole accumulées pendant plusieurs centaines de millions d'années (**Doc. 1**).
- Par ailleurs, la combustion de ces hydrocarbures libère du dioxyde de carbone dans l'atmosphère et modifie le cycle naturel du carbone.
- En effet, bien que l'océan absorbe une partie du carbone provenant de leur combustion (stocké sous forme de roches carbonatées), on assiste néanmoins à

une élévation de la concentration atmosphérique de dioxyde de carbone (**Doc. 2**). Celle-ci s'accroît avec l'utilisation des combustibles fossiles ; elle peut être considérée comme d'origine anthropique.

Doc. 1 Consommation mondiale de pétrole (en milliards de barils/an) et réserves prouvées (en nombre d'années de production)

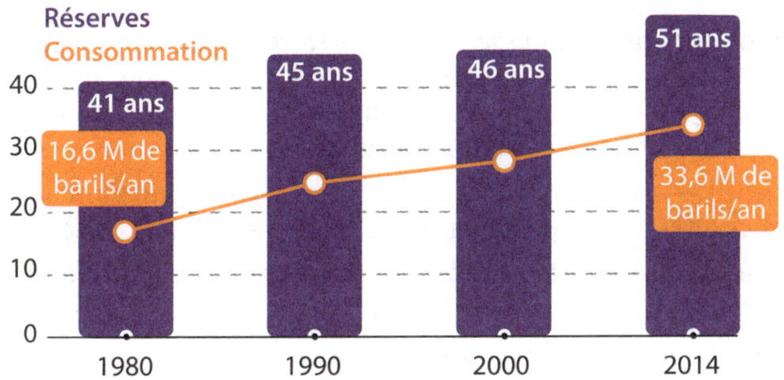

Source : BP.

L'augmentation des réserves au cours du temps s'explique par l'évolution des technologies permettant la découverte et l'exploitation de nouveaux gisements.

Doc. 2 Évolution du taux de CO_2 atmosphérique depuis la période industrielle

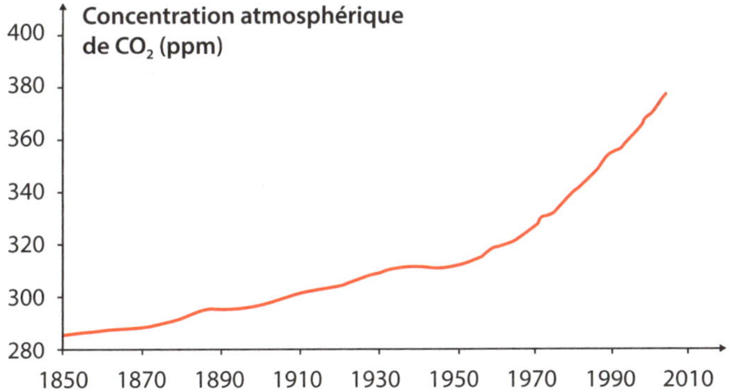

Vocabulaire

Minéralisation : transformation en matière minérale (CO_2, H_2O...).

Subsidente : dont le fond s'enfonce progressivement au cours du temps.

Énergie non renouvelable : énergie dont la vitesse de consommation est plus importante que la vitesse de production.

Anthropique (origine) : lié aux activités humaines.

RÉVISION EXPRESS

LES POINTS IMPORTANTS À RETENIR

- Il y a 4,6 Ga, l'atmosphère terrestre primitive est composée de dioxyde de carbone, de vapeur d'eau et de diazote.
- Au fur et à mesure du refroidissement de la Terre, la condensation de la vapeur d'eau permet la formation d'une **hydrosphère** dans laquelle **se dissout une partie du dioxyde de carbone** atmosphérique. En se combinant au calcium, il précipite pour former des **roches calcaires**.
- Il s'ensuit une baisse du taux de CO_2 atmosphérique et une diminution de l'effet de serre et donc de la température terrestre, entretenant la dissolution du CO_2.
- **Les premiers êtres vivants photosynthétiques libèrent du dioxygène** dans les océans et consomment du dioxyde de carbone atmosphérique.
- Le dioxygène libéré est d'abord **piégé** par le fer réduit dans les océans. Il s'accumule ensuite dans l'atmosphère à partir de –2,4 Ga. Une fois l'atmosphère enrichie en O_2, la **respiration** devient possible.
- À partir du dioxygène, il se forme une **couche d'ozone** qui filtre les rayons ultraviolets et permet le développement de la vie en milieu continental.
- Le carbone est stocké dans plusieurs réservoirs naturels entre lesquels s'effectuent des échanges qui constituent le **cycle du carbone**. Les quantités de carbone dans ces réservoirs sont constantes lorsque les **flux** entre eux sont **équilibrés**.
- Une partie du carbone organique produit par les êtres vivants, une fois enfoui, échappe à la dégradation. Il se transforme alors très lentement en **combustible fossile**. C'est une ressource d'énergie non renouvelable dont l'utilisation libère du CO_2 dans l'atmosphère.

Vidéo

LES MOTS IMPORTANTS

- Atmosphère
- Carbonate de calcium
- Combustible fossile
- Condensation
- Couche d'ozone
- Cycle du carbone
- Énergie non renouvelable
- Fer rubané
- Flux équilibré
- Hydrosphère
- Photosynthèse
- Piégeage par le fer
- Précipitation des carbonates
- Réservoir de carbone
- Respiration
- Stromatolithe

LE SCHÉMA IMPORTANT À RETENIR

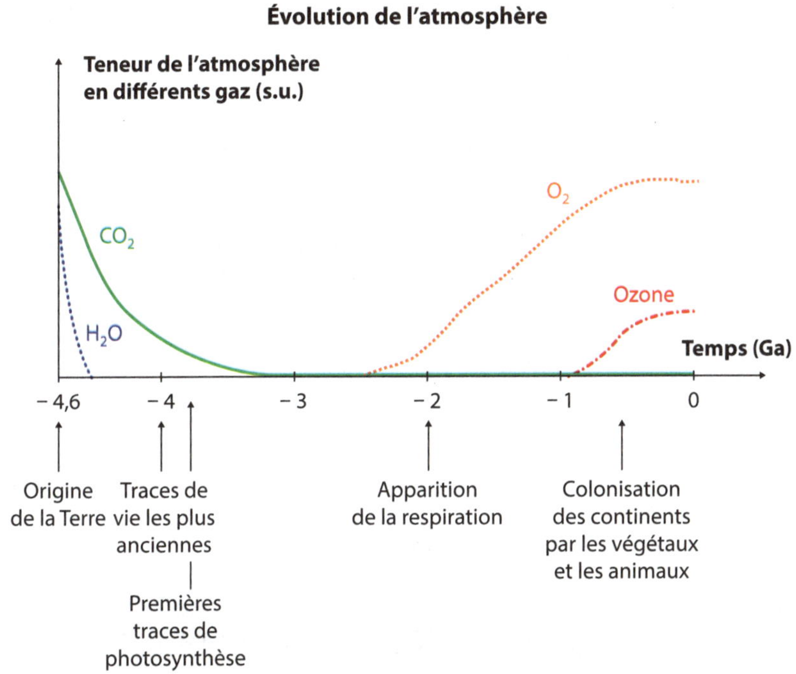

Quiz

1. Une fois dissous, le dioxyde de carbone peut se combiner avec le calcium pour former du carbonate de calcium.
☐ Vrai ☐ Faux

2. La vie sur Terre a été rendue possible par la présence d'oxygène.
☐ Vrai ☐ Faux

3. L'ozone est un gaz qui favorise les effets nocifs du rayonnement solaire.
☐ Vrai ☐ Faux

4. L'atmosphère, au début de l'histoire de la Terre, était riche en oxygène et en dioxyde de carbone.
☐ Vrai ☐ Faux

5. L'évolution de l'atmosphère a été rendue possible par l'action des êtres vivants.
☐ Vrai ☐ Faux

6. La photosynthèse est un puits pour le dioxygène atmosphérique.
☐ Vrai ☐ Faux

→ Réponses p. 29

Identifier et analyser l'importance des échanges dans le cycle du carbone

ÉNONCÉ

Le carbone est stocké dans plusieurs réservoirs superficiels entre lesquels s'effectuent des échanges. Ces derniers sont quantifiés par des flux (en Gt/an) d'importance variable, représentés sur le document ci-dessous. Parmi ces flux, certains sont liés aux activités humaines.

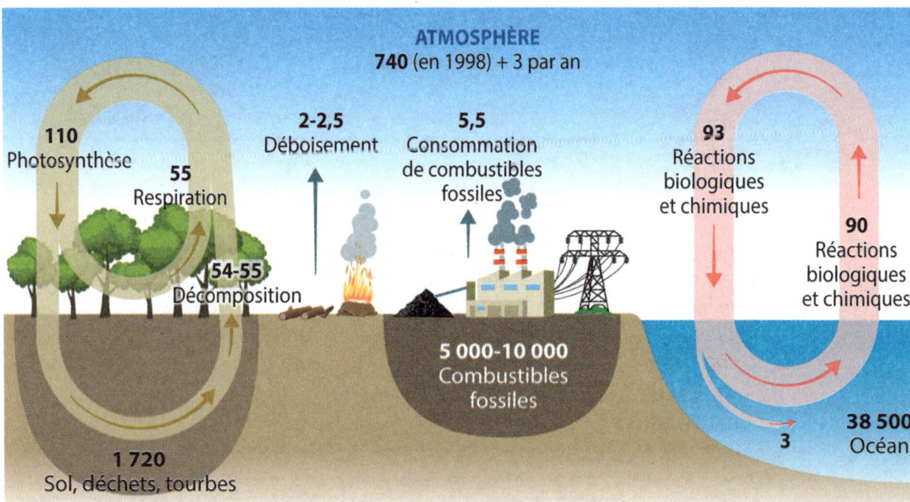

1. Identifier les flux naturels de carbone entre différents réservoirs et préciser leurs modalités.

2. Analyser l'importance relative de ces échanges et indiquer leurs conséquences sur la teneur en dioxyde de carbone atmosphérique.

3. Indiquer et expliquer la conséquence des activités humaines sur le cycle du carbone.

MÉTHODE

1. Le carbone est échangé entre l'atmosphère, l'hydrosphère et la biosphère sous forme de CO_2. Il faut identifier quelles sont les réactions chimiques ou biologiques auxquelles participe le CO_2.

2. Il s'agit de montrer que les échanges naturels sont quasi équilibrés, c'est-à-dire qu'entre deux réservoirs, il entre autant de carbone qu'il en sort.

3. Il faut identifier l'origine du carbone émis par l'Homme dans l'atmosphère et montrer qu'il s'agit d'un échange à sens unique ayant pour conséquence un déséquilibre.

CORRIGÉ

1. Dans l'atmosphère, le carbone est stocké sous forme de CO_2. Le carbone atmosphérique est prélevé par les êtres vivants au cours de la photosynthèse : il est alors stocké sous forme de matière organique dans la biosphère. La matière organique est elle-même dégradée au cours de la respiration et de la fermentation, avec rejet de CO_2 dans l'atmosphère.

> **Remarque**
> Entre l'atmosphère et l'océan, des échanges de carbone s'effectuent aussi par l'intermédiaire des êtres vivants.

Une partie du CO_2 atmosphérique se dissout dans l'océan et peut précipiter sous forme de carbonates. Par ailleurs, une part du CO_2 dissous peut retourner sous forme de gaz dans l'atmosphère.

2. L'estimation de ces flux naturels de carbone montre qu'il y a autant de carbone prélevé par la photosynthèse (110 Gt/an) que de carbone émis par la respiration ($55 + 55 = 110$ Gt/an). On remarque toutefois qu'une fraction du carbone organique peut échapper à la décomposition et être stocké dans le sol.

Entre l'atmosphère et l'océan, du fait des réactions biologiques (respiration et photosynthèse) et chimiques (dissolution du CO_2 ou dégazage), les échanges s'équilibrent pratiquement : 93 Gt sont prélevées dans l'atmosphère, et 90 Gt rejetées. Ainsi, les flux naturels étant équilibrés, la teneur en dioxyde de carbone atmosphérique devrait rester stable. On peut noter qu'une part du carbone soustrait à l'atmosphère par les océans (3 Gt) est stockée au fond des océans sous forme de carbonates.

> **Remarque**
> Au cours de la décomposition, la matière organique est minéralisée, et du CO_2 est rejeté dans l'atmosphère. Ce n'est pas le cas ici.

3. Les activités humaines rejettent du CO_2 dans l'atmosphère, notamment du fait de l'utilisation des combustibles fossiles (5,5 Gt/an) et du déboisement (2 à 2,5 Gt/an). Ces rejets sont toutefois en partie compensés par le stockage de carbone sous forme de carbonates dans l'océan. Néanmoins, cette compensation n'est que partielle, car la masse de CO_2 atmosphérique s'élève (+ 3). Le cycle du carbone est donc déséquilibré du fait des activités humaines.

Vérification des connaissances

Pour chaque question ou affirmation, il y a entre 0 et 3 bonnes réponses.

1. L'atmosphère, dans les 200 premiers Ma de l'histoire de la Terre, était :
a. riche en dioxygène et en dioxyde de carbone.
b. riche en vapeur d'eau et en dioxyde de carbone.
c. de composition identique à l'atmosphère actuelle.

2. L'ozone est un gaz :
a. constitué de 4 atomes d'oxygène.
b. concentré à une trentaine de kilomètres d'altitude.
c. apparu en même temps que la photosynthèse.

3. L'enrichissement de l'atmosphère en dioxygène a été rendu possible :
a. par l'action des êtres vivants.
b. par le piégeage de ce gaz dans les roches.
c. par le bombardement météoritique.

4. Le refroidissement de la Terre a permis :
a. la liquéfaction de la vapeur d'eau atmosphérique.
b. la formation d'une hydrosphère.
c. une augmentation du taux de dioxyde de carbone atmosphérique.

5. Les premiers êtres vivants :
a. sont datés entre – 4 et – 3,5 Ma.
b. apparaissent dans l'hydrosphère.
c. sont des bactéries.

6. Les combustibles fossiles :
a. se renouvellent aussi vite qu'ils se forment.
b. se forment toujours en profondeur.
c. proviennent d'êtres vivants.

7. Le carbone terrestre :
a. est stocké en partie dans les roches.
b. est échangé entre la biosphère et l'atmosphère au cours de la respiration.
c. est stocké sous forme de matière organique dans l'atmosphère.

Entraînement

1 L'évolution de l'atmosphère terrestre

Exploitation de documents

L'évolution de la composition de l'atmosphère terrestre au cours des temps géologiques a pu être reconstituée sur la base de plusieurs indices. Les documents suivants permettent d'expliquer en partie cette évolution.

Doc. 1 Comparaison de gaz chondritiques, volcaniques et de l'atmosphère terrestre

	Gaz chondritiques (%)	Gaz volcaniques terrestres (%)	Atmosphère terrestre actuelle (%) avec *T* = 14 °C
H_2O	80 (± 10)	83 (± 3)	< 1 (variable)
CO_2	20 (± 10)	12 (± 4)	0,003
N_2 (+ autres gaz)	1 (± 5)	5 (± 3)	78
O_2	0	0	21

Les chondrites sont les météorites les plus abondantes du système solaire, datées d'environ 4,6 giga-années.

Doc. 2 Évolution de la teneur en O_2 et en CO_2 dans l'atmosphère terrestre

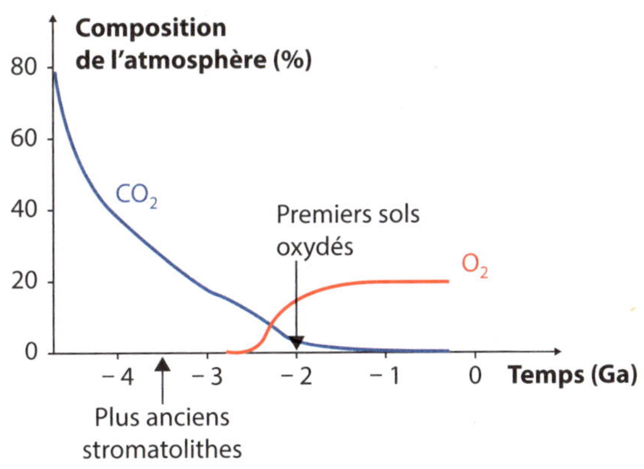

Doc. 3 Les différents états du fer

Le fer n'est soluble que dans les eaux pauvres en dioxygène. À l'état oxydé, il précipite sous forme d'hydroxyde ferrique : Hydroxyde ferreux + $O_2 \rightarrow$ Hydroxyde ferrique.

Dans l'air, Fer ferreux + $O_2 \rightarrow$ Oxyde ferrique (rouille).

QUESTIONS

1. En comparant la composition des gaz chondritiques, des gaz volcaniques et de l'atmosphère terrestre (**Doc. 1**), indiquer les transformations subies par celle-ci depuis sa formation.

2. À partir du **document 2**, situer ces transformations dans le temps.

3. En utilisant les informations fournies par les **documents 2** et **3**, ainsi que vos connaissances, expliquer ces transformations.

2 La formation des stromatolithes

Exploitation de document

Les stromatolithes (du grec *stroma* « tapis » et *lithos* « pierre ») sont des structures en couches qui résultent de l'activité de micro-organismes photosynthétiques appelés cyanobactéries et d'un piégeage de particules sédimentaires. Ils se forment dans différents sites mondiaux en milieu marin côtier.
On sait à présent que l'activité de ces bactéries a eu des conséquences sur la composition des enveloppes fluides et de la géosphère, à l'échelle des temps géologiques.

Doc. Processus chimiques à l'origine de la croissance des stromatolithes

La croissance en couches successives d'un stromatolithe, outre le dépôt et le piégeage mécanique de particules sédimentaires par les filaments bactériens, est la conséquence :

- de la solubilisation du dioxyde de carbone atmosphérique dans l'eau pour former des ions hydrogénocarbonate (HCO_3^-) ;
- de la précipitation biochimique du carbonate de calcium ($CaCO_3$) formant un ciment calcaire à partir des ions hydrogénocarbonate (HCO_3^-) et des ions calcium (Ca_2^+) ;
- de la photosynthèse des cyanobactéries.

QUESTIONS

1. Indiquer par quels échanges gazeux se caractérise la photosynthèse.

2. Expliquer comment la photosynthèse peut être à l'origine de la formation des lamelles calcaires des stromatolithes.

3. Indiquer alors comment les premières cyanobactéries ont influé sur l'évolution de la composition de l'atmosphère et de la géosphère.

Quiz

1. Vrai.

2. Faux. Les premiers êtres vivants sont apparus dans une atmosphère dépourvue de dioxygène.

3. Faux. La couche d'ozone protège les êtres vivants des effets mutagènes du rayonnement solaire.

4. Faux. L'atmosphère, au début de l'histoire de la Terre, était riche en vapeur d'eau et en dioxyde de carbone.

5. Vrai. Les êtres vivants photosynthétiques sont responsables de l'enrichissement de l'atmosphère en dioxygène.

6. Faux. La photosynthèse est une source de dioxygène, à l'inverse de la respiration qui est un puits pour le dioxygène atmosphérique.

Vérification des connaissances

1. b. Vrai. (**a.** et **c.** Faux).

2. b. Vrai. L'ozone est un gaz constitué de 3 atomes de dioxygène (**a.** Faux). Il s'est formé à partir du dioxygène présent dans l'atmosphère, c'est-à-dire bien après l'apparition de la photosynthèse (**c.** Faux).

3. a. Vrai. Le piégeage du dioxygène dégagé par la photosynthèse empêche dans un premier temps celui-ci de se diffuser dans l'atmosphère (**b.** Faux). Les météorites ne contenaient pas de dioxygène (**c.** Faux).

4. a. et **b. Vrai.** Le taux de dioxyde de carbone atmosphérique a diminué du fait de sa dissolution dans les océans, puis de sa précipitation sous forme de carbonate de calcium (**c.** Faux).

5. b. et **c. Vrai.** Les premiers êtres vivants sont apparus entre –4 et –3,5 Ga (**a.** Faux).

6. b. et **c. Vrai.** Ce ne sont pas des énergies renouvelables, leur formation prend beaucoup plus de temps que leur utilisation (**a.** Faux).

7. a. et **b. Vrai.** Le carbone est stocké sous forme de matière organique dans la biosphère (**c.** Faux).

Entraînement

1 L'évolution de l'atmosphère terrestre

1. On sait que les chondrites et la Terre ont une origine commune et donc une composition chimique voisine. Par ailleurs, au début de son histoire, la Terre a subi un important dégazage pendant ses 100 premiers millions d'années, responsable de la formation d'une atmosphère primitive. Celle-ci devait donc à ses débuts avoir une composition analogue à celle des gaz chondritiques et volcaniques.

Ainsi, si l'on compare la composition des gaz volcaniques à celle de l'atmosphère actuelle, on peut en déduire que depuis sa formation, l'atmosphère terrestre s'est appauvrie en eau et en dioxyde de carbone. Elle s'est par ailleurs enrichie en dioxygène et en diazote.

2. La diminution du taux de dioxyde de carbone précède l'apparition de la vie, située avec les premiers stromatolithes entre – 4 et – 3,5 Ga. Le dioxygène apparaît dans l'atmosphère vers – 2,4 Ga.

3. La diminution du taux de vapeur d'eau dans l'atmosphère s'explique par le refroidissement de la Terre qui a permis la condensation de l'eau et la formation des océans.

Une fois ceux-ci formés, le dioxyde de carbone atmosphérique s'est dissous dans l'eau, puis a précipité en réagissant avec l'eau et le calcium pour former du $CaCO_3$ (calcaire).

Avec la baisse de sa teneur en CO_2, l'atmosphère s'est enrichie relativement en diazote.

La formation de gisements de fer rubané, constitués d'hydroxyde ferrique, débute vers – 3,5 milliards d'années. Comme le montre le **document 3**, le fer précipite en présence de dioxygène pour former de l'hydroxyde ferrique.

La présence de fer rubané indique un dégagement d'O_2 dû à l'activité photosynthétique des premiers êtres vivants vers – 3,5 milliards d'années. Avant de passer dans l'atmosphère, le dioxygène est piégé pour oxyder différents minerais comme le fer.

> **Remarque**
> Si la concentration de l'eau en dioxygène avait été importante, le fer n'aurait pu être transporté dans l'océan, car il n'est soluble qu'à l'état ferreux.

Après – 2 Ga, la présence de sols oxydés indique que l'atmosphère est devenue oxydante. Quand tout le fer a été oxydé, que les gisements de fer rubané ne se sont plus formés, le dioxygène est passé dans l'atmosphère.

Ainsi, depuis sa formation, la composition de l'atmosphère terrestre a évolué en interagissant avec la géosphère, l'hydrosphère et la biosphère.

2 La formation des stromatolithes

1. La photosynthèse se caractérise par un dégagement d'O_2 et une absorption de CO_2.

2. Moins l'eau est riche en CO_2, et plus la précipitation du carbonate de calcium (calcaire) est favorisée.
En effet, dans l'océan, le CO_2 dissous est en équilibre avec le HCO_3^- selon la réaction :

$$CO_2 + 2H_2O \longleftrightarrow H_3O^+ + HCO_3^- \quad \textbf{(1)}$$

Et le carbonate précipite selon la réaction :

$$2\,(HCO_3^-) + Ca^{2+} \longleftrightarrow CO_2 + CaCO_3 + H_2O \quad \textbf{(2)}$$

La consommation de CO_2 par les cyanobactéries au cours de la photosynthèse prélève du CO_2 dans l'eau, ce qui déplace l'équilibre de la réaction **(2)** vers la droite. Par conséquent, cela favorise aussi le déplacement de l'équilibre de la réaction **(1)** vers la droite, et ainsi la dissolution du CO_2 dans l'eau.

> **À savoir**
> Une équation est en équilibre lorsqu'elle se produit à parts égales dans les deux sens.

3. L'activité des cyanobactéries entraîne la consommation de CO_2 et sa précipitation sous forme de carbonate de calcium : l'atmosphère s'appauvrit donc en CO_2. Par ailleurs, la photosynthèse libère de l'O_2, ce qui permet un enrichissement progressif de l'atmosphère en ce gaz.

CHAPITRE

2 La complexité du système climatique

1 Climatologie et météorologie

De quoi s'agit-il ? **Le temps et le climat présentent une variabilité que la météorologie et la climatologie tentent de comprendre et de prévoir.**

1 Climatologie, science des climats

- Le climat est défini par un ensemble de grandeurs atmosphériques, enregistrées dans une région donnée (**Doc. 1**), pendant une période donnée. La température, la pression, l'hygrométrie, la pluviométrie, la nébulosité, la vitesse et la direction des vents constituent les facteurs du climat. Ces grandeurs peuvent être mesurées à partir d'instruments spécifiques.
- Le climat dépend de plusieurs facteurs naturels et d'interactions entre différentes enveloppes terrestres : océans, atmosphère, biosphère, lithosphère et cryosphère.
- Les climats sont susceptibles de varier au cours du temps en raison de modifications des facteurs naturels. Le déplacement des continents, dû à la mobilité des plaques tectoniques, entraîne des modifications climatiques. Les interactions entre enveloppes terrestres peuvent s'amplifier ou s'atténuer. Elles ont aussi des répercussions sur l'évolution du climat.
- La climatologie étudie les variations du climat local ou global, à moyen ou long terme (années, siècles, millénaires…).

2 Météorologie, science de prévision à court terme

- La météorologie, fondée sur les lois de la physique des gaz, étudie les phénomènes atmosphériques. Elle tente d'expliquer les changements de pression et de température, la circulation atmosphérique (**Doc. 2**) et ses perturbations (cyclones, ouragans…), qui ont des conséquences sur les changements d'état de l'eau (voir p. 13) dans l'atmosphère.
- La météorologie est une science qui consiste à faire des prévisions à court terme (jours, semaines).
- Climatologie et météorologie sont en partie fondées sur la prévision. Pour cela, elles ont chacune développé des modèles prédictifs, qui s'appuient sur des probabilités.

Doc. 1 Carte des principales zones climatiques du monde

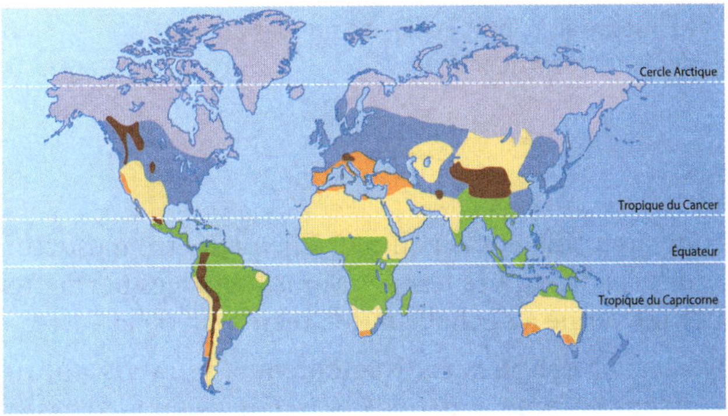

Doc. 2 Carte météorologique des pressions atmosphériques

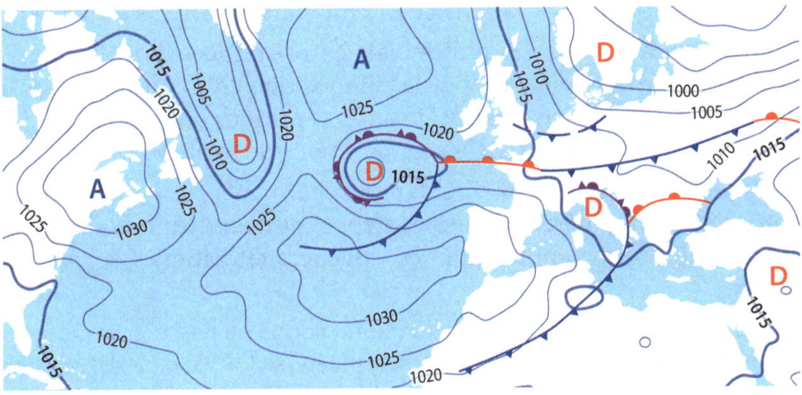

La pression atmosphérique est variable d'un endroit à l'autre, et d'un jour à l'autre.

Vocabulaire

Facteurs du climat : grandeurs physiques déterminant le climat.

Cryosphère : partie de la surface de la Terre sur laquelle l'eau est présente à l'état solide (neige, glace).

Climatologie : étude du climat et de l'état moyen de l'atmosphère, c'est-à-dire la succession des conditions météorologiques sur de longues périodes.

Météorologie : étude des phénomènes atmosphériques afin de comprendre leur formation et leur évolution.

2 Variations climatiques du passé

De quoi s'agit-il ? Au cours de l'histoire de la Terre, le climat a subi des variations que l'on peut reconstituer grâce à des indicateurs climatiques.

1 Indicateurs du climat

- La température est un indicateur majeur du climat. Elle peut être mesurée *in situ* ou depuis l'espace par des satellites. Les températures mesurées permettent de calculer une température moyenne à l'échelle d'une région ou de la Terre.
- Les températures du passé sont connues indirectement, en établissant une relation avec une autre grandeur comme la date des vendanges ou la vitesse de croissance des arbres, mesurable grâce à la taille de leurs cernes.
- Le prélèvement de carottes glaciaires (glace fossile), puis le dosage des isotopes de l'oxygène réalisé sur les molécules d'H_2O de la glace (voir méthode p. 44) ont permis de reconstituer les variations de la température sur plus de 800 000 ans.
- Par ailleurs, en analysant les bulles d'air emprisonnées dans la glace, il est possible de connaître les variations de la composition chimique de l'atmosphère au cours du temps (**Doc.**). On mesure ainsi des variations du taux de CO_2 atmosphérique, qui peuvent être corrélées aux variations de température.
- Enfin, l'analyse des pollens fossiles dans les sédiments permet de reconstituer la végétation (forêt tempérée, tropicale, steppe) et d'en déduire la température à une période donnée, compte tenu des exigences climatiques de chaque type de végétaux.
- Il existe encore d'autres indicateurs du climat actuel ou passé, comme le volume des océans ou l'étendue des glaces et des glaciers. La surface de ces derniers s'accroît lors d'un refroidissement, tandis qu'un réchauffement entraîne leur fonte et une élévation du niveau marin.

2 Succession de variations du climat

- L'utilisation des indicateurs du climat montre que l'histoire de la Terre est marquée par de nombreuses variations climatiques.
- Ces variations se sont produites sur des échelles de temps différentes, de quelques siècles à plusieurs dizaines de millions d'années, et sont d'autant mieux connues qu'elles sont récentes.

● Ainsi, depuis les derniers 2,6 millions d'années (Pléistocène), la Terre a subi une alternance de périodes glaciaires et interglaciaires, avec une étendue des glaciers polaires jusqu'au nord de l'Europe, puis leur recul aux pôles comme aujourd'hui.

● L'actuelle variation climatique s'inscrit donc dans un phénomène bien connu de l'histoire de la Terre.

Doc. **Variations de la teneur des gaz atmosphériques et de la température, établies à partir de l'analyse d'une carotte de glace en Antarctique**

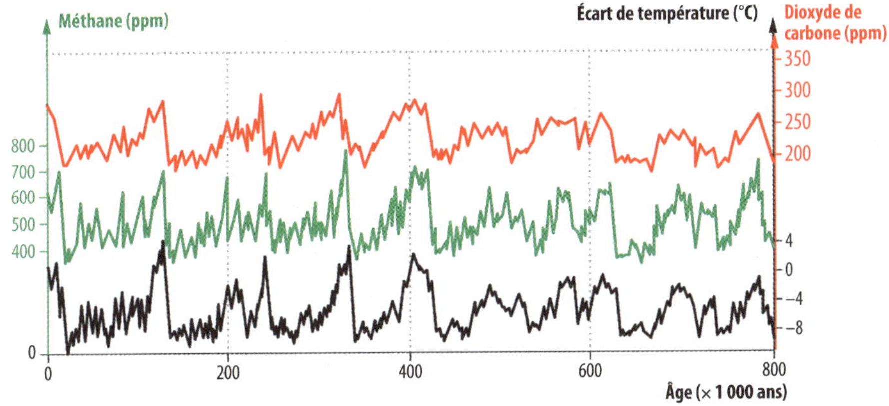

Vocabulaire

Cerne : strie annuelle de croissance au niveau du tronc des arbres.

Carotte glaciaire : échantillon de glace cylindrique extrait d'une calotte glaciaire.

Isotopes : atomes partageant le même nombre de protons, mais un nombre de neutrons différent.

Période glaciaire : période marquée par une baisse de la température moyenne terrestre et une extension des glaciers.

Période interglaciaire : période de réchauffement séparant deux périodes glaciaires.

3 Forçage radiatif

De quoi s'agit-il ? **Le rejet de CO_2 par les activités humaines a déséquilibré le bilan radiatif de la Terre, à l'origine du forçage radiatif.**

1 Augmentation de la concentration atmosphérique en gaz à effet de serre

- Depuis un siècle et demi, on mesure un réchauffement climatique global d'environ + 1 °C. Cette élévation de température est expliquée par une augmentation de la concentration atmosphérique en gaz à effet de serre (GES), en particulier le CO_2.
- Si le rayonnement incident qui entre dans l'atmosphère couvre l'ensemble du spectre électromagnétique, il est néanmoins concentré dans les courtes longueurs d'onde (rayonnement visible).
- Mises à part l'absorption et la réflexion d'une partie du rayonnement par les aérosols et la vapeur d'eau, l'atmosphère se comporte pour l'essentiel comme une couche transparente.
- Le rayonnement incident est absorbé par la surface de la Terre (océans et continents) avant d'être réémis avec une longueur d'onde différente, sous forme de rayons infrarouges (IR).
- Or les GES (CO_2, CH_4, H_2O, N_2O) absorbent la plus grande partie des infrarouges (IR). Ainsi piégés par l'atmosphère, les infrarouges ne sont pas réémis dans l'espace, mais participent au réchauffement de l'atmosphère. Ce phénomène est nommé « effet de serre », par analogie avec ce qui se passe dans une serre dans laquelle les parois jouent le rôle de l'atmosphère (**Doc.**).

2 Augmentation du forçage radiatif

- Avant l'ère préindustrielle, la Terre était en équilibre radiatif, c'est-à-dire qu'elle absorbait autant de rayonnement (et donc d'énergie) qu'elle en renvoyait dans l'espace. Son bilan radiatif était nul.
- L'augmentation de la teneur atmosphérique des gaz anthropiques a modifié cet équilibre radiatif. On parle de forçage radiatif anthropique.
- Ce déséquilibre s'explique en raison de l'absorption par l'atmosphère de davantage de rayonnement thermique IR émis par la surface de la Terre. Il en résulte une augmentation de la puissance radiative reçue par le sol de la part de l'atmosphère. Cette puissance additionnelle entraîne une perturbation de l'équilibre radiatif.

- L'augmentation de l'énergie captée par l'atmosphère est transférée en grande partie à l'océan, dont la capacité de stockage énergétique est supérieure à celle de l'atmosphère.
- Il en résulte néanmoins une augmentation de la température moyenne à la surface de la Terre.

Doc. **Bilan radiatif de la Terre**

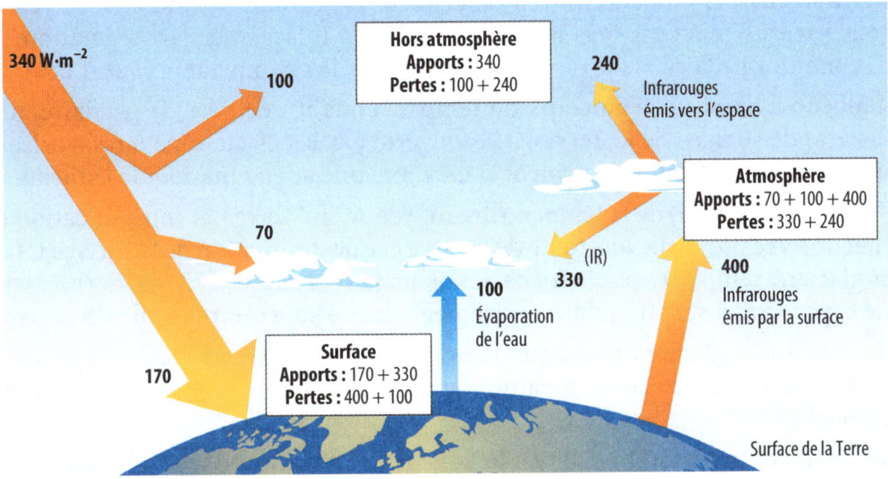

Vocabulaire

Gaz à effet de serre : gaz qui, en piégeant les infrarouges, participe à l'augmentation de la température atmosphérique.

Rayonnement incident : rayonnement solaire reçu à la surface de l'atmosphère.

Infrarouges : rayonnement électromagnétique de longueur d'onde supérieure à celle du spectre visible, sous forme thermique.

Effet de serre : élévation de la température terrestre sous l'effet du piégeage des rayons infrarouges par les gaz atmosphériques.

Équilibre radiatif : situation d'égalité entre le rayonnement incident solaire et le rayonnement réémis par la Terre et dispersé dans l'espace.

Bilan radiatif : différence entre l'énergie reçue par la Terre (rayonnement solaire incident) et l'énergie renvoyée (rayonnement solaire réfléchi + rayonnement terrestre infrarouge).

Forçage radiatif : différence entre l'énergie radiative reçue et l'énergie radiative émise.

4 Phénomènes de rétroaction

De quoi s'agit-il ? Si l'augmentation de la teneur en gaz anthropiques dans l'atmosphère est une cause majeure de réchauffement climatique, d'autres facteurs peuvent l'accentuer.

1 Variations de l'albédo

• L'albédo est le rapport entre l'énergie solaire réfléchie par une surface et l'énergie solaire incidente. L'albédo moyen de la Terre est de 0,3. Néanmoins, sa valeur locale varie en fonction de la nature de la surface (glace, mer, lac, végétation...), qui conditionne la capacité de celle-ci à réfléchir le rayonnement (**Doc. 1** et **2**).

• L'albédo a aussi varié au cours du temps. Pendant une période glaciaire, une plus grande surface de la Terre est recouverte par les glaciers, ce qui favorise la réflexion du rayonnement incident et entraîne une augmentation de l'albédo.

• Une augmentation de la température moyenne sur Terre par intensification de l'effet de serre provoque une fonte de la glace et une diminution de la surface totale des glaciers, remplacés par la roche, le sol nu, la végétation... Or ces derniers ont une capacité d'absorption du rayonnement solaire supérieure à celle de la glace.

• Le recul des glaciers provoque ainsi une diminution de l'albédo, et donc une augmentation de la température terrestre qui, à son tour, accentue la fonte des glaciers.

• On parle de rétroaction positive lorsque la conséquence d'un phénomène agit en retour en amplifiant ce phénomène.

2 Autres facteurs de rétroaction

• D'autres exemples de rétroactions positives sont connus :

– lorsque la température augmente, la solubilité du dioxyde de carbone dans l'océan diminue. Il s'accumule alors dans l'atmosphère et participe à une nouvelle augmentation de la température ;

– le dégel partiel du permafrost provoque une libération de gaz à effet de serre dans l'atmosphère ;

– une élévation de température, en accentuant l'évaporation, entraîne aussi une augmentation de la teneur atmosphérique en vapeur d'eau. Or ce gaz étant le principal gaz à effet de serre, il augmente la température terrestre.

• Néanmoins, la formation de nuages due à l'accumulation de vapeur d'eau pourrait jouer un rôle d'écran en réfléchissant le rayonnement solaire. Une augmentation de l'effet de serre pourrait donc être corrigée en partie par l'action des nuages, ce serait alors une rétroaction négative.

Doc. 1 Albédo pour différentes surfaces sur la Terre

Surface	Albédo (%)
Neige fraîche	75 à 95
Océan	5 à 15
Sable	25 à 45
Forêt tropicale	10
Forêt de conifères	5 à 15
Cultures	15 à 25

Doc. 2 Albédo de l'hémisphère nord de la Terre mesuré par satellite au cours de 2 mois de l'année

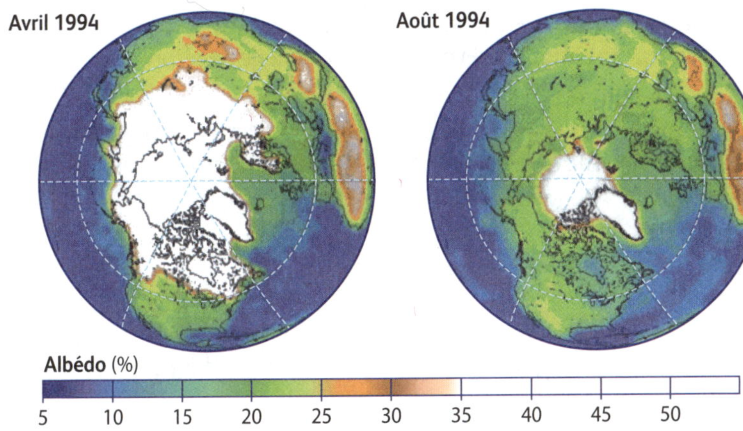

Vocabulaire

Albédo : rapport entre l'énergie lumineuse réfléchie et l'énergie incidente.

Rétroaction positive : amplification d'un facteur (comme la hausse de température) provoquée par un effet dont il est responsable (une diminution de l'albédo).

Permafrost : sol gelé des hautes latitudes.

Rétroaction négative : atténuation d'un facteur provoquée par un effet dont il est responsable.

5 Climat et interactions entre enveloppes terrestres

De quoi s'agit-il ? **Le système climatique et son évolution dans le temps résultent de plusieurs facteurs naturels et d'interactions entre les océans, l'atmosphère, la biosphère, la lithosphère et la cryosphère.**

1 Régulation partielle par les océans

- Plusieurs incertitudes demeurent quant à l'évolution future du taux de dioxyde de carbone atmosphérique.
- Sur les 7 milliards de tonnes rejetées chaque année par les activités humaines, seuls 3 milliards environ se retrouvent dans l'atmosphère. L'océan en absorbe une partie, d'autant plus grande que le taux de dioxyde de carbone atmosphérique est élevé.
- L'océan constitue un puits de CO_2, mais sa capacité de réabsorption n'est pas aussi rapide que les rejets anthropiques.
- L'océan absorbe aussi une partie de l'énergie thermique atmosphérique provenant de l'augmentation de l'effet de serre. Cette accumulation d'énergie dans les océans rend le changement climatique irréversible à une échelle de temps de plusieurs siècles.
- L'élévation de la température de l'océan provoque la dilatation de l'eau et l'élévation du niveau marin (**Doc. 1**). La fonte des glaciers continentaux y contribue aussi. La fonte de la banquise en revanche n'a pas d'impact, puisqu'il s'agit d'une couche de glace flottant sur la surface océanique.

2 Autres facteurs de régulation

- La végétation, grâce à la photosynthèse, est un puits de dioxyde de carbone. Néanmoins, la matière organique des organismes est dégradée après leur mort sous l'effet de la respiration.
- Celle-ci rejette intégralement le CO_2 prélevé dans l'atmosphère par la photosynthèse. Les végétaux morts deviennent alors une source de CO_2.
- C'est seulement en étant enfoui rapidement et soustrait à la dégradation, comme c'est le cas dans certains fonds océaniques, que le carbone prélevé au cours de la photosynthèse n'est pas rejeté dans l'atmosphère.
- Enfin, d'autres facteurs influencent le climat, comme les paramètres astronomiques (excentricité de l'ellipse terrestre, inclinaison de l'axe de rotation), qui varient de façon cyclique, ou encore l'activité du Soleil (**Doc. 2**).

Doc. 1 Estimation des taux annuels d'élévation du niveau marin

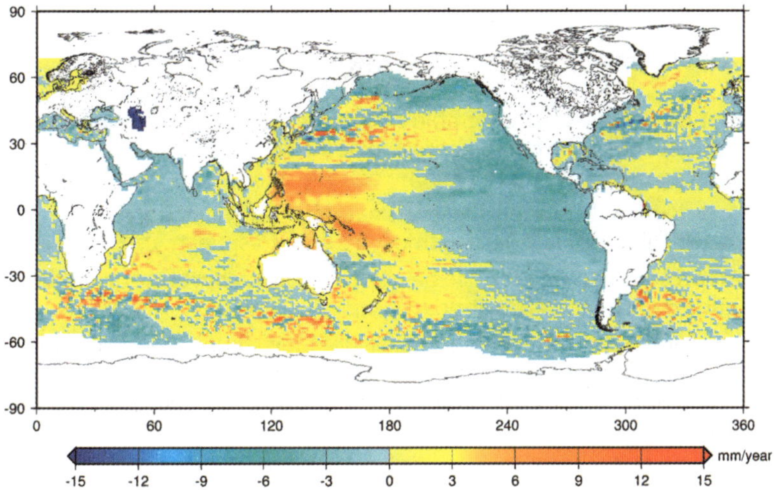

Les mesures du satellite Topex-Poséidon ont permis d'établir une carte des variations du niveau marin entre 1993 et 2009. On a ainsi pu évaluer une hausse globale de 3,3 mm/an.

Doc. 2 Variation de l'excentricité de l'orbite terrestre et de l'obliquité de la planète

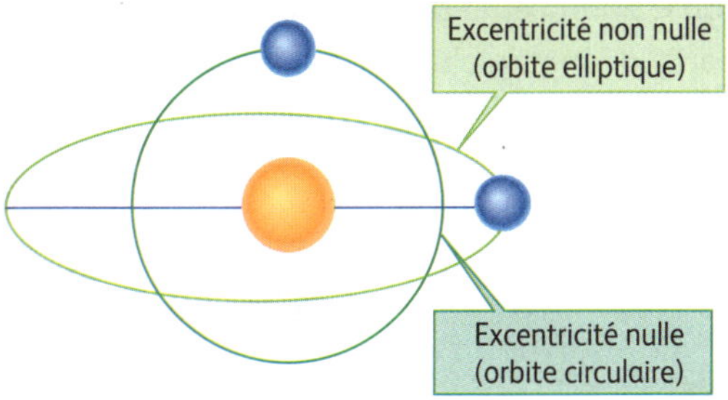

Vocabulaire

Dilatation : augmentation du volume d'un corps sous l'influence d'une variation de température.

Paramètres astronomiques : caractéristiques d'une planète en rapport avec son mouvement ou sa position dans le système solaire.

RÉVISION EXPRESS

LES POINTS IMPORTANTS À RETENIR

- Le climat est défini par un ensemble de **grandeurs atmosphériques** (température, pression, hygrométrie, pluviométrie…), enregistrées dans une région donnée, pendant une période donnée.
- Le climat dépend de plusieurs facteurs naturels et d'interactions entre les enveloppes de la Terre (atmosphère, hydrosphère…).
- La **météorologie** est une science de prévision sur le **court terme**, fondée sur l'étude des phénomènes atmosphériques.
- Les climats du passé sont connus grâce à des indicateurs aussi divers que la date des vendanges ou la proportion des isotopes de l'oxygène dans la glace. Leur étude nous apprend que **les variations climatiques ont marqué l'histoire de la Terre**.
- Depuis un siècle et demi, le réchauffement climatique global d'environ + 1 °C s'explique par une **élévation du taux de CO_2 atmosphérique**, due à une augmentation des **rejets anthropiques** de ce gaz.
- CO_2, CH_4 et H_2O sont des gaz à **effet de serre** (GES). Ils captent le rayonnement infrarouge réémis par la surface de la Terre après absorption du rayonnement solaire incident. CO_2 et CH_4 sont responsables du **forçage radiatif** anthropique.
- Des phénomènes de **rétroaction positive** amplifient l'augmentation de l'effet de serre, et donc des températures atmosphériques. C'est le cas de la diminution de l'albédo et de la diminution de la solubilité du CO_2 dans l'océan.
- L'océan absorbe une partie du CO_2 atmosphérique. C'est un puits à CO_2.
- L'océan absorbe aussi une partie de l'énergie thermique excédentaire et joue un rôle de régulateur. Néanmoins, l'élévation de sa température entraîne une dilatation de l'eau et une **élévation globale du niveau marin**.
- D'autres facteurs influencent le climat, comme la végétation ou les paramètres astronomiques.

Vidéo

LES MOTS IMPORTANTS

- Albédo
- Anthropique
- Bilan radiatif
- Climatologie
- Effet de serre
- Fonte des glaces
- Forçage radiatif
- Infrarouges
- Météorologie
- Niveau marin
- Paramètres astronomiques
- Puits de CO_2
- Rayonnement incident
- Réchauffement climatique
- Rétroaction
- Variations climatiques

LE SCHÉMA IMPORTANT À RETENIR

Facteurs influant sur la température de la Terre

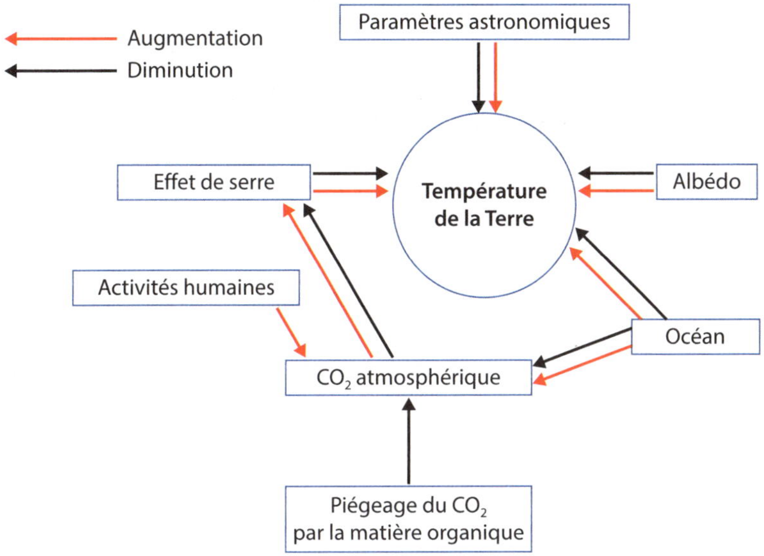

QuiZ

1. La vapeur d'eau est un gaz à effet de serre.
☐ Vrai ☐ Faux

2. Le niveau marin dépend du climat.
☐ Vrai ☐ Faux

3. La météorologie étudie les variations climatiques.
☐ Vrai ☐ Faux

4. L'effet de serre est dû aux activités humaines.
☐ Vrai ☐ Faux

5. La présence de nuages contribue à diminuer la température de l'atmosphère.
☐ Vrai ☐ Faux

6. La fonte de la banquise élève le niveau marin.
☐ Vrai ☐ Faux

→ **Réponses p. 49**

Reconstituer des variations climatiques

ÉNONCÉ

À partir de carottes de glace, il est possible de reconstituer les variations climatiques dans un passé récent (centaines de milliers d'années).
Pour cela, on détermine les variations du $\delta^{18}O$ de la glace (rapport des concentrations entre les isotopes ^{18}O et ^{16}O des molécules de H_2O par rapport à une valeur de référence) en fonction de la profondeur.

Doc. 1 $\delta^{18}O$ des molécules d'eau de la neige en fonction de la température lors de sa formation

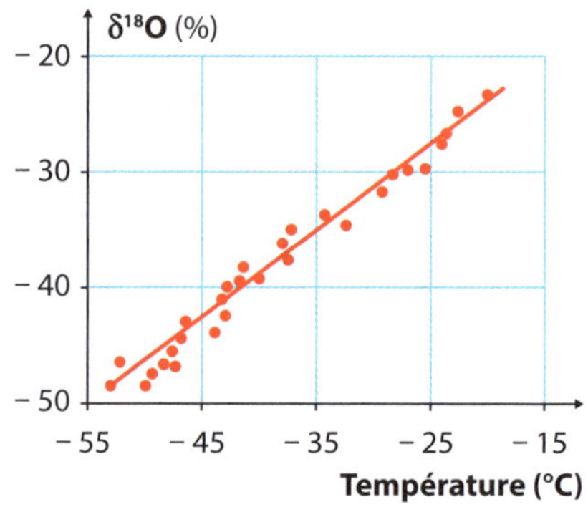

Doc. 2 Variations du $\delta^{18}O$ de la glace dans une carotte de glace en Antarctique (Vostok)

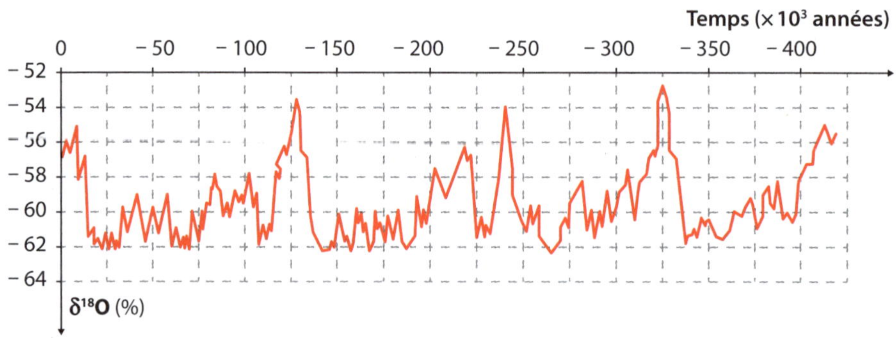

À partir des **documents 1** et **2**, reconstituer les variations climatiques au cours des derniers 400 000 ans.

MÉTHODE

- Le **document 1** permet d'établir une corrélation entre la température et le $\delta^{18}O$: il faut observer comment varie le $\delta^{18}O$ quand la température diminue (attention aux valeurs qui sont négatives et qui donc augmentent dans le sens des flèches des axes).
- On utilise ensuite cette corrélation pour interpréter les résultats fournis par le **document 2**. L'échelle de temps fournie sur ce document est établie à partir de la profondeur de la glace. En effet, la glace s'étant accumulée au cours du temps, plus elle est profonde, plus elle est ancienne. En se basant sur une vitesse moyenne de dépôt de la glace, il est possible de la dater en fonction de sa profondeur.
- Il s'agit de repérer ensuite des cycles de variations climatiques constitués par une période de refroidissement et une période de réchauffement, de mesurer leur durée et de les compter. Pour décrire ces variations, on commence toujours par le passé le plus lointain pour remonter jusqu'à l'actuel.

CORRIGÉ

Attention
Le temps 0 correspond à l'actuel, plus on s'en éloigne le long de l'abscisse, plus la glace est ancienne.

- Le **document 1** montre qu'il existe une relation linéaire entre les concentrations des isotopes de l'oxygène ($\delta^{18}O$) et la température au Groenland au moment où la neige s'est déposée : quand la température augmente (de – 54 °C à – 20 °C), $\delta^{18}O$ augmente (de – 48 % à – 22 %). Le $\delta^{18}O$ de la glace constitue un thermomètre isotopique qui permet de reconstituer les variations de la température.
- D'environ – 400 000 ans à nos jours, on peut distinguer 5 cycles d'une durée d'environ 100 000 ans. Chacun alterne une période de réchauffement ($\delta^{18}O$ augmente) durant environ 20 000 ans, et une longue période de refroidissement ($\delta^{18}O$ diminue).

Période interglaciaire	Période glaciaire
	De – 430 000 à – 340 000 ans
De – 340 000 à – 320 000 ans	de – 320 000 à – 250 000 ans
De – 250 000 à – 230 000 ans	de – 230 000 à – 140 000 ans
De – 140 000 à – 130 000 ans	de – 130 000 à – 12 000 ans
De – 12 000 ans à aujourd'hui	

Vérification des connaissances

Pour chaque question ou affirmation, il y a entre 0 et 3 bonnes réponses.

1. L'effet de serre terrestre est dû :
a. à la rétention atmosphérique de l'énergie rayonnée par la Terre.
b. au dioxygène atmosphérique.
c. au fait que les infrarouges traversent mal l'atmosphère.

2. Parmi les indicateurs du climat global, on peut citer :
a. l'étendue des glaces.
b. le volume des océans.
c. la température.

3. Les bulles d'air présentes dans la glace fossile :
a. témoignent de variations du taux de CO_2 atmosphérique au cours du temps.
b. permettent de connaître la composition de l'atmosphère il y a environ 100 Ma.
c. permettent d'établir le $\delta^{18}O$ de la glace à une période donnée.

4. Lorsque la concentration en gaz à effet de serre augmente :
a. l'équilibre radiatif de la Terre est perturbé.
b. la puissance radiative de l'atmosphère augmente.
c. les UV sont piégés par l'atmosphère.

5. Une augmentation de l'albédo terrestre :
a. est due à une diminution de la surface couverte par les glaces.
b. entraîne un réchauffement.
c. se produit durant une période glaciaire.

6. L'absorption d'énergie thermique par l'océan :
a. entraîne une élévation du niveau marin.
b. provoque la dilatation thermique de l'eau.
c. rend le changement climatique irréversible pour plusieurs siècles.

7. Un accroissement de la végétalisation :
a. constitue une source de CO_2.
b. a un effet de rétroaction positive sur l'évolution de la température.
c. diminue la teneur atmosphérique en CO_2.

Entraînement

1 Végétation et CO_2

Exploitation de documents

Différents facteurs, dont la végétation, ont une influence sur le taux de CO_2 atmosphérique. On cherche à préciser celle-ci à partir des documents suivants.

Doc. 1 Stockage de CO_2 par la végétation continentale

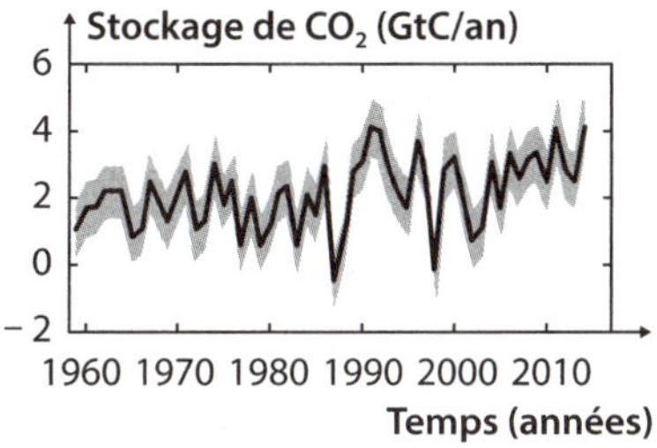

Une valeur positive correspond à un flux de CO_2 depuis l'atmosphère vers la végétation continentale où il est stocké. Les valeurs en gris correspondent aux intervalles d'incertitude.

Doc. 2 Évolution des émissions de CO_2 dans l'atmosphère provenant de la déforestation des zones tropicales (en GtC, gigatonnes de carbone)

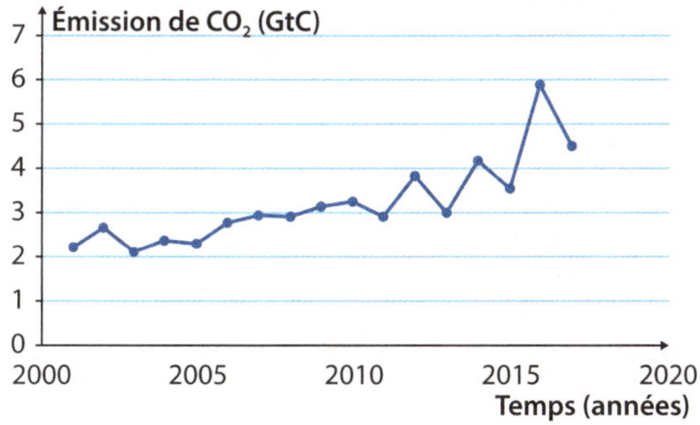

QUESTIONS

1. À partir du **document 1**, indiquer comment la végétation peut influer sur le taux de CO_2 atmosphérique et quel est son effet.

2. Décrire l'évolution des émissions de CO_2 dues à la déforestation (**Doc. 2**) et confronter cette évolution à celle du stockage par les végétaux (**Doc. 1**).

2 Les clathrates de méthane

Exploitation de documents

Depuis une trentaine d'années, la communauté scientifique s'intéresse aux clathrates de méthane des fonds océaniques. En effet, ceux-ci inquiètent la communauté scientifique dans le cadre de l'évolution du climat.

Doc. 1 Les clathrates de méthane

Les clathrates de méthane sont des substances qui ressemblent à de la glace. Ce sont des solides cristallins. Ils sont constitués d'une molécule gazeuse de méthane entourée par des molécules d'eau.

Si 1 m^3 d'hydrate de méthane est déstabilisé, il libère 164 m^3 de méthane et 0,8 m^3 d'eau liquide. Le méthane libéré rejoint ensuite l'atmosphère.

Doc. 2 La formation des clathrates

Les gisements trouvés à 600 m de profondeur ($T = 7°$ C) s'expliquent par une accumulation importante de matière organique incorporée dans les sédiments. La matière organique, sous l'action des bactéries anaérobies, se transforme en méthane et, sous certaines conditions de température et de pression, en clathrates de méthane.

Doc. 3 Diagramme pression-température des clathrates de méthane

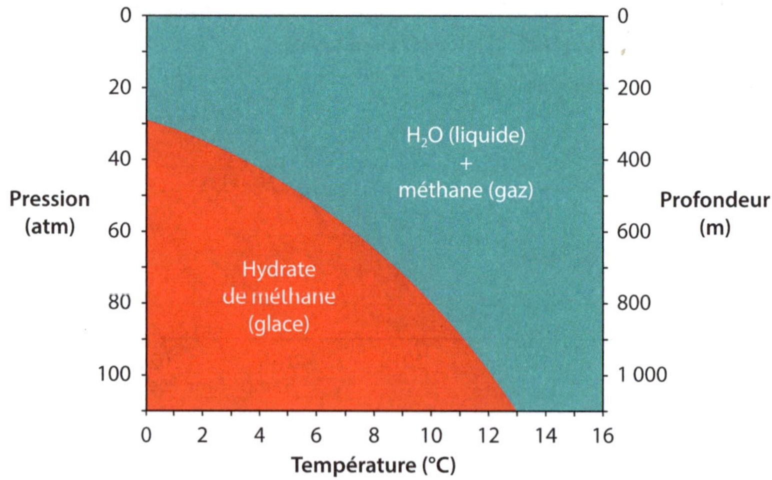

QUESTION

À partir de l'étude des documents, proposer des arguments justifiant cette inquiétude.

Quiz

1. Vrai.

2. Vrai.

3. Faux. Elle étudie les phénomènes atmosphériques qu'elle prévoit à court terme.

4. Faux. L'effet de serre s'exerçait sur la Terre avant même l'apparition de la vie. C'est son intensification (et le forçage radiatif) qui peut être attribuée aux activités humaines.

5. Vrai.

6. Faux. Elle n'a pas d'impact, car il s'agit d'une couche de glace flottant sur la surface océanique. Le volume occupé par la glace sur l'eau est égal au volume occupé par l'eau provenant de sa fonte.

Vérification des connaissances

1. a. et **c. Vrai.** Les principaux gaz à effet de serre sont le dioxyde de carbone (CO_2), le méthane (CH_4), la vapeur d'eau (H_2O), l'ozone (O_3) et le protoxyde d'azote (N_2O). L'O_2 n'est pas un gaz à effet de serre (**b.** Faux).

2. a., b. et **c. Vrai.**

3. a. Vrai. Les bulles d'air conservées dans la glace ne datent que de quelques centaines de milliers d'années (**b.** Faux) et le $\delta^{18}O$ de la glace est établi à partir de molécules d'eau de la glace (**c.** Faux).

4. a. et **b. Vrai.** Ce sont les rayons infrarouges qui sont piégés par les GES de l'atmosphère (**c.** Faux).

5. c. Vrai. Plus l'étendue des glaces est importante, plus l'albédo est élevé (**a.** Faux), plus le rayonnement solaire est réfléchi, et donc plus la température terrestre diminue (**b.** Faux).

6. a., b. et **c. Vrai.**

7. c. Vrai. Les végétaux qui absorbent le CO_2 constituent un puits de CO_2 (**a.** Faux), ce qui exerce une rétroaction négative sur l'élévation de température due à l'augmentation du taux de CO_2 de l'atmosphère (**b.** Faux).

Entraînement

1 Végétation et CO_2

1. Le **document 1** montre les variations de la quantité de CO_2 stockée par la végétation continentale (valeurs positives) ou au contraire libérée par celle-ci (valeurs négatives). En effet, grâce à la photosynthèse, le CO_2 est prélevé dans l'atmosphère, puis utilisé pour réaliser la synthèse de matière organique. Une partie du CO_2 atmosphérique est donc stockée sous forme de matière organique par les végétaux.
Sur une cinquantaine d'années, de 1960 à 2010, on constate que globalement, la végétation stocke davantage de dioxyde de carbone qu'elle n'en rejette.
Néanmoins, la quantité de CO_2 stocké varie d'une année à l'autre.

> **Remarque**
> On peut expliquer ces variations par les facteurs climatiques, l'intensité de la photosynthèse étant conditionnée aux variations de température et d'éclairement.

2. Le **document 2** montre sur une période récente une augmentation des émissions de CO_2 provenant de la déforestation des zones tropicales.
On constate par ailleurs une augmentation globale de la quantité de CO_2 stockée depuis les années 2000 (**Doc. 1**). On peut donc penser que l'excès de dioxyde de carbone rejeté dans l'atmosphère est absorbé en partie par la végétation. La végétation continentale se comporte donc comme un puits à CO_2. Néanmoins, malgré l'absorption par la végétation, la teneur en CO_2 atmosphérique continue à augmenter, ce qui montre que l'excédent de CO_2 n'est absorbé que partiellement.

2 Les clathrates de méthane

Le réchauffement climatique constaté depuis un siècle et demi est largement imputé aux rejets dans l'atmosphère de carbone issu des activités humaines. En effet, des molécules comme le dioxyde de carbone (CO_2) et le méthane (CH_4) sont des gaz à effet de serre et participent au réchauffement climatique.
Les clathrates de méthane, actuellement piégés dans les fonds océaniques, pourraient accélérer ce réchauffement s'ils étaient libérés dans l'atmosphère.
Le **document 1** indique que les clathrates de méthane sont constitués de molécules d'eau qui entourent une molécule gazeuse formée de méthane.
Cette structure piège le méthane, mais si elle était déstabilisée, elle le libérerait dans l'océan. Comme l'océan interagit avec l'atmosphère, le méthane finirait par passer dans celle-ci. Cet apport serait massif puisque 1 m^3 d'hydrate de méthane déstabilisé libère 164 m^3 de méthane.

Le méthane composant les clathrates est issu de la décomposition de la matière organique (**Doc. 2**) par les bactéries marines. Il a été piégé en raison des températures et des pressions régnant à ces profondeurs, évitant ainsi que le gaz ne rejoigne l'atmosphère.

Aujourd'hui, les clathrates sont piégés au niveau des marges continentales à 600 m de profondeur pour des températures de l'eau de 7 °C.

> **Astuce du prof**
> Il faut analyser successivement les documents pour extraire de chacun des informations permettant de résoudre le problème posé.

Le diagramme du **document 3** montre que l'état des clathrates dépend de la pression et de la température. La profondeur des gisements et la température de l'océan sont donc des facteurs déterminants.

Pour une pression inférieure à 30 atm, c'est-à-dire à une profondeur de moins de 300 m, les clathrates deviennent instables, le méthane est libéré et cela, quelle que soit la température.

Si la pression devient supérieure à 30 atm, l'état des clathrates dépend alors de la température. À 600 m de profondeur, là où se trouvent actuellement les gisements, la pression est de 60 atm, et les clathrates sont à l'état de glace pour une température de 7 °C. Mais il suffit d'une température légèrement supérieure (moins de 1 °C) pour que se produise un changement d'état, et que les clathrates libèrent leur méthane. Or les scénarios de l'évolution du climat prévoient une augmentation de la température atmosphérique de plus de 1 °C. Celle-ci se répercuterait alors à l'océan, sans que l'on sache quelle serait l'augmentation de la température à une profondeur de 600 m.

Cette évolution serait d'autant plus inquiétante qu'elle serait à l'origine d'une rétroaction positive : l'élévation de la température océanique favoriserait la déstabilisation des clathrates et la libération de méthane, ce qui augmenterait encore la température, et ainsi de suite.

Il existe donc un risque que les clathrates libèrent leur méthane dans l'atmosphère en cas de réchauffement climatique. Cette libération serait à l'origine d'une rétroaction positive sans que l'on sache si elle pourrait être régulée. Il existe néanmoins une incertitude sur la répercussion d'une élévation de température atmosphérique sur la température océanique à 600 m de profondeur.

CHAPITRE 3

Le climat du futur

1 Modèles climatiques

De quoi s'agit-il ? Pour évaluer l'importance du réchauffement climatique futur, des modèles climatiques sont élaborés à partir des connaissances sur le climat et des données recueillies sur le terrain.

1 Construire des modèles climatiques

- La construction de modèles climatiques tient compte de processus physico-chimiques bien connus (circulations atmosphérique et océanique), qui peuvent être décrits par des équations basées sur les lois fondamentales de la physique, du mouvement des fluides et de la chimie.
- Elle intègre aussi des processus complexes que l'on ne sait décrire que de façon empirique (effets de la végétation, des animaux marins…), ce qui explique l'approximation des résultats.
- Les modèles les plus simples couplent deux compartiments, l'océan et l'atmosphère par exemple, et s'intéressent à leur bilan énergétique. Les plus complexes sont des modèles globaux du système Terre, qui tentent de représenter ses différentes composantes (atmosphère, océan, banquise, biosphère…), leurs interactions, ainsi que les rétroactions positives et négatives. Les événements particuliers doivent aussi être pris en compte.
- Ces modèles sont construits pour différentes hypothèses, plus ou moins pessimistes quant à l'évolution des rejets de gaz à effet de serre. Ils dessinent donc des fourchettes d'évolution du système climatique au XXIe siècle.

2 Valider les modèles climatiques

- Pour être validés, les modèles climatiques sont appliqués à des situations passées ou actuelles, et les résultats confrontés à ceux réellement obtenus ou enregistrés dans les archives géologiques pour les paléoclimats (**Doc.**). On les ajuste ensuite afin d'améliorer leur fiabilité.
- L'analyse multi-modèles, dans laquelle les résultats issus de plusieurs modèles sont confrontés, permet les vérifications.

● La fiabilité des modèles dépend aussi du nombre de données recueillies, plus important aujourd'hui grâce à l'augmentation du nombre de satellites artificiels et de stations météorologiques au sol.

Doc. **Température annuelle moyenne observée (en rouge) et température calculée par les modèles (en noir)**

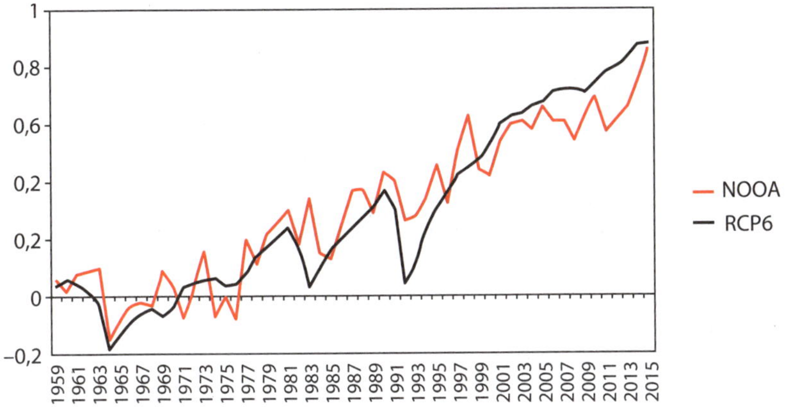

La National Oceanic and Atmospheric Administration (NOAA) est l'agence américaine responsable de l'étude de l'océan et de l'atmosphère.
RCP6 (Représentative Concentration Pathway – Profils représentatifs d'évolution de concentration) est un des modèles climatiques envisagés pour le futur.

Vocabulaire

Empirique : qui ne s'appuie que sur l'expérience ou l'observation, mais qui n'est pas démontré.

Bilan énergétique : somme des entrées et des sorties d'énergie à l'intérieur d'un système.

Rétroaction : action en retour, dans laquelle les conséquences agissent sur les causes.

Paléoclimat : climat du passé.

Analyse multi-modèles : élaboration d'une prévision à partir de l'utilisation simultanée de plusieurs modèles.

2 Informations fournies par les modèles

De quoi s'agit-il ? L'élévation de température du globe, prévue par des modèles aux résultats concordants, aura des conséquences variées, tant sur les milieux que sur les êtres vivants.

1 Prévisions concordantes

• Il existe un consensus pour penser que l'élévation de température moyenne depuis le début de l'ère industrielle est liée aux activités humaines qui rejettent du dioxyde de carbone CO_2 (combustion d'hydrocarbures, déforestation, production de ciment) ou encore du méthane CH_4 (émis lors de fuites de gaz naturel, de fermentations dans les décharges, ainsi que par certaines activités agricoles).

• Les modèles s'accordent à prévoir, avec une forte probabilité d'occurrence, dans des fourchettes dépendant de la quantité émise de gaz à effet de serre, une augmentation de 1,5 à 7 °C de la température moyenne entre aujourd'hui et la fin du XXIe siècle (**Doc.**).

2 Conséquences attendues

• Les conséquences d'une élévation de la température sont prévisibles, notamment :

– une élévation du niveau moyen des océans, provoquée par la dilatation thermique de l'eau et la fonte des glaciers continentaux ;

– une réduction de la masse et de la surface des glaces océaniques arctiques et continentales ;

– des modifications des régimes de pluie et des événements météorologiques extrêmes. Par exemple, le réchauffement océanique en surface favorise l'évaporation, or c'est à partir de l'eau évaporée que se forment les cyclones. La fréquence et/ou l'intensité de certains types d'événements extrêmes a déjà augmenté ;

– une acidification des océans : l'excès de CO_2 atmosphérique est en partie dissous dans l'océan. Il forme alors de l'acide carbonique H_2CO_3 qui se dissocie en ions H^+ (protons) et bicarbonates HCO_3^-. L'excès de CO_2 atmosphérique comme océanique devrait favoriser la photosynthèse, mais certaines espèces, par leur métabolisme, en tireront profit plus que d'autres, ce qui induira des changements dans la biodiversité ;

– un impact majeur sur les écosystèmes terrestres et marins. Le réchauffement des océans provoque une migration de nombreuses espèces marines, jusqu'à 400 km par décennie. Le taux de reproduction des espèces en est affecté. Un phénomène équivalent se produit pour les espèces continentales.

Doc. **Différents scénarios pris en compte par les modèles climatiques**

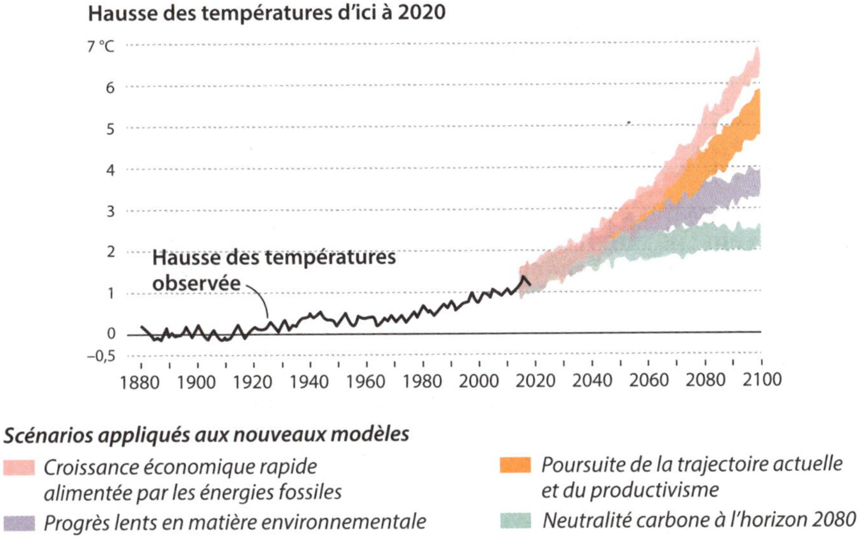

De nouveaux modèles climatiques montrent un réchauffement plus fort que prévu.

Source : CNRS, CEA, Météo-France

Vocabulaire

Probabilité d'occurrence : probabilité que l'événement se réalise.

Régime de pluie : type de pluie.

Événement météorologique extrême : événement de grande intensité engendrant des dégâts.

Acidification des océans : baisse du pH des océans (ce pH est néanmoins basique, mais ce qui est pris en compte est son évolution).

RÉVISION EXPRESS

LES POINTS IMPORTANTS À RETENIR

- Des **modèles climatiques** sont élaborés à partir de modélisations mathématiques. Ils sont basés sur les **lois physiques et chimiques** et sur des observations de terrain.
- Différentes hypothèses, plus ou moins pessimistes quant à l'évolution des **rejets de gaz à effet de serre**, sont prises en compte. Les résultats proposés sont donnés en termes de **probabilité**, ce qui ne remet pas en cause leur fiabilité.
- Les résultats des modèles sont **confrontés** à ceux obtenus par des **simulations** effectuées à partir de données connues, actuelles et passées. Ils peuvent être ainsi validés.
- Les résultats des différents modèles convergent vers une élévation de la température pour les décennies à venir, plus ou moins élevée selon le scénario d'émission de gaz à effet de serre retenu.
- Les conséquences du réchauffement climatique peuvent elles aussi être modélisées. On prévoit, en plus de l'**élévation de la température**, une **élévation du niveau marin**, des **événements météorologiques** plus intenses et plus fréquents, une **acidification des océans** et une **migration** des espèces par rapport à leur aire de répartition actuelle.

Vidéo

LES MOTS IMPORTANTS

- Acidification des océans
- Aire de répartition
- Analyse multi-modèles
- Bilan énergétique
- Élévation du niveau marin
- Événement météorologique
- Gaz à effet de serre
- Migration
- Modèle climatique
- Réchauffement des océans
- Rétroaction
- Simulation

LE SCHÉMA IMPORTANT À RETENIR

Les conséquences d'un réchauffement climatique

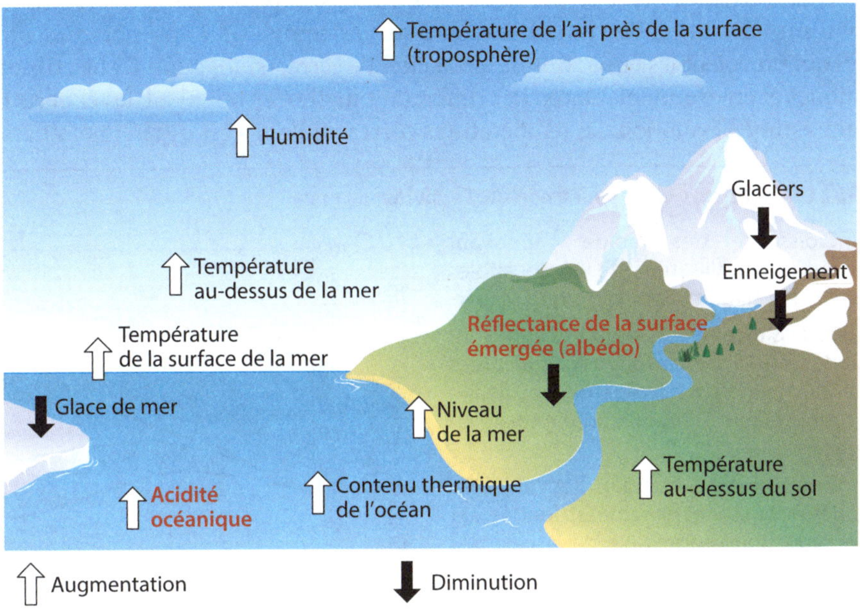

Quiz

1. Les résultats des modèles climatiques sont ensuite validés par des observations spatiales.
☐ Vrai ☐ Faux

2. Les projections climatiques se limitent à quelques décennies.
☐ Vrai ☐ Faux

3. Les modèles climatiques prévoient une baisse de température à la fin du siècle en cas de baisse des émissions de GES.
☐ Vrai ☐ Faux

4. La fermentation dans les décharges libère du méthane.
☐ Vrai ☐ Faux

5. Plusieurs modèles climatiques prévoient une élévation du niveau marin de 100 m.
☐ Vrai ☐ Faux

→ Réponses p. 64

Analyser des modèles prédictifs

ÉNONCÉ

Pour construire des modèles prédictifs, le GIEC (Groupe d'experts intergouvernemental sur l'évolution du climat) s'est basé sur différents scénarios, notamment les SRES qui prévoient les émissions de gaz à effet de serre, en fonction d'objectifs économiques et environnementaux. Par différentes méthodes de calcul, les experts ont ensuite estimé l'évolution des températures correspondant à ces différents scénarios.

Doc. 1 Des scénarios utilisés pour modéliser l'évolution du climat

A2 Croissance très rapide s'appuyant surtout sur l'utilisation de combustibles fossiles. Population mondiale en croissance.

A1B Croissance très rapide s'appuyant sur des sources énergétiques équilibrées (combustibles fossiles, énergies nucléaire et renouvelables). Population mondiale en croissance.

B1 Croissance guidée par des objectifs de développement durable et fondée sur une réduction progressive de la part des énergies fossiles. Ralentissement de la croissance démographique jusqu'en 2050, puis stagnation.

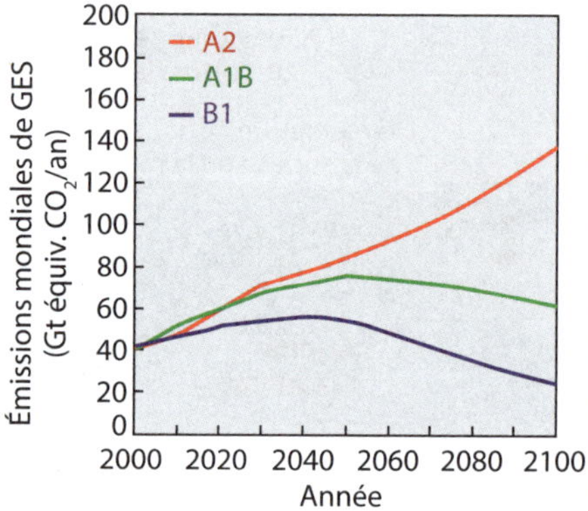

Doc. 2 Modèle d'évolution de la température selon ces scénarios

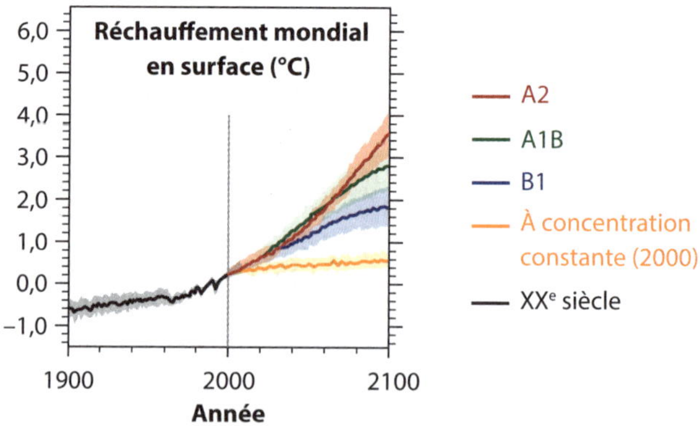

Analyser les prévisions du GIEC en fonction de ces différents scénarios.

MÉTHODE

- Il faut tout d'abord s'intéresser aux trois scénarios, et plus particulièrement à ce qui les distingue pour ensuite pouvoir interpréter les résultats. Il est nécessaire notamment de comparer le rythme d'évolution des émissions de CO_2 au rythme des émissions actuelles.
- Enfin, il s'agit de mettre en relation les prévisions en termes d'équivalents CO_2 et de température.

CORRIGÉ

- Pour les scénarios A2 et A1B, les émissions de dioxyde de carbone vont se poursuivre à un rythme identique au rythme actuel jusqu'à 2050 au moins, ces émissions étant seulement ralenties dans le scénario A1B après cette période. Ce ralentissement s'explique par un recours à d'autres énergies que les combustibles fossiles.
- Pour le scénario B1, on assiste à une diminution des émissions de CO_2 à partir de 2030, liée au remplacement des combustibles fossiles par des sources d'énergie qui ne produisent pas de CO_2. Malgré la diminution des émissions de CO_2, l'atmosphère continue néanmoins à s'enrichir en ce gaz pendant une certaine période. Cela s'explique par le fait que le CO_2 s'accumule dans l'atmosphère en quantité telle que l'excédent ne peut pas être immédiatement recyclé dans les autres réservoirs (par exemple l'océan).

Remarque

Dans une perspective de développement durable, l'arrêt de la déforestation et le reboisement ont un impact sur le taux de CO_2, les végétaux en croissance constituant des puits de carbone.

- Tous ces scénarios prévoient une hausse de la température d'ici 2100 : continuelle et de plus de 3,5 °C pour le A2, d'un peu moins de 3 °C pour le A1B, avec une stagnation vers 2080. Malgré la réduction des émissions de GES, une hausse de près de 2 °C est prévue en 2100 selon le B1. Toutefois, la température n'augmente que de façon limitée à partir de 2050. Ainsi, une réduction des émissions de GES, même si elle n'éviterait pas le réchauffement climatique, permettrait de le limiter.

Vérification des connaissances

Pour chaque question ou affirmation, il y a entre 0 et 3 bonnes réponses.

1. Les résultats des modèles climatiques sont évalués :
a. par comparaison avec des observations spatiales.
b. par comparaison avec les paléoclimats.
c. grâce à des logiciels de simulation.

2. Les modèles climatiques s'accordent à prévoir :
a. une baisse globale du niveau des mers.
b. une augmentation du nombre d'évènements climatiques extrêmes.
c. une acidification des océans.

3. L'acidification des océans :
a. a pour conséquence une élévation du niveau marin.
b. s'explique par une absorption du CO_2 atmosphérique par l'océan.
c. entraîne un réchauffement des océans.

4. Le réchauffement des océans :
a. modifie le taux de reproduction de certaines espèces.
b. entraîne une élévation du niveau marin.
c. provoque des migrations d'animaux marins.

5. Les activités humaines à l'origine du rejet de CH_4 sont :
a. la déforestation.
b. la production de ciment.
c. la fermentation dans les décharges.

6. Dans le scénario qui prévoit un réchauffement plus limité :
a. la part des énergies renouvelables est augmentée.
b. la part de l'énergie nucléaire est augmentée.
c. une reforestation est engagée.

7. Les événements climatiques extrêmes :
a. sont liés au réchauffement des océans.
b. ont déjà commencé à se produire.
c. sont indépendants du réchauffement climatique.

Entraînement

1 Réchauffement climatique et répartition du hêtre

Exploitation de documents

Le hêtre est aujourd'hui une espèce caractéristique de la forêt française, à très large distribution sur le territoire national. À partir de relevés, on a modélisé la répartition actuelle du hêtre, ainsi que celle attendue en 2100 selon les prévisions climatiques établies par le GIEC. Les résultats sont donnés en probabilité de présence.

Doc. 1 Le hêtre face au changement climatique

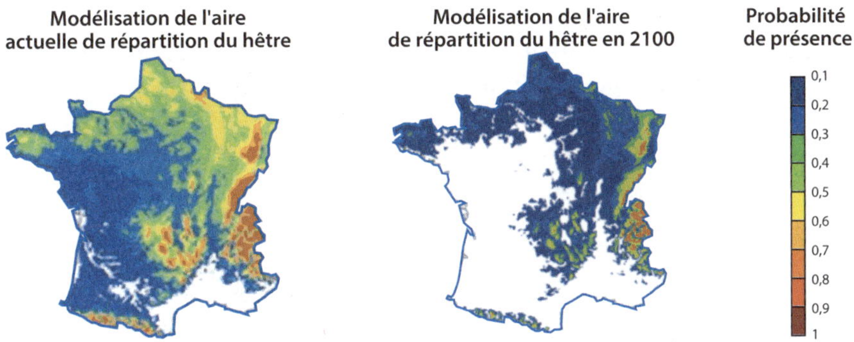

Doc. 2 Pluviométrie et température actuelles en France

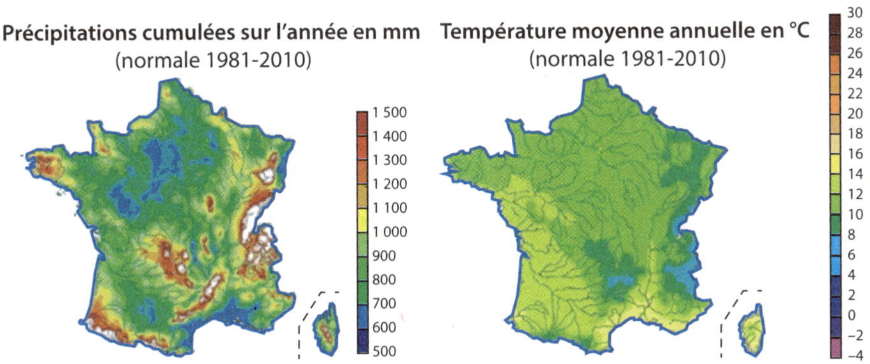

Source : Météo-France.

QUESTION

Exploiter les documents pour discuter de la répartition probable du hêtre sur le territoire français en 2100.

2 Variations du taux de CO_2 et conséquences

Exploitation de documents

Depuis plusieurs années, la concentration en dioxyde de carbone atmosphérique est mesurée dans deux stations :
- l'île tropicale de Mauna Loa à Hawaï, située dans l'hémisphère Nord et où la végétation est abondante (**Doc. 1**) ;
- l'île d'Amsterdam, isolée dans l'hémisphère Sud au milieu de l'océan Indien (**Doc. 2**).

Par ailleurs, différents enregistrements recueillis par satellite ont permis de déterminer les variations du niveau global des océans (**Doc. 3**).

Doc. 1 **Évolution de la concentration de CO_2 dans l'atmosphère mesurée à Mauna Loa**

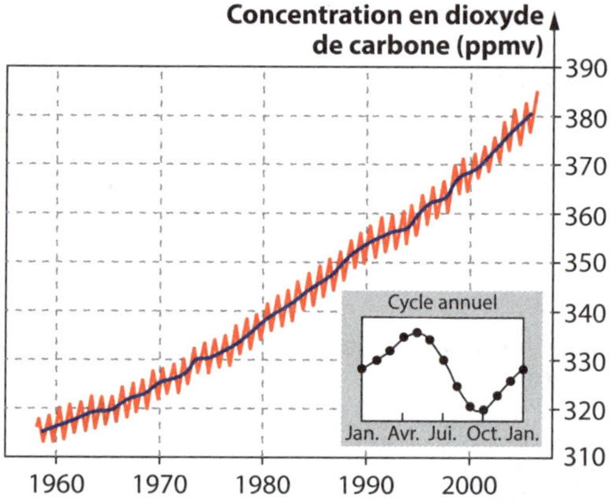

ppmv = partie par million en volume.
1 ppm désigne une proportion de un pour un million (ici, une molécule de CO_2 pour un million de molécules composant l'air).

Doc. 2 Évolution de la concentration de CO_2 dans l'atmosphère mesurée dans l'île d'Amsterdam

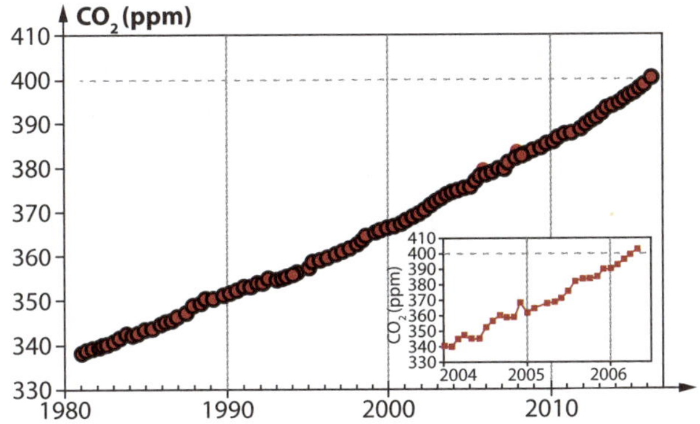

Doc. 3 Variations du niveau marin

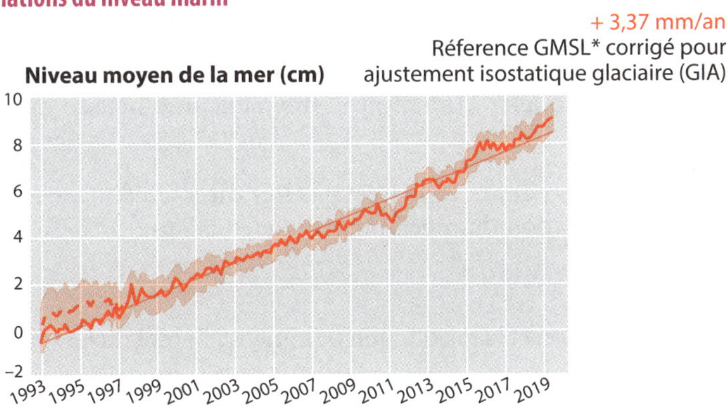

* *Global mean sea level* (niveau moyen global de la mer)

© CNES, LEGOS, CLS

QUESTIONS

1. Indiquer comment varie la teneur en dioxyde de carbone atmosphérique dans les deux stations et proposer une explication à cette variation.

2. Expliquer les variations périodiques enregistrées à Mauna Loa.

3. Comparer la vitesse d'augmentation du taux de dioxyde de carbone pour les deux stations et expliquer la différence constatée.

4. Étudier les variations du niveau de la mer et les expliquer, en relation avec les documents précédents.

Quiz

1. Vrai.

2. Faux. Les variations climatiques peuvent être estimées sur des siècles.

3. Faux. Tous les modèles prévoient une augmentation de température de 1,5 à 5 °C entre 2017 et la fin du XXIe siècle.

4. Vrai.

5. Faux. L'élévation du niveau marin pourrait atteindre 1 m d'ici la fin du XXIe siècle.

Vérification des connaissances

1. a. et **b. Vrai.** Les simulations permettent de construire des modèles, mais pas de les évaluer (**c.** Faux).

2. b. et **c. Vrai.** Les modèles climatiques prévoient une hausse du niveau des mers (**a.** Faux).

3. b. Vrai. L'acidification des océans n'est pas liée directement au réchauffement et n'entraîne pas d'élévation du niveau marin (**a.** et **c.** Faux).

4. a., b. et **c. Vrai.**

5. c. Vrai. La déforestation et la production de ciment libèrent du CO_2 (**a.** et **b.** Faux).

6. a., b. et **c. Vrai.**

7. a. et **b. Vrai.** Les événements climatiques extrêmes sont liés au réchauffement climatique (**c.** Faux).

Entraînement

1 Réchauffement climatique et répartition du hêtre

Le **document 1** montre qu'en 2010, le hêtre recouvre plus ou moins la totalité du territoire français, à l'exception du Sud-Est et d'une mince bande dans la vallée de la Garonne. Il est par ailleurs abondant sur les reliefs (Massif Central, Alpes…), dans le Nord-Est, ainsi que sur la façade de la Manche.

D'après les prévisions, la répartition du hêtre sera profondément modifiée en 2100. On le retrouvera dans les reliefs élevés (Alpes) comme moins élevés (Vosges), et dans une moindre mesure dans le Massif Central et les Pyrénées. Il aura disparu de la moitié ouest de la France, à l'exception de la façade de la Manche. S'il est néanmoins présent, ce sera sous une forme fortement dispersée puisque sa probabilité de présence est comprise entre 0,1 et 0,2. Globalement, on peut dire qu'en 2100, le hêtre aura migré vers le nord et sera toujours présent en altitude, même s'il est moins abondant.

> **Méthode**
> Il faut établir une corrélation entre l'aire de répartition actuelle du hêtre et les conditions climatiques pour en déduire les exigences climatiques du hêtre.

Le **document 2** montre que la répartition actuelle du hêtre correspond à des zones dans lesquelles les températures sont peu élevées et les précipitations relativement abondantes. Avec le réchauffement climatique, les zones correspondant aux exigences climatiques du hêtre seront déplacées vers le nord. Ainsi, en modifiant les facteurs climatiques, le réchauffement modifiera la répartition des êtres vivants.

2 Variations du taux de CO_2 et conséquences

1. La teneur en dioxyde de carbone atmosphérique augmente régulièrement au cours du temps dans les deux stations. On peut supposer que les activités humaines sont responsables de cet accroissement, notamment du fait de l'utilisation des combustibles fossiles, qui libère du CO_2 dans l'atmosphère.

2. Les variations annuelles de la teneur en CO_2 à Mauna Loa s'expliquent par l'abondance de la végétation tropicale de cette île. La croissance de la végétation en été consomme du CO_2 (photosynthèse), et sa décomposition en hiver en libère.

3. L'augmentation du taux de CO_2 atmosphérique semble être moins rapide dans la station de l'île d'Amsterdam. On peut l'expliquer par sa localisation dans l'hémisphère Sud, bien moins industrialisé que l'hémisphère Nord.

4. Le niveau de la mer s'accroît depuis 1993. Or la teneur en dioxyde de carbone ne cesse elle aussi d'augmenter. Cela a pour conséquence une augmentation de l'effet de serre et de la température. La dilatation de l'eau qui en résulte, associée à la fonte des glaciers, entraîne l'élévation du niveau marin.

> **Astuce du prof**
> On peut mesurer l'augmentation du taux de CO_2 sur une même période pour les deux stations, puis penser aux différences pouvant exister entre l'hémisphère Nord et l'hémisphère Sud.

CHAPITRE

4 Énergies, choix de développement et futur climatique

1 Énergies mondiales

De quoi s'agit-il ? Les ressources énergétiques mondiales sont variées. La consommation des énergies fossiles ou renouvelables est inégale à travers le monde, même si celle des ressources non renouvelables est largement majoritaire.

1 Diversité des ressources et énergies fossiles

- Nos besoins énergétiques sont de plus en plus importants, voire en croissance exponentielle dans certaines régions du monde. Les énergies fossiles représentent près de 80 % de notre consommation, alors que ces énergies se raréfient. Nous devons compter à l'avenir sur un ensemble de ressources énergétiques, autres que fossiles, relativement variées : nucléaire, solaire, éolien, géothermique, hydraulique, biomasse, énergies marines…
- Les énergies primaires sont disponibles sous deux formes :

– les énergies stockables, comme les combustibles fossiles (pétrole, gaz ou charbon) ou nucléaires (uranium) ;

– les flux d'énergie ou énergies non stockables : flux radiatif solaire, flux géothermique, puissance gravitationnelle à l'origine des marées, etc.

- Les énergies fossiles sont produites à partir de sources de matière organique. Leurs stocks étant limités, ce type d'énergie est épuisable. Les énergies fossiles (pétrole, gaz et charbon) sont aussi appelées hydrocarbures : leur combustion dégage du dioxyde de carbone, un des principaux gaz à effet de serre (GES).
- Les énergies renouvelables, par opposition aux énergies fossiles ou nucléaires, sont des sources énergétiques inépuisables.

2 Consommation énergétique

- La consommation d'énergie dans le monde, très inégalement répartie en fonction des richesses des pays et des individus, a malgré tout doublé depuis le choc pétrolier de 1973, avec une consommation importante des pays émergents dont la principale source d'énergie reste actuellement le charbon. La Chine, en particulier, est devenue le premier consommateur mondial d'énergie.

• La consommation énergétique est directement liée au modèle industriel des différents pays consommateurs : les secteurs industriels, des transports et de l'habitat se partagent équitablement la majorité des parts de marché ; vient ensuite, et dans une moindre mesure, le secteur agricole.

• Les énergies fossiles ont une place très privilégiée (**Doc.**), même si l'Europe souhaite réduire sa consommation. Les énergies renouvelables, quant à elles, connaissent une croissance rapide, bien qu'encore en très faible part. Enfin, concernant la production et la consommation nucléaires, certains pays sont en réflexion sur les politiques à mener après la catastrophe de Fukushima au Japon en 2011.

Doc. **Consommation mondiale en 2012**

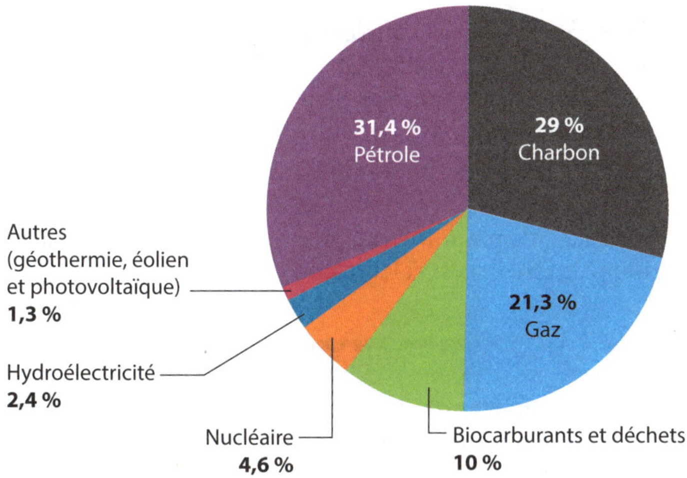

Vocabulaire

Énergie fossile : énergie issue de la combustion du charbon, du gaz ou du pétrole.

Éolien : type d'énergie produite par l'action du vent.

Géothermie : type d'énergie utilisant les phénomènes thermiques internes de la Terre.

Biomasse : matière organique (végétale ou animale) pouvant produire de l'énergie.

Hydrocarbure : molécule constituée de carbone et d'hydrogène.

Gaz à effet de serre : gaz absorbant une partie des rayonnements solaires, contribuant à l'effet de serre.

Énergie renouvelable : énergie dont le renouvellement est tel qu'elle peut être considérée comme inépuisable.

2 Combustion d'hydrocarbures et de biomasse

De quoi s'agit-il ? **La combustion d'hydrocarbures fossiles et de biomasse produit des GES ou des particules qui affectent la qualité de l'air et la santé des êtres humains.**

1 Combustions complètes et incomplètes

- Les hydrocarbures, issus des produits pétroliers et composés des éléments carbone et hydrogène, réagissent avec le dioxygène et produisent du dioxyde de carbone et de l'eau : il s'agit d'une combustion complète. Seul le carbone, ou charbon pur, brûle en ne produisant que du dioxyde de carbone.

Exemple : L'équation de combustion du méthane est $CH_4 + 2\,O_2 \longrightarrow CO_2 + 2H_2O$.

- Dans le cas d'une combustion incomplète, il se forme d'autres produits que l'eau et le dioxyde de carbone, comme le monoxyde de carbone CO. Dans le cas de la combustion de réactifs fossiles ou issus de la biomasse, il se forme des aérosols, des composés azotés, de l'ozone O_3, des suies, des produits soufrés, etc.
- On appelle pouvoir calorifique, la quantité d'énergie contenue dans une unité de masse ou de volume (fioul ou gaz naturel) de combustible. Le PCS (pouvoir calorifique supérieur) est calculé pour une eau produite à l'état vapeur, alors que le PCI (pouvoir calorifique inférieur) est calculé pour une eau redevenue à l'état liquide.

2 Conséquences sur l'environnement et la santé

- La pollution de l'air peut être d'origine naturelle (éruption volcanique, érosion produisant des poussières minérales, production d'allergènes par les plantes, etc.) ou d'origine humaine (transports avec surtout le trafic routier, industries, chauffages et bâtiments, agriculture, stockage et incinération des déchets, etc.).
- Les polluants primaires sont directement issus de l'activité humaine : particules fines, composés organiques volatils (COV), etc. Les polluants secondaires, comme l'ozone, sont le produit de transformation de polluants primaires.
- Les conséquences sur l'environnement sont principalement la destruction de la couche d'ozone, la production de pluies acides dues aux oxydes d'azote ou de composés soufrés qui dégradent les écosystèmes, l'augmentation de l'effet de serre, etc.
- Quant aux conséquences sur la santé, selon le site de l'Agence de l'environnement et de la maîtrise de l'énergie (Ademe), qui s'appuie sur un rapport de

l'Organisation mondiale de la santé (Rapport OMS « Review of evidence on health aspects of air pollution », janvier 2013) :

– une exposition à long terme aux particules fines de diamètre inférieur à 2,5 µm (PM 2,5) « peut provoquer l'athérosclérose [perte d'élasticité des artères], des perturbations des naissances et des maladies respiratoires chez l'enfant » ;

– une exposition de court terme « suffit à accroître la morbidité cardio-respiratoire, tandis qu'une exposition chronique favorise l'apparition d'asthme chez l'adulte [...], de broncho-pneumopathies chroniques obstructives et d'altérations du développement de la fonction respiratoire chez l'enfant, de maladies cardio-vasculaires et de cancers du poumon ».

Doc. **Effets de la pollution de l'air aux particules fines**

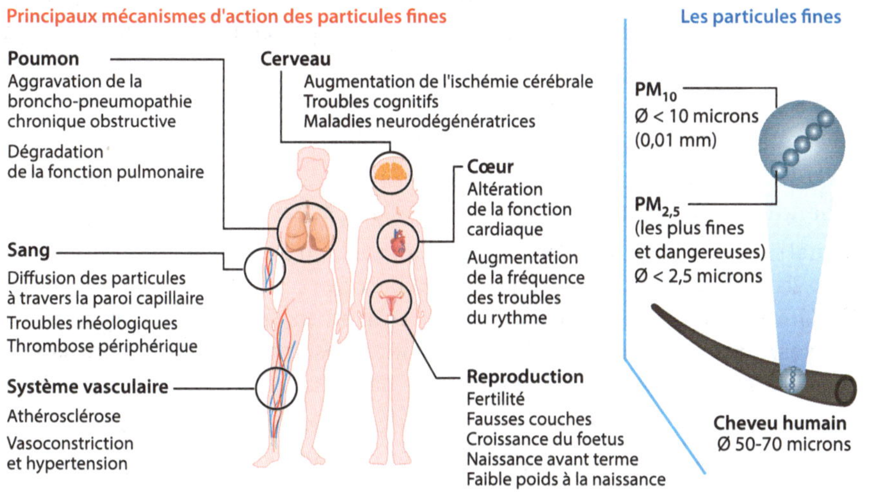

Sources : Santé Publique France, inVS.

Vocabulaire

Combustion : réaction avec le dioxygène produisant du dioxyde de carbone et de l'eau (combustion complète) et d'autres produits par défaut de dioxygène (combustion incomplète).

Pouvoir calorifique : quantité d'énergie en kWh ou MJ par unité de masse ou volume de combustible.

Allergène : substance déclenchant ou favorisant une allergie, une intolérance, des réactions du système immunitaire.

Particule fine : particule de très petit diamètre.

Couche d'ozone : couche de la stratosphère comprise entre 20 et 50 km d'altitude contenant une concentration de l'ozone O_3 permettant l'absorption des UV.

3 Empreinte carbone

De quoi s'agit-il ? **L'empreinte carbone mesure la masse de gaz à effet de serre (GES) produite lors de la consommation d'énergie et/ou de matières premières. Elle se mesure en tonnes équivalent CO_2.**

1 Bilan GES et empreinte carbone

- Un territoire, une organisation, etc. peut réaliser son bilan GES en s'appuyant sur la norme ISO-TR 14069.
- L'Ademe propose de classer les émissions de gaz à effet de serre (GES) en trois catégories :

– SCOPE 1 ou émissions directes de GES : ce sont les émissions des sources fixes de combustion, des sources mobiles à moteur thermique, celles issues de la biomasse par exemple ;

– SCOPE 2 ou émissions indirectes de GES : ce sont les émissions liées à la consommation d'électricité, de chaleur/froid ou de vapeur ;

– SCOPE 3 ou autres : ce sont les émissions indirectes liées au stockage des marchandises, aux transports, aux déchets, aux achats de biens et services, etc.

- Le quatrième rapport gouvernemental annuel, au titre de la loi dite « SAS » du 13 avril 2015 (Eva Sas), définit l'empreinte carbone comme un calcul des quantités de GES induites par la demande du pays (« consommation des ménages, administrations publiques, organismes à buts non lucratifs, investissement) que ces biens ou services soient produits sur le territoire national ou importés. »
- L'empreinte carbone est ainsi constituée des émissions de GES directes et indirectes. La plupart du temps, les principaux GES, soit le dioxyde de carbone CO_2, le méthane CH_4 et le protoxyde d'azote N_2O, sont évalués.
- Pour simplifier, on définit l'empreinte carbone d'une activité ou d'une personne comme la masse de dioxyde de carbone CO_2 équivalente produite directement ou indirectement par sa consommation d'énergie et/ou de matières premières.

2 Empreinte carbone de la France

- En France (métropole et DROM), l'évolution de l'empreinte carbone a été en forte hausse entre 1995 et 2005, puis a eu tendance à se stabiliser pour diminuer de 2011 à 2014. Les projections pour les années postérieures montrent un retour à la hausse (**Doc.**).

- Globalement entre 1995 et 2017, l'empreinte carbone de la France a augmenté de près de 20 %, avec une baisse sensible des émissions intérieures, mais une très forte hausse des émissions associées aux importations (+ 99 %).

Doc. **Empreinte carbone - France métropolitaine, départements et régions d'Outre-Mer**

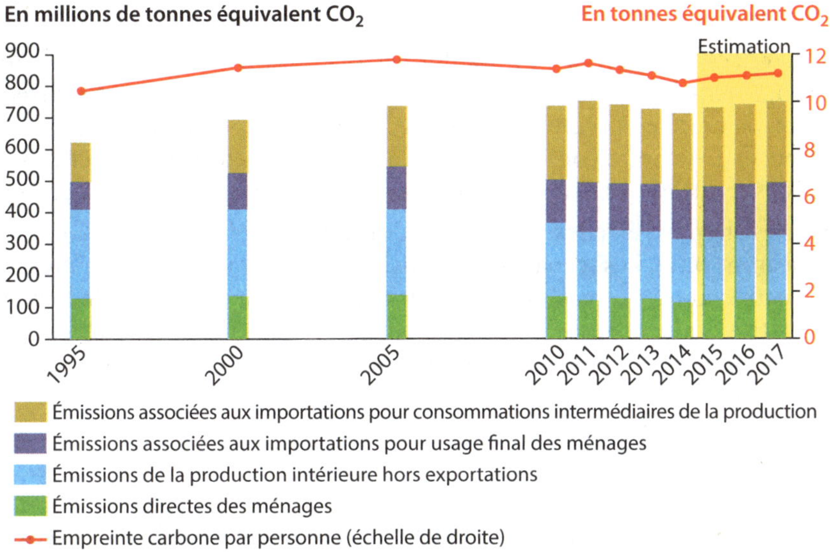

Notes : l'empreinte et l'inventaire portent sur les trois principaux gaz à effet de serre (CO_2, CH_4, N_2O).
Champ : France et Drom (périmètre Kyoto).

Sources : Citepa ; AIE ; FAO ; Douanes ; Eurostat ; Insee. Traitement : SDES, 2018.

- L'empreinte carbone estimée (e) par personne est de 11,2 tCO_2e en 2017. Elle est en hausse de 6 % depuis 1995 au regard de la croissance démographique entre ces deux dates. Cela permet de constater une variation à la hausse, mais faible malgré tout.

Vocabulaire

Empreinte carbone : masse de gaz à effet de serre produite de manière directe ou indirecte d'une entité lors de sa consommation d'énergie et/ou de matières premières. Elle se mesure en tonnes de dioxyde de carbone équivalentes.

DROM : Départements et régions d'Outre-Mer.

tCO_2e (« tonne équivalent dioxyde de carbone ») : masse de dioxyde de carbone équivalente produite dans les mêmes conditions d'émission.

4 Transition écologique : les scénarios possibles

De quoi s'agit-il ? Afin de réduire les émissions de GES, des exercices prospectifs permettent, grâce à une vision à moyen et long termes, d'établir un état des lieux et des préconisations.

1 Exercices prospectifs

- Les exercices prospectifs visent à donner une vision à moyen ou long terme des changements sociétaux, économiques, environnementaux nécessaires à la réduction de notre empreinte énergétique, de notre empreinte carbone, de notre empreinte eau, de notre consommation de ressources, etc. Ces projections fournissent des modèles permettant de définir les aléas et d'orienter les décisions.
- Parmi les champs de réflexion, la réduction des gaz à effet de serre (GES) est un domaine important. Les scénarios de transition écologique font différentes hypothèses pour évaluer, voire diminuer, à terme, l'empreinte carbone de la planète. Ces scénarios évaluent aussi les changements prévisibles affectant les écosystèmes et les conditions de vie des êtres humains, principalement les plus fragiles.

2 Exemple : scénario de l'Ademe

- En 2014, dans le cadre de l'exercice de prospective énergétique « Vision 2030-2050 », l'Agence de l'environnement et de la maîtrise de l'énergie (Ademe) a travaillé sur un scénario fondé sur la consommation des ménages, appelée « empreinte environnementale allégée ».
- Ce scénario :

– établit non seulement un état des lieux des impacts environnementaux des GES, mais aussi de l'acidification, de la consommation des ressources, de la production des déchets, etc. ;

– prend en compte les impacts des importations générées hors de France ;

– analyse les changements souhaitables en termes de consommation dans les domaines de l'habitat, de l'alimentation, de la mobilité, des loisirs… afin de définir des orientations pour l'avenir. Le scénario propose un nouveau modèle de « production-consommation ».

- À l'horizon 2030, le scénario « empreinte environnementale allégée » permettrait de diminuer de 17 % les émissions de GES liées à notre consommation par rapport à 2007, soit environ 7 tCO_2e par personne et par an en 2030. La moitié de ces émissions proviendrait encore des importations de produits consommés (**Doc.**).

3 Rapport spécial du GIEC

- En 2018, dans son rapport spécial sur le « Réchauffement climatique de 1,5 °C », commandé à la suite de la COP21, le Groupe d'experts intergouvernemental sur l'évolution du climat (GIEC) a analysé plus de 200 scénarios. Malgré des différences d'approches, ces scénarios arrivent à des propositions communes.
- Le rapport spécial du GIEC précise, concernant les émissions de GES : « Pour ne pas dépasser un réchauffement de 2 °C d'ici la fin du siècle, nous devons réduire de 25 % nos émissions d'ici 2030, et atteindre la neutralité carbone en 2070. Pour rester en dessous de + 1,5 °C, les émissions doivent être réduites de 50 % d'ici 2030, et être nulles à partir de 2050. »
- Le GIEC fait des propositions d'investissement à réaliser d'ici 2035, dont le coût est d'environ 2 400 milliards de dollars par an, soit 2,5 % du PIB mondial.

Doc. **Émissions de GES à l'horizon 2030 selon le scénario Ademe**

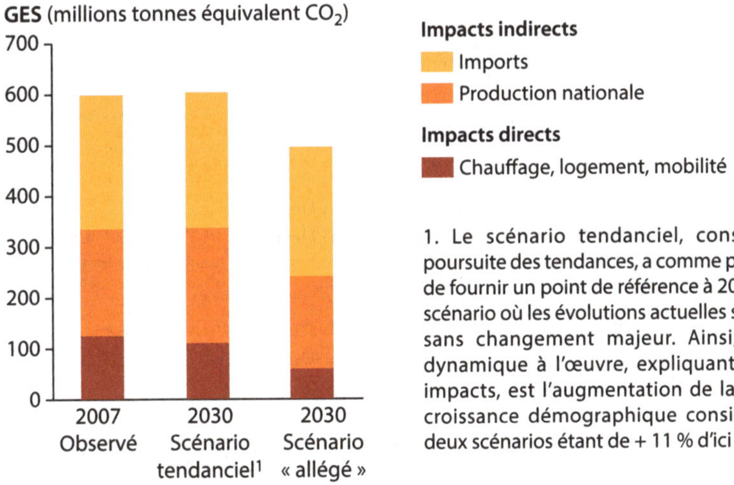

1. Le scénario tendanciel, construit sur une poursuite des tendances, a comme principal objectif de fournir un point de référence à 2030. Il s'agit d'un scénario où les évolutions actuelles se maintiennent sans changement majeur. Ainsi, la principale dynamique à l'œuvre, expliquant la hausse des impacts, est l'augmentation de la population, la croissance démographique considérée dans les deux scénarios étant de + 11 % d'ici à 2030.

Source : Ademe

Vocabulaire

COP : conférence internationale sur le climat se déroulant chaque année et réunissant les pays signataires de la Convention cadre des Nations Unies sur le changement climatique (CCNUCC).

Neutralité carbone ou « zéro émissions nettes » (zen) : état dans lequel toute émission de CO_2 est compensée par une absorption ou une élimination.

PIB (produit intérieur brut) : indicateur de la production économique intérieure d'un pays.

RÉVISION EXPRESS

LES POINTS IMPORTANTS À RETENIR

- L'énergie utilisée dans le monde provient d'une **diversité de ressources** parmi lesquelles **les combustibles fossiles dominent**.
- La consommation de ces ressources est très **inégalement répartie** selon la richesse des pays et des individus.
- La croissance de la consommation globale, qui a doublé durant les quarante dernières années, est directement liée **au modèle industriel de production et de consommation** des sociétés. En moyenne mondiale, cette énergie est utilisée à parts comparables par le **secteur industriel,** les **transports,** le **secteur de l'habitat**, et dans une moindre mesure par le **secteur agricole**.
- Les énergies primaires sont disponibles sous forme de **stocks** (combustibles fossiles, uranium) et de **flux** (flux radiatif solaire, flux géothermique, puissance gravitationnelle à l'origine des marées).
- La combustion de carburants fossiles et de biomasse libère du **dioxyde de carbone**, mais également des **aérosols** et d'autres substances (N_2O, O_3, suies, produits soufrés), qui affectent la qualité de l'air respiré et la santé.
- L'**empreinte carbone** d'une activité ou d'une personne est la **masse de CO_2 produite** directement ou indirectement par sa consommation d'énergie et/ou de matières premières.
- Les scénarios de transition écologique font différentes hypothèses sur la quantité de **gaz à effet de serre (GES)** émise dans le futur. Ils évaluent les changements prévisibles affectant les écosystèmes et les conditions de vie des êtres humains, principalement les plus fragiles.
- Les projections fournies par les modèles permettent de définir les aléas et peuvent orienter les prises de décision. Les mesures d'adaptation découlent d'une **analyse des risques** et des **options** pour y faire face.

Vidéo

LES MOTS IMPORTANTS

- Biomasse
- Charbon
- Combustion
- Dioxyde de carbone
- Empreinte carbone
- Énergie fossile
- Énergie renouvelable
- Éolien
- Géothermie
- GES
- Hydrocarbure
- Neutralité carbone
- Nucléaire
- Ozone
- Particule fine
- Pétrole
- Pouvoir calorifique
- Scénario

LE SCHÉMA IMPORTANT À RETENIR

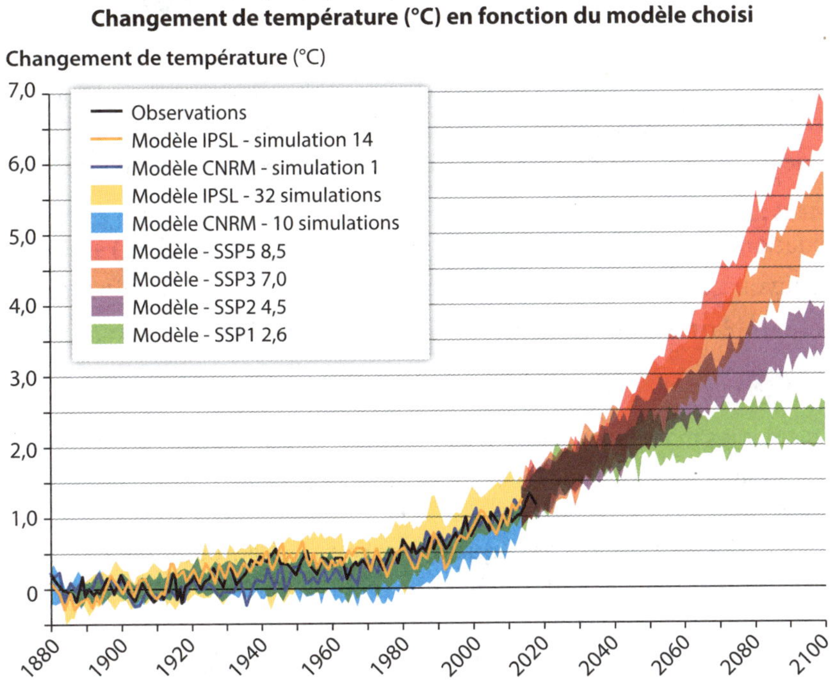

Quiz

1. Le gaz naturel et le charbon sont des énergies fossiles.
☐ Vrai ☐ Faux

2. L'énergie solaire et l'énergie éolienne sont des énergies renouvelables.
☐ Vrai ☐ Faux

3. L'énergie nucléaire est une énergie primaire stockable.
☐ Vrai ☐ Faux

4. Les particules fines sont par définition d'un diamètre de 10 µm.
☐ Vrai ☐ Faux

5. L'empreinte carbone mesure la masse de carbone produite.
☐ Vrai ☐ Faux

6. La tCO_2e est une unité de masse.
☐ Vrai ☐ Faux

→ Réponses p. 81

Calculer la masse de dioxyde de carbone produite par unité d'énergie dégagée

ÉNONCÉ

Le butane C_4H_{10} est utilisé comme combustible domestique, généralement stocké dans des cuves externes en surface ou enterrées. Calculer la masse de dioxyde de carbone produite par combustion par mégajoule d'énergie dégagée.

***Données*:**

- L'équation de combustion est : $2\ C_4H_{10}\ (g) + 13\ O_2\ (g) \rightarrow 8\ CO_2\ (g) + 10\ H_2O\ (g)$.
- Le pouvoir calorifique inférieur du butane est : PCI = 12,56 kWh/kg.
- Masses molaires atomiques (g·mol^{-1}) : $M(H) = 1{,}0$; $M(C) = 12{,}0$; $M(O) = 16{,}0$.

MÉTHODE

1. Calculer les masses molaires du combustible et du dioxyde de carbone.
2. Déterminer la quantité de matière de combustible correspondant à une masse de 1 kg.
3. À partir des proportions de l'équation de combustion, déterminer la quantité de matière de dioxyde de carbone produite par kilogramme de combustible.
4. En déduire la masse de dioxyde de carbone correspondante.
5. Convertir en mégajoules (MJ) l'énergie exprimée en kilowattheures (kWh) pour le pouvoir calorifique inférieur.
6. En utilisant les réponses aux étapes **4.** et **5.**, en déduire, par proportionnalité, la masse de dioxyde de carbone produite par mégajoule (MJ) d'énergie dégagée.

CORRIGÉ

1. Les masses molaires du butane et du dioxyde de carbone sont :

$M(C_4H_{10}) = 4M(C) + 10M(H) = 4 \times 12{,}0 + 10 \times 1{,}0 = 58{,}0\ \text{g·mol}^{-1}$

$M(CO_2) = M(C) + 2M(O) = 1 \times 12{,}0 + 2 \times 16{,}0 = 44{,}0\ \text{g·mol}^{-1}$

2. La quantité de butane correspondante est $n(C_4H_{10}) = \dfrac{m(C_4H_{10})}{M(C_4H_{10})}$. Pour une masse de 1,0 kg = $1{,}0 \times 10^3$ g de butane, on a $n(C_4H_{10}) = \dfrac{1{,}0 \times 10^3}{58{,}0} = 17$ mol.

3. L'équation de combustion du méthane est :
$2\ C_4H_{10}\ (g) + 13\ O_2\ (g) \rightarrow 8\ CO_2\ (g) + 10\ H_2O\ (g)$

On en déduit que 2 mol de méthane produisent 8 mol de dioxyde de carbone.
Par proportionnalité, à partir de ces coefficients stœchiométriques, on en déduit que la quantité de dioxyde de carbone est :

$$n(CO_2) = \frac{8}{2} \times n(C_4H_{10}) = 4n(C_4H_{10})$$

soit alors $n(CO_2) = 4 \times 17 = 68$ mol.

4. La masse correspondante de dioxyde de carbone est :

$$m(CO_2) = n(CO_2) \times M(CO_2)$$

d'où $m(CO_2) = 68 \times 44{,}0 = 3{,}0 \times 10^3$ g ou 3,0 kg.

5. Le pouvoir calorifique inférieur du butane est PCI = 12,56 kWh/kg
PCI = $12{,}56 \times 3{,}6 \times 10^6 = 4{,}5 \times 10^7$ J/kg = 45 MJ/kg de butane.

6. Une masse de 1,0 kg de butane produit 3,0 kg de dioxyde de carbone avec une énergie dégagée de 45 MJ.
Par proportionnalité, on en conclut que la masse de dioxyde de carbone produite par mégajoule est de $\frac{3{,}0}{45} = 0{,}067$ kg/MJ ou encore de 67 g de dioxyde de carbone par MJ d'énergie dégagée.

À retenir

On a égalité des rapports $\frac{\text{quantité de matière}}{\text{cœfficient stoechiométrique}}$:

$$\frac{n(CO_2)}{\xi(CO_2)} = \frac{n(C_4H_{10})}{\xi(C_4H_{10})}$$ avec

ξ le cœfficient stœchiométrique.

Rappel

1 MJ = 10^6 J et 1 kWh = $1 \times 10^3 \times 3{,}6 \times 10^3 = 3{,}6 \times 10^6 = 3{,}6$ MJ

Réflexe à avoir

Dans le cas d'une proportionnalité, on peut utiliser un produit en croix pour calculer la masse par MJ d'énergie.

Vérification des connaissances

Pour chaque question ou affirmation, il y a entre 0 et 3 bonnes réponses.

1. Les énergies suivantes sont des énergies primaires stockables :
a. l'énergie géothermique.
b. le pétrole.
c. l'énergie nucléaire.

2. Les énergies suivantes sont des énergies primaires non stockables ou sous forme de flux d'énergie :
a. l'énergie solaire.
b. les énergies marines.
c. le gaz naturel.

3. Les gaz suivants, GES, contribuent à l'effet de serre :
a. le méthane.
b. le dioxyde de carbone.
c. le protoxyde d'azote.

4. La combustion complète du gaz naturel :
a. produit de l'eau.
b. n'est pas possible.
c. correspond en grande partie à celle du méthane.

5. Le pouvoir calorifique d'un combustible :
a. est généralement la quantité d'énergie produite par kilogramme de combustible.
b. peut être le volume d'énergie produite par kilogramme de combustible.
c. s'exprime en kWh/kg.

6. L'empreinte carbone :
a. correspond aux émissions directes de GES.
b. correspond aux émissions indirectes de GES.
c. est la masse de dioxyde de carbone équivalente produite.

7. Un scénario :
a. vise à diminuer les émissions de GES.
b. se fonde sur un état des lieux de la situation énergétique.
c. fait des préconisations.

Entraînement

1 Ordres de grandeur

Calcul

Le document suivant donne la liste de quelques ordres de grandeur d'énergie ou de puissance.

Doc.

A. Consommation d'une tablette de 100 g de chocolat au lait : 545 kcal permettant de marcher pendant 2 heures en effectuant environ 15 km.

B. Apports nutritionnels conseillés (ANC) d'une femme adulte entre 20 et 40 ans : 2 200 kcal par jour.

C. Consommation énergétique d'un aspirateur : 43 kWh par an sur la base de 50 heures d'utilisation.

D. Production électrique d'un réacteur nucléaire de 900 MW : 500 000 MWh en moyenne par mois.

E. Rayonnement solaire incident : 342 W par m^2 en moyenne.

F. PCI d'un stère de bois : 0,147 tep ou tonne équivalent pétrole pour 4 000 heures de chauffage.

Données : 1 tep = 41,868 GJ = 11 630 kWh = 10 Gcal.

QUESTIONS

1. Identifier les énergies et les puissances proposées dans la liste.

2. Transformer toutes les données de la liste fournie en puissances.

3. Classer l'ensemble des exemples proposés par ordre croissant de puissance.

2 Évolution des GES en France

Exploitation de document

Le document ci-après présente l'évolution des émissions des gaz à effet de serre, en France, entre 1990 et 2017.

QUESTIONS

1. Comparer les GES entre 1990 et 2017. La tendance observée s'est-elle toujours maintenue ?

2. Quels sont les secteurs pour lesquels on constate une réduction des émissions de GES entre 1990 et 2014 ? Argumenter quantitativement.

3. Quelle est alors la tendance des autres secteurs depuis 1990 ?

Doc. **Évolution des émissions de GES en France**

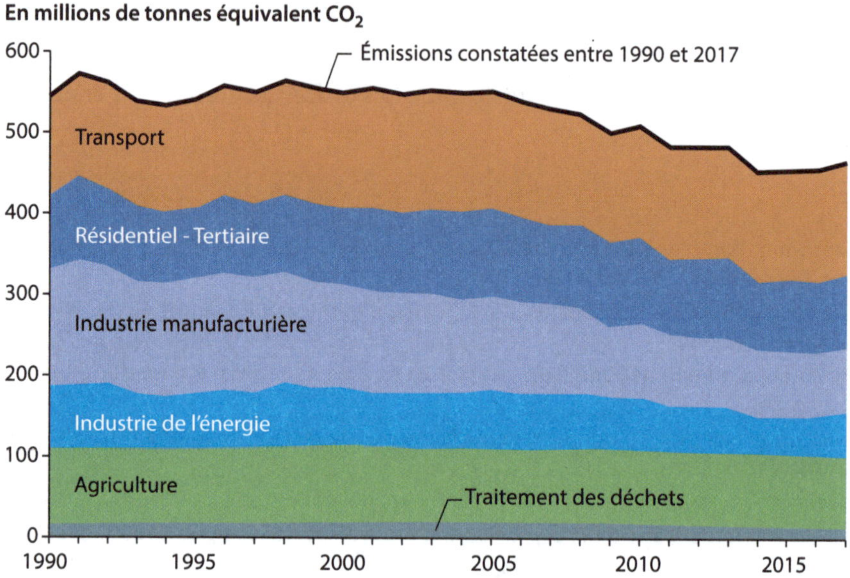

Champ : France métropolitaine et outre-mer appartenant à l'UE ; ensemble des GES, hors utilisation des terres, changement d'affectaction des terres et foresterie.

Sources : Citepa, rapport Secten 2018, ministère de la Transition écologique et solidaire.

Quiz

1. Vrai. Le gaz naturel, le charbon, mais aussi le pétrole sont des énergies fossiles. Elles sont issues de la dégradation longue de matière organique.

2. Vrai. L'énergie solaire et l'énergie éolienne sont des énergies renouvelables, c'est-à-dire que leur durée de renouvellement est inférieure à celle de notre consommation. D'autres exemples sont les énergies issues de la géothermie, de la biomasse ou de l'hydraulique.

3. Vrai. L'énergie nucléaire est une énergie primaire issue de la fission de l'uranium, c'est une énergie stockable dans le sens où le matériau de base l'est.

4. Faux. Les particules fines sont de diamètre variable. On les classe en revanche en fonction de leur diamètre (inférieur à 10 µm ou 25 µm par exemple), car de lui dépendent les risques pour l'environnement et pour la santé.

5. Faux. L'empreinte carbone mesure la masse de gaz à effet de serre ou celle de dioxyde de carbone équivalente produite.

6. Vrai. Le « t » de « tCO_2e » est le symbole de la tonne, correspondant à 1 000 kg.

Vérification des connaissances

1. b. et **c. Vrai.** Les énergies primaires stockables sont l'énergie nucléaire et les énergies fossiles comme le gaz naturel, le charbon et le pétrole. L'énergie géothermique est un flux énergétique (**a.** Faux).

2. a. et **b. Vrai.** Les flux énergétiques sont le rayonnement solaire, les énergies marines, mais aussi le flux géothermique, le flux éolien, etc. Le gaz naturel est une énergie fossile primaire stockable (**c.** Faux).

3. a., b. et **c. Vrai.** Les principaux gaz à effet de serre (GES) sont, par proportions croissantes : le dioxyde de carbone, le méthane, le protoxyde d'azote, etc.

4. a. et **c. Vrai.** La combustion complète produit de l'eau et du dioxyde de carbone. Le méthane étant le constituant majoritaire du gaz naturel, la combustion du gaz naturel est principalement celle du méthane. La combustion complète du gaz naturel produit de l'énergie utilisée dans la vie de tous les jours (**a.** Faux).

5. a. et **c. Vrai.** Le pouvoir calorifique est la plupart du temps l'énergie en kWh par kilogramme de combustible, sauf par exemple pour le fioul ou le gaz naturel. Dans ce dernier cas, il s'agit de l'énergie produite par unité de volume, soit par mètre cube ou litre de fioul ou de gaz naturel (**b.** Faux).

6. a., b. et **c. Vrai.** Toutes les réponses sont correctes : l'empreinte carbone correspond aux émissions directes et indirectes de gaz à effet de serre. Par définition, c'est la masse de GES calculée en masse de CO_2 équivalente produite par consommation d'énergie et/ou de matières premières.

7. a., b. et **c. Vrai.** Toutes les réponses sont correctes : dans un objectif de transition écologique, un scénario dont l'objectif est de réduire les émissions de GES se fonde sur un état des lieux, afin de faire des préconisations et d'avoir une vision de la situation à moyen et court termes.

Entraînement

1 Ordres de grandeur

1. La liste propose un ensemble de données correspondant toutes à des énergies, à l'exception de la donnée sur le rayonnement incident.

2. La puissance P correspond à une énergie E par unité de temps. Soit Δt la durée de fonctionnement, alors $P = \frac{E}{\Delta t}$ avec E l'énergie en joules (J) et Δt la durée en secondes (s). La puissance obtenue s'exprime alors en watts (W).

À retenir

Les énergies se repèrent à leur unité : cal, Wh, tep.
Le watt (W) est en revanche une unité de puissance.

On sait que : 1 tep = $41{,}868 \times 10^6$ J = 11 630 kWh = 11,630 MWh = 10×10^9 cal = $1{,}0 \times 10^7$ kcal. On en déduit par simple produit en croix les énergies en joules (J) et les puissances en watts (W).

	Énergie (J)	Puissance (W)
1	$545 \times 41{,}868 \times 10^6/(1{,}0 \times 10^7) = 2{,}3 \times 10^3$	$2{,}3 \times 10^3/(2 \times 3\,600) = 0{,}32$
2	$2\,200 \times 41{,}868 \times 10^6/(1{,}0 \times 10^7) = 9{,}2 \times 10^3$	$9{,}2 \times 10^3/(1 \times 24 \times 3\,600) = 0{,}11$
3	$43 \times 41{,}868 \times 10^6/11\,630 = 1{,}6 \times 10^5$	$1{,}6 \times 10^5/(50 \times 3\,600) = 0{,}89$
4	$500\,000 \times 41{,}868 \times 10^6/11{,}630 = 1{,}8 \times 10^{12}$	$1{,}8 \times 10^{12}/(1 \times 30 \times 24 \times 3\,600) = 6{,}9 \times 10^5$
5		342
6	$0{,}147 \times 41{,}868 \times 10^6 = 6{,}2 \times 10^6$	$6{,}2 \times 10^6/(4\,000 \times 3\,600) = 0{,}43$

3. On peut classer l'ensemble des exemples proposés comme suit :

$$(2) < (1) < (6) < (3) << (5) << (4)$$

Les puissances correspondant à celles des ANC d'une femme adulte, de la tablette de chocolat, du PCI du bois ou d'un aspirateur sont du même ordre de grandeur, c'est-à-dire entre 0,3 W et 0,9 W.

En revanche, la puissance du rayonnement solaire est de quelques centaines de watts, et la puissance d'un réacteur nucléaire de quelques centaines de milliers de watts.

Réflexe à avoir

Les énergies (en J) sont obtenues par « produit en croix » à partir de l'égalité de conversion.
Les durées en mois, jours, heures doivent être exprimées en secondes.

2 Évolution des GES en France

1. L'ensemble des émissions de gaz à effet de serre est évalué à $5{,}5 \times 10^2$ $MtCO_2e$ en 1990, contre $4{,}7 \times 10^2$ $MtCO_2e$ en 2017, soit une diminution de $\frac{5{,}5 - 4{,}7}{5{,}5} = 15\,\%$ environ entre 1990 et 2017.

Cette tendance à la baisse s'est maintenue de 1990 à 2014, mais depuis cette date, les émissions de GES sont en augmentation de quelques pourcents.

Piège à éviter

La lecture du document n'est pas suffisamment précise pour avoir plus de 2 chiffres significatifs sur les résultats.

2. Les secteurs pour lesquels on constate une réduction des émissions de GES entre 1990 et 2014 sont celui de l'industrie manufacturière (–50 % environ passant de $1{,}4 \times 10^2$ $MtCO_2e$ à 70 $MtCO_2e$ environ) et celui de l'industrie de l'énergie (–40 % environ passant de 70 $MtCO_2e$ à 40 $MtCO_2e$ environ).

3. La tendance des autres secteurs depuis 1990 est plutôt à la stagnation, à l'exception du domaine des transports dont les émissions de GES sont en hausse entre 1990 et 2017 (environ 10 % de hausse depuis 2014).

CHAPITRE 5 Deux siècles d'énergie électrique

1 Alternateur : de l'énergie mécanique à l'énergie électrique

De quoi s'agit-il ? **Les alternateurs électriques exploitent le phénomène d'induction électromagnétique et réalisent une conversion de l'énergie mécanique en énergie électrique.**

1 Phénomène d'induction

- Un courant électrique est un mouvement d'électrons libres dans un matériau souvent conducteur comme un métal.
- Lorsque l'on met en mouvement un aimant au voisinage d'un fil de cuivre ou plus particulièrement d'un enroulement de fil de cuivre, les électrons libres se mettent eux aussi en mouvement, créant ainsi un courant électrique et faisant apparaître une tension aux bornes de l'enroulement (**Doc. 1**).
- Le sens du courant électrique et de la tension dépend du pôle de l'aimant présenté à l'enroulement – ici le pôle nord – et du sens de déplacement de l'aimant.
- Dans le cas d'un mouvement de va-et-vient de l'aimant (mouvement d'approche et d'éloignement de l'aimant ou de présentation du pôle sud ou nord), le courant créé dans l'enroulement change de sens : on obtient donc un courant alternatif.

2 Fonctionnement d'un alternateur

- Un alternateur est un convertisseur d'énergie mécanique en énergie électrique. C'est un générateur de courant alternatif produisant à ses bornes une tension alternative en exploitant le phénomène d'induction. Il est constitué d'une source de champ magnétique et d'enroulements fixes ou bobines (**Doc. 2**).
- Un alternateur produit du courant sur le même principe que le dispositif précédent : un aimant multipôles appelé rotor tourne dans un ensemble d'enroulements fixes appelé stator.
- L'aimant tourne grâce à une turbine reliée à l'axe de l'alternateur. Cette turbine peut être en mouvement si elle exploite l'énergie d'un fluide comme :

– l'eau provenant d'une chute d'eau, de l'océan (mouvement des marées), d'un cours d'eau (courant), etc. ;

– la vapeur d'eau sous pression produite dans des centrales thermiques, nucléaires, solaires, etc. ;
– le vent entraînant la rotation des éoliennes…

3 Rendement d'un alternateur

● Le rendement η d'un alternateur est le rapport entre l'énergie récupérée en faisant fonctionner l'alternateur sur l'énergie absorbée ou dépensée lors de son fonctionnement :

$$\eta = \frac{\text{énergie utile}}{\text{énergie absorbée}}$$

● Le rendement peut être défini en puissance : $\eta = \frac{P_{\text{utile}}}{P_{\text{absorbée}}}$.

● Le rendement est un rapport de puissances ou d'énergies : c'est un nombre sans dimension, sans unité ou exprimé en pourcentage.

● Le rendement d'un alternateur est proche de 1 : les pertes thermiques sont souvent de l'ordre de 5 % à 10 %, soit un rendement de 90 % à 95 %.

Doc. 1 Création d'un courant par induction

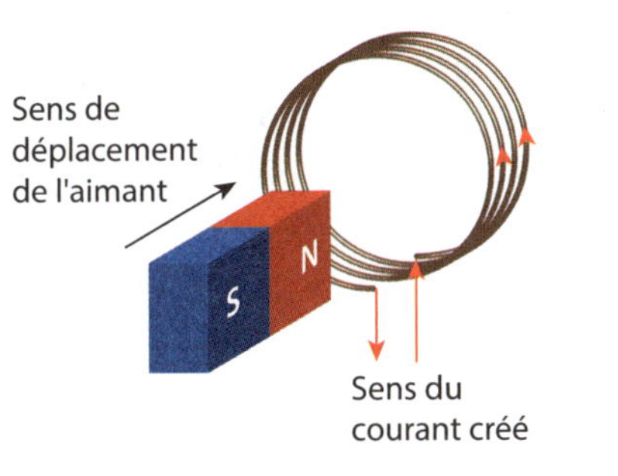

Doc. 2 Schéma simplifié d'un alternateur

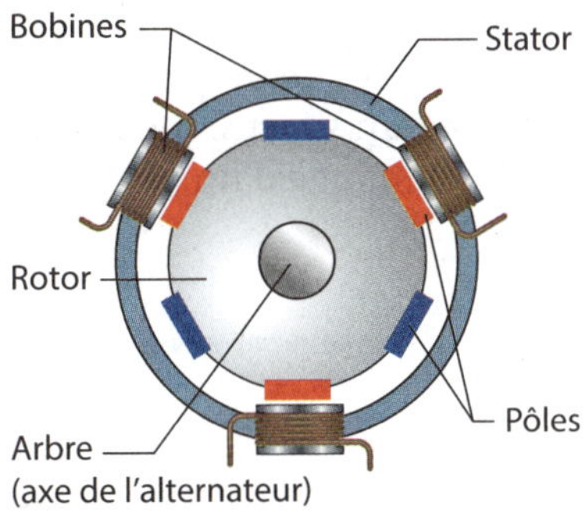

Vocabulaire

Courant alternatif : courant de valeur moyenne nulle, mais variant dans le temps.
Induction : phénomène physique de production d'une tension aux bornes d'un conducteur dans un champ magnétique.
Rotor : partie mobile d'un alternateur.
Stator : partie fixe d'un alternateur.
Turbine : dispositif utilisant l'énergie d'un fluide pour mettre un arbre/axe en rotation.
Rendement : rapport énergétique traduisant l'« efficacité » d'une machine.

2 Cellule photovoltaïque : de l'énergie radiative à l'énergie électrique

De quoi s'agit-il ? Au début du XXe siècle, la physique connaît une révolution conceptuelle à travers la vision quantique qui introduit un comportement probabiliste de la nature. Les spectres de raies d'émission des atomes en sont une illustration, et l'exploitation technologique des matériaux semi-conducteurs une conséquence.

1 Spectre d'émission des atomes

- L'expérience de Franck et Hertz établit en 1914 que les niveaux d'énergie des atomes sont quantifiés. Cela signifie qu'ils correspondent à des valeurs discrètes caractéristiques de l'atome et que les échanges d'énergie ne se font que par quantités d'énergie parfaitement déterminées : on parle alors de quanta d'énergie échangée.
- Une lampe spectrale est constituée d'un gaz monoatomique pouvant effectuer des transitions atomiques grâce à l'énergie cédée par les électrons lors de la décharge électrique dans l'ampoule. Les transitions font passer l'atome d'un état d'énergie basse E_1 vers un état d'énergie plus élevée E_2. Cependant, l'atome ne reste pas dans l'état d'énergie E_2. Il fait une nouvelle transition vers un état plus stable en émettant un ou plusieurs photons d'énergie fixée (**Doc. 1**).
- Plusieurs transitions étant possibles, le gaz peut finalement émettre plusieurs radiations de longueurs d'onde caractéristiques de l'atome constituant le gaz. On obtient alors un spectre d'émission de raies, chaque raie correspondant à une transition atomique d'un état de haute énergie vers un état d'énergie basse plus stable (**Doc. 2**).

2 Spectre solaire et matériau semi-conducteur

- Les cellules photovoltaïques sont constituées de semi-conducteurs dont le plus abondamment utilisé est le silicium cristallin. Le choix du semi-conducteur dépend de la corrélation entre son spectre d'absorption et le spectre d'émission solaire (**Doc. 3**).
- Le diagramme d'énergie d'un semi-conducteur est caractérisé par l'existence d'une bande interdite appelée « gap » séparant deux bandes de niveaux d'énergie accessibles que sont la bande de conduction et la bande de valence. Le photon absorbé par le semi-conducteur lui apporte l'énergie pour que les électrons passent dans la couche de conduction, créant un trou positif dans la couche de valence (**Doc. 4**).

- Or les semi-conducteurs sont « dopés » : on introduit dans leur structure cristalline un autre élément chimique comme l'antimoine ou le fluor. En général, l'un des dopants possède plus d'électrons que le silicium (côté N), tandis que l'autre dopant en possède moins (côté P) : il se crée ainsi une tension électrique entre les pôles de la jonction PN permettant de faire circuler les électrons et les trous dans des sens opposés, évitant leur recombinaison. Les semi-conducteurs absorbent donc l'énergie lumineuse pour la convertir en énergie électrique.

Doc. 1 Diagramme d'énergie du sodium

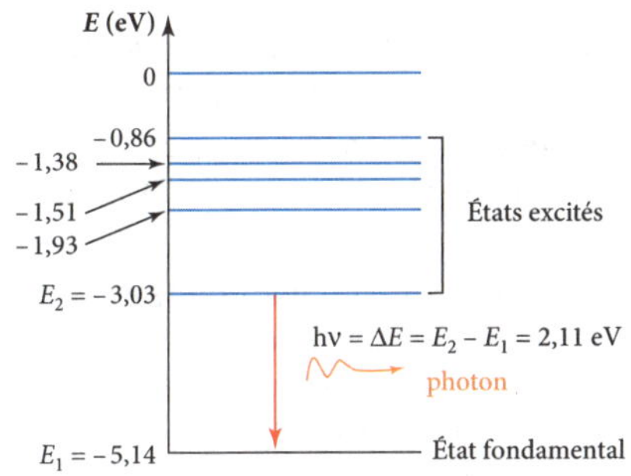

Doc. 2 Spectre d'émission du sodium (doublet à 589,0 et 589,6 nm)

Doc. 3 Spectres d'émission solaire et d'absorption d'un semi-conducteur

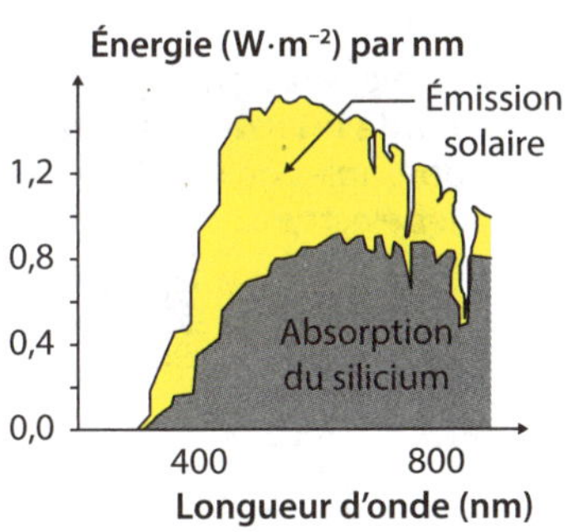

Doc. 4 Diagramme d'énergie du silicium

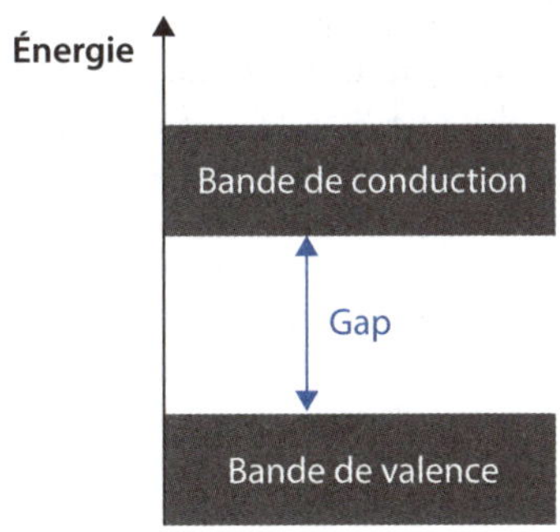

Vocabulaire

Quantum : la plus petite quantité possible d'énergie, de masse, etc.

Spectre d'émission/d'absorption : diagramme de l'énergie émise/absorbée en fonction de la longueur d'onde.

Semi-conducteur : matériau dont le fonctionnement ressemble à celui d'une pile.

Bande de valence/conduction : ensemble de niveaux d'énergie dont les électrons sont liés/libres.

RÉVISIONS EXPRESS

LES POINTS IMPORTANTS À RETENIR

- Les alternateurs électriques exploitent le **phénomène d'induction électromagnétique** découvert par Faraday, puis théorisé par Maxwell au XIXe siècle.
- Un alternateur est composé d'une partie fixe d'enroulements de fils conducteurs (**stator**) et d'une partie mobile constituée par un aimant multipolaire en rotation (**rotor**).
- Les alternateurs électriques réalisent une **conversion d'énergie mécanique en énergie électrique** avec un **rendement potentiellement très proche de 1.**
- Le **rendement est un nombre sans dimension** représentant le **rapport entre l'énergie ou la puissance utile, et l'énergie ou la puissance absorbée** par la machine.
- Au début du XXe siècle, la physique connaît une révolution conceptuelle à travers la **vision quantique** qui introduit un comportement probabiliste de la nature. Le caractère discret des spectres de **raies d'émission des atomes** s'explique de cette façon. L'exploitation technologique des matériaux **semi-conducteurs**, en particulier du silicium, en est également une conséquence.
- Les matériaux semi-conducteurs sont utilisés en électronique et sont constitutifs des **capteurs photovoltaïques**. Ceux-ci **absorbent l'énergie radiative (photons solaires) et la convertissent en énergie électrique**. Le courant créé est une **double circulation de paires électrons/trous**.
- Un matériau semi-conducteur a un diagramme d'énergie caractéristique avec **deux bandes accessibles séparées par une bande interdite ou gap**. La **bande de valence** contient les électrons liés responsables de la cohésion de la structure, et la **bande de conduction** accueille les électrons libres, responsables du courant produit.

Vidéo

LES MOTS IMPORTANTS

- Aimant
- Alternateur
- Arbre
- Bande de conduction
- Bande de valence
- Bobine
- Cellule photovoltaïque
- Conversion d'énergie
- Courant alternatif
- Diagramme d'énergie
- Dopage
- Gap
- Induction
- Jonction PN
- Paire électron-trou
- Pertes énergétiques
- Pôles nord et sud
- Puissance absorbée
- Puissance utile
- Quantum d'énergie
- Rendement
- Rotor
- Semi-conducteur
- Silicium
- Spectre d'absorption
- Spectre d'émission
- Stator
- Transition
- Turbine
- Vision quantique

LE SCHÉMA IMPORTANT À RETENIR

Conversion de l'énergie mécanique (alternateur) ou radiative (cellule photovoltaïque) en énergie électrique

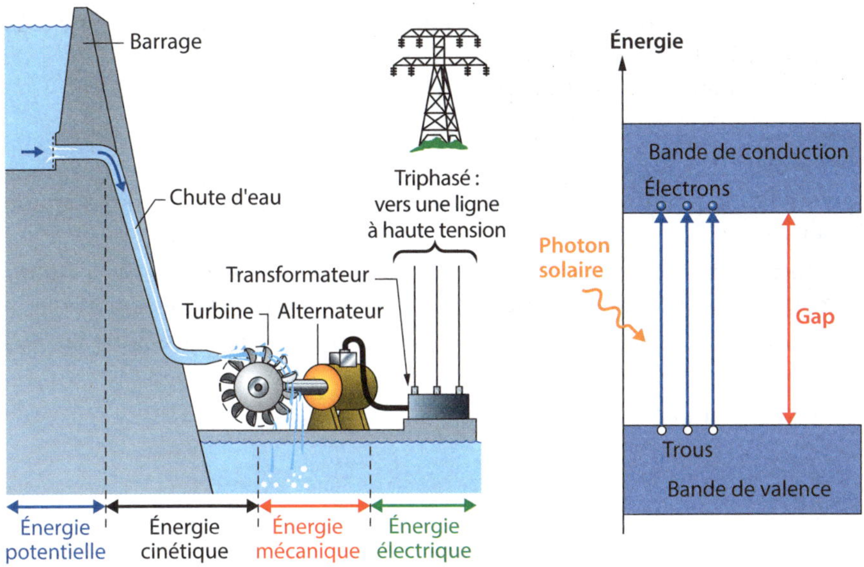

Quiz

1. Un alternateur produit un courant alternatif.
☐ Vrai ☐ Faux

2. Le rendement d'un alternateur est de l'ordre de 1 %.
☐ Vrai ☐ Faux

3. Un photon, particule de lumière, est un quantum d'énergie.
☐ Vrai ☐ Faux

4. Un spectre de raies n'est pas un spectre continu.
☐ Vrai ☐ Faux

5. Un semi-conducteur a un diagramme énergétique qui ressemble fortement à celui du sodium.
☐ Vrai ☐ Faux

6. La bande de valence contient des électrons libres.
☐ Vrai ☐ Faux

→ Réponses p. 94

Déterminer la puissance perdue par un alternateur

ÉNONCÉ

L'alternateur d'un moteur diesel a un rendement de 92 %. Il fournit une tension électrique de 230 V pour une puissance de 14,5 kW.
Déterminer la puissance perdue par cet alternateur.

MÉTHODE

1. Identifier la puissance électrique produite par l'alternateur comme la puissance utile.
2. À partir de la définition mathématique du rendement en puissance, exprimer la puissance absorbée en fonction du rendement et de la puissance utile.
3. En déduire l'expression de la puissance perdue par différence entre les deux puissances précédentes.
4. Effectuer l'application numérique.

CORRIGÉ

1. La puissance utile est la puissance délivrée par l'alternateur, soit $P_{\text{utile}} = 14{,}5$ kW.

2. Le rendement est défini comme le rapport entre la puissance utile et la puissance absorbée : $\eta = \dfrac{P_{\text{utile}}}{P_{\text{absorbée}}}$. On en déduit $P_{\text{absorbée}} = \dfrac{P_{\text{utile}}}{\eta}$.

3. La puissance perdue est la différence des deux puissances précédentes :

$$P_{\text{perdue}} = P_{\text{absorbée}} - P_{\text{utile}}$$

Finalement, $P_{\text{perdue}} = P_{\text{absorbée}} - P_{\text{utile}} = \dfrac{P_{\text{utile}}}{\eta} - P_{\text{utile}}$, soit $P_{\text{perdue}} = P_{\text{utile}}\left(\dfrac{1}{\eta} - 1\right)$.

4. $\eta = 92\,\% = 0{,}92$ et $P_{\text{utile}} = 14{,}5 \text{ kW} = 14{,}5 \times 10^3$ W.

$$P_{\text{perdue}} = 14{,}5 \times 10^3\left(\frac{1}{0{,}92} - 1\right) = 1{,}26 \times 10^3 \text{ W},$$

soit $P_{\text{perdue}} = 1{,}26$ kW.

À retenir

La puissance absorbée est la puissance mécanique : une partie est transformée en puissance électrique et l'autre, non transformée, est perdue.
On a alors $P_{\text{absorbée}} = P_{\text{utile}} + P_{\text{perdue}}$.

Réflexe à avoir

Le rendement doit être converti en valeur décimale et ne pas être utilisé en pourcentage.

Déterminer la résistance maximisant la puissance

ÉNONCÉ

Soit la caractéristique courant-tension d'une cellule photovoltaïque, c'est-à-dire la courbe $I = f(U)$ avec I l'intensité du courant produit (en A) et U la tension aux bornes de la cellule (en V).
En déduire la résistance d'utilisation maximisant la puissance électrique.

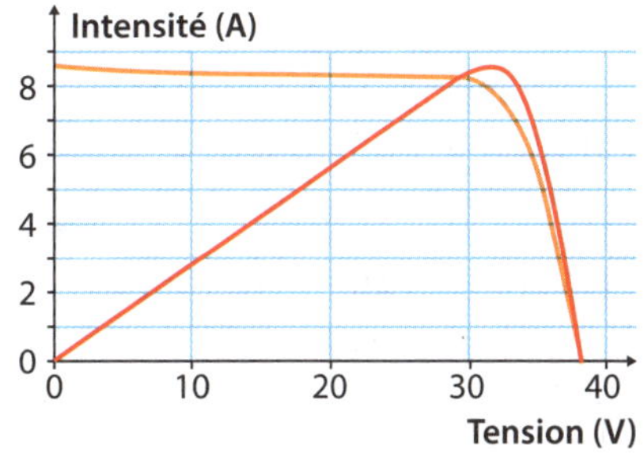

MÉTHODE

1. Pour chaque couple (U, I) de la caractéristique, calculer la puissance $P = UI$ et construire la courbe $P(U)$.

2. Déterminer les coordonnées (U_{Pmax}, P_{max}) du point maximum de la courbe de la puissance P en fonction de la tension U.

3. En déduire, à partir de la caractéristique, l'intensité I_{Pmax} correspondant à l'abscisse U_{Pmax} précédent. La résistance R est alors $R = \frac{U_{Pmax}}{I_{Pmax}}$ (en Ω).

CORRIGÉ

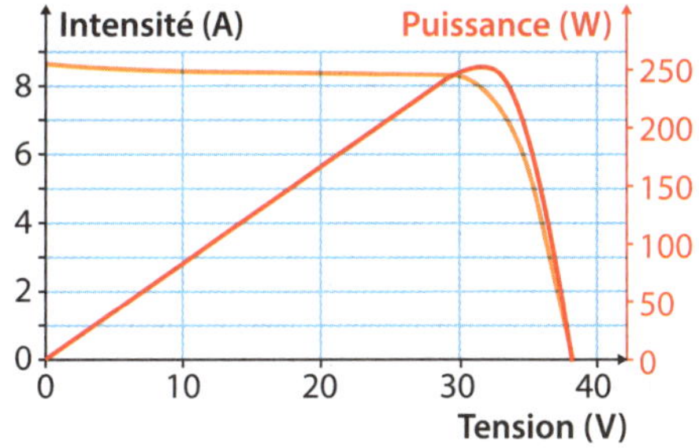

1. La courbe rouge correspond à celle de la puissance $P = UI$ en fonction de la tension U.

2. Par lecture directe sur cette deuxième courbe, on note que $U_{Pmax} = 32$ V.

3. En reportant sur la caractéristique en bleu, on obtient $I_{Pmax} = 8$ A. On en déduit la résistance recherchée : $R = \frac{U_{Pmax}}{I_{Pmax}} = \frac{32}{8} = 4\ \Omega$.

> **Rappel**
> La loi d'ohm indique que la tension aux bornes d'un dipôle est proportionnelle à l'intensité du courant qui le traverse : $U = RI$ avec R la résistance du dipôle.

Vérification des connaissances

Pour chaque question ou affirmation, il y a entre 0 et 3 bonnes réponses.

1. Un courant électrique est :
a. un mouvement d'électrons dans un matériau solide.
b. produit par un aimant au voisinage d'un enroulement métallique.
c. produit par un générateur de courant.

2. Un courant alternatif est un courant :
a. positif et négatif.
b. dont l'intensité moyenne est nulle.
c. variable.

3. Un alternateur est constitué :
a. d'un stator fixe.
b. d'un rotor fixe correspondant à un aimant.
c. d'une partie mobile en rotation autour du stator.

4. Une turbine :
a. permet d'entraîner la partie mobile d'un alternateur.
b. est mise en mouvement par un fluide tel que le vent ou l'eau.
c. entraîne le stator de l'alternateur.

5. Le rendement d'une machine :
a. est supérieur à 1.
b. dépend de l'énergie produite par la machine.
c. dépend de l'énergie alimentant la machine.

6. Un spectre d'émission :
a. est le complémentaire du spectre d'absorption d'un élément chimique.
b. correspond à des raies de transitions énergétiques.
c. est l'image des énergies des photons produits par la substance.

7. Un semi-conducteur :
a. possède un gap entre deux bandes énergétiques dans son diagramme d'énergie.
b. permet de générer des électrons de conduction facilement collectés.
c. a des énergies de gap très peuplées.

Entraînement

1 Puissances d'un alternateur

Calcul

En France, dans la région de Haute-Normandie, Électricité de France produit de l'énergie électrique dans une centrale de type « thermique ». On y brûle du charbon afin d'entraîner un turbo-alternateur qui produit de l'énergie électrique.

L'alternateur transforme l'énergie mécanique (fournie par la turbine) en énergie électrique. Il tourne à la vitesse constante $n_s = 3\ 000$ tr·min^{-1} et fournit une puissance $P_u = 250$ MW. Il délivre alors des tensions sinusoïdales d'une valeur $U = 20$ kV avec une fréquence $f = 50$ Hz.

QUESTIONS

1. Combien de paires de pôles le rotor de l'alternateur doit-il constituer ?

2. Calculer la puissance P_a absorbée par l'alternateur si son rendement est $\eta = 98{,}8\ \%$.

3. Dans les conditions nominales de fonctionnement, calculer l'énergie W_u exprimée en kWh fournie par l'alternateur pour un fonctionnement de douze heures.

4. Proposer un schéma de synthèse pour le bilan en puissance de cet alternateur.

2 Résistance d'utilisation d'une cellule photovoltaïque

Argumentation et calcul

Un binôme d'élèves réalise un montage permettant de construire la caractéristique courant-tension d'une cellule photovoltaïque.

Ses résultats sont rassemblés dans le tableau suivant :

***U* (V)**	0,00	0,10	0,20	0,30	0,40	0,45	0,50	0,55	0,57	0,58	0,59
***I* (A)**	5,0	4,9	4,8	4,7	4,6	4,5	4,0	2,9	2,3	1,0	0,0
***P* (W)**											

QUESTIONS

1. Tracer la caractéristique courant-tension de la cellule photovoltaïque.

2. Calculer la puissance P pour chaque couple de valeurs de (U, I) et compléter le tableau des résultats.

3. Tracer la courbe de la puissance P en fonction de la tension U aux bornes de la cellule et en déduire les coordonnées du maximum de cette courbe.

4. Déterminer la résistance R qui maximise la puissance de la cellule photovoltaïque.

Quiz

1. Vrai. Un alternateur, comme son nom l'indique, produit une tension ou un courant alternatif, c'est-à-dire de valeur moyenne nulle mais dépendant du temps comme un signal sinusoïdal.

2. Faux. Le rendement d'un alternateur est proche de 1, c'est-à-dire de 100 % et non de 1 %.

3. Vrai. Un photon est une particule de lumière dont l'énergie est finie, constante, et qui correspond à la plus petite quantité que peut absorber un atome.

4. Vrai. Un spectre de raies est constitué, comme son nom l'indique, d'un ensemble de radiations distinctes. Ce n'est pas un spectre continu comme le spectre de la lumière blanche.

5. Faux. Un semi-conducteur a un diagramme énergétique constitué de deux bandes d'énergie accessibles et d'un gap ou bande d'énergie interdite. Celui du sodium est constitué de niveaux d'énergie bien séparés sans gap.

6. Faux. La bande de conduction contient les électrons de conduction, soit les électrons libres. La bande de valence, en revanche, contient des électrons liés qui ne participent pas au courant produit.

Vérification des connaissances

1. a., **b.** et **c. Vrai.** Un courant électrique est une circulation d'électrons dans un solide. On peut le produire par un champ magnétique variable dans lequel est immergé un enroulement de fils métalliques ou grâce à un générateur de courant.

2. a., **b.** et **c. Vrai.** On appelle courant alternatif, un courant variable dont la courbe représentative en fonction du temps est symétrique par rapport à l'axe des abscisses. Sa valeur moyenne est donc nulle, et le courant est alternativement dans un sens, puis dans l'autre.

3. a. et **c. Vrai.** Un alternateur est constitué d'une partie fixe, le stator, et d'une partie mobile, le rotor (**b.** Faux). Le rotor tourne autour du stator.

4. a. et **b. Vrai.** La turbine entraîne la partie mobile ou rotor d'un alternateur (**b.** Faux). Elle est mise en mouvement par action d'un fluide sur ses pales comme le vent (éolienne) ou l'eau (centrale hydraulique).

5. b. et **c. Vrai.** Le rendement d'une machine dépend de l'énergie qu'elle produit ou énergie utile, et de l'énergie qu'elle consomme, c'est-à-dire qui l'alimente. Il est par définition inférieur ou égal à 100 % = 1 (**a.** Faux).

6. a., b. et **c. Vrai.** Un spectre d'émission est le complémentaire du spectre d'absorption d'un élément chimique : il correspond aux photons produits lors des transitions énergétiques de cet élément.

7. a. et **b. Vrai.** Un semi-conducteur possède une bande vide entre la bande de valence et la bande de conduction (**c.** Faux). Les électrons de valence, une fois passés dans la bande de conduction, sont collectés facilement, créant un courant électrique.

Entraînement

1 Puissances d'un alternateur

1. La vitesse de rotation de l'alternateur est de 3 000 tr·min^{-1}. En divisant ce nombre par 60 (secondes par minute), on obtient une fréquence de 50 tr·s^{-1}. Or la fréquence du signal électrique est de 50 Hz, soit 50 périodes par seconde.

En comparant la fréquence électrique à la fréquence mécanique, on en déduit que le nombre de paires de pôles est de 1.

Méthode

Le nombre N de paires de pôles est tel que $f_e = N \times f_m$ avec f_e la fréquence du signal électrique (en Hz) et f_m la fréquence de rotation (en tr·s^{-1}).

2. Par définition, le rendement est $\eta = \dfrac{P_u}{P_a}$ d'où $P_a = \dfrac{P_u}{\eta}$.

P_u = 250 MW et η = 98,8 % = 0,988, d'où $P_a = \dfrac{250}{0{,}998}$ soit P_a = 253 MW avec 3 chiffres significatifs.

3. L'énergie utile ou énergie fournie par l'alternateur W_u est telle que $W_u = P_u \times \Delta t$ avec Δt la durée de fonctionnement.

P_u = 250 MW = 250 × 10^3 kW et Δt = 12 h, d'où W_u = 250 × 10^3 × 12, soit W_u = 3,0 × 10^6 kWh avec 2 chiffres significatifs

4. L'alternateur reçoit une puissance mécanique $P_a = 253$ MW qu'il absorbe. Il transforme $P_u = 250$ MW en puissance électrique, et la différence correspond à une puissance perdue $P_p = 3$ MW.

Le schéma récapitulatif est le suivant :

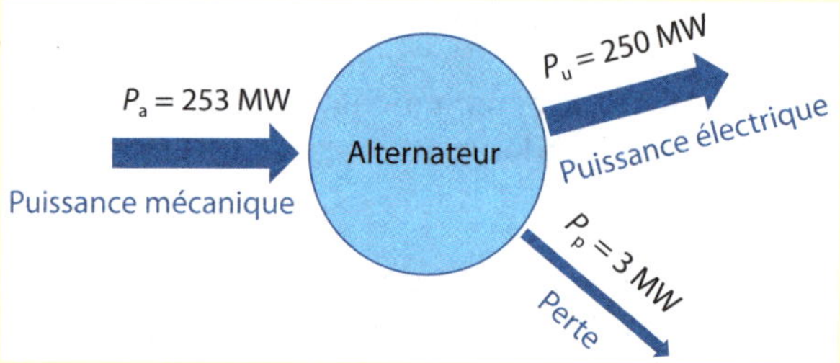

À retenir

La perte énergétique ou de puissance correspond à un effet Joule et à des pertes « cuivre » et « fer » dans les parties magnétiques et les enroulements en cuivre.

2 Résistance d'utilisation d'une cellule photovoltaïque

1. La caractéristique courant-tension de la cellule photovoltaïque est la suivante :

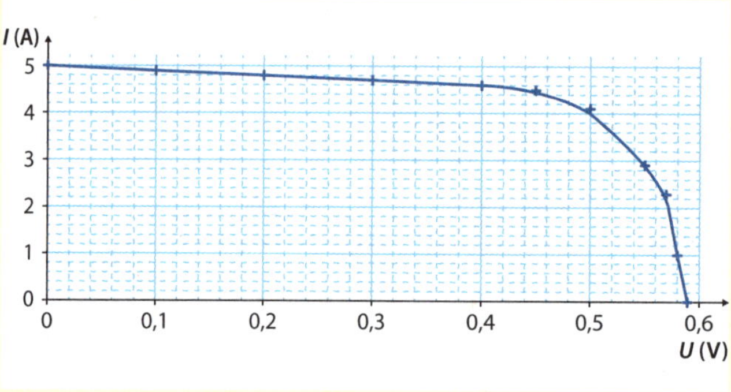

Piège à éviter

La caractéristique courant-tension est la courbe de l'intensité du courant en fonction de la tension, soit $I = f(U)$ et non le contraire.

2. La puissance électrique est le produit de la tension U (en V) par l'intensité I du courant (en A), soit $P = U \times I$. On complète ainsi le tableau :

U (V)	0,00	0,10	0,20	0,30	0,40	0,45	0,50	0,55	0,57	0,58	0,59
I (A)	5,0	4,9	4,8	4,7	4,6	4,5	4,0	2,9	2,3	1,0	0,0
P (W)	0,0	0,49	0,96	1,4	1,8	2,0	2,0	1,6	1,3	0,58	0,0

Les puissances sont obtenues avec 2 chiffres significatifs.

3. La courbe de la puissance P en fonction de la tension U est la suivante :

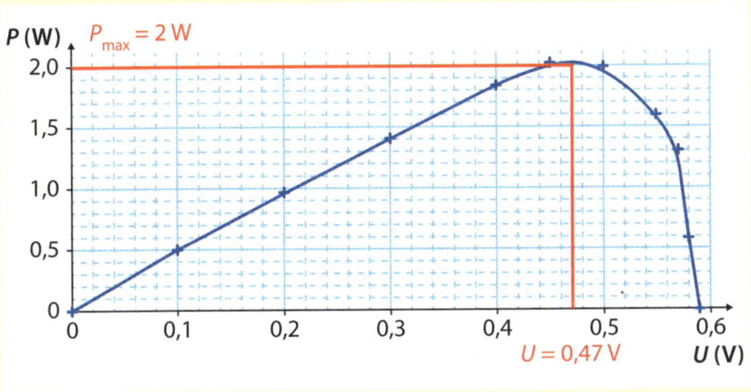

Le maximum de puissance est obtenu à P_{max} = 2 W pour la valeur de la tension telle que U = 0,47 V.

4. La puissance maximale est $P_{max} = U \times I$, soit une intensité du courant :

$$I = \frac{P_{max}}{U}$$

La résistance R qui maximise la puissance de la cellule photovoltaïque vaut alors :

$$R = \frac{U}{I}$$

soit

$$\boldsymbol{R = \frac{U^2}{P_{max}}}$$

$R = \frac{0{,}47^2}{2}$ soit $\boldsymbol{R = 0{,}11\ \Omega}$.

CHAPITRE
6 Les atouts de l'électricité

1 Production de l'énergie électrique

De quoi s'agit-il ? **Une énergie peut être stockée ou convertie. L'énergie électrique peut être obtenue par conversion d'énergies primaires.**

1 Conversions d'énergies

- On appelle source primaire d'énergie, une source directement issue de la nature ou disponible dans l'environnement, avant d'être transformée. Les énergies secondaires sont issues de la transformation des énergies primaires.
- L'énergie électrique peut être produite par conversion de l'énergie mécanique, thermique, radiative, électrochimique, etc. (**Doc. 1**).
- Un réservoir d'énergie est un dispositif qui permet d'emmagasiner de l'énergie pour pouvoir la déstocker ultérieurement. Une pile ou un objet en mouvement sont des réservoirs d'énergie.
- Un convertisseur d'énergie est un dispositif qui permet de transformer une forme d'énergie en une autre. Un alternateur est un convertisseur d'énergie mécanique en énergie électrique, alors qu'une pile est un convertisseur d'énergie chimique en énergie électrique.
- Une chaîne de transformations énergétiques d'un dispositif est l'ensemble des réservoirs et des convertisseurs d'énergie de ce dispositif, les différentes formes d'énergie étant précisées. Les réservoirs sont souvent représentés par des rectangles, les convertisseurs par des disques (**Doc. 2**).

2 Rendement global d'un système de conversion d'énergie

- Le rendement η d'un convertisseur est le rapport, sans dimension, de l'énergie récupérée à la sortie du convertisseur, ou énergie utile, sur l'énergie absorbée ou dépensée lors de son fonctionnement : $\eta = \frac{\text{énergie utile}}{\text{énergie absorbée}}$.
- Le rendement peut être défini en puissance : $\eta = \frac{P_{\text{utile}}}{P_{\text{absorbée}}}$.

- Le rendement global correspond au produit des rendements des différents éléments de la chaîne énergétique.

Doc. 1 Production d'électricité par conversion énergétique

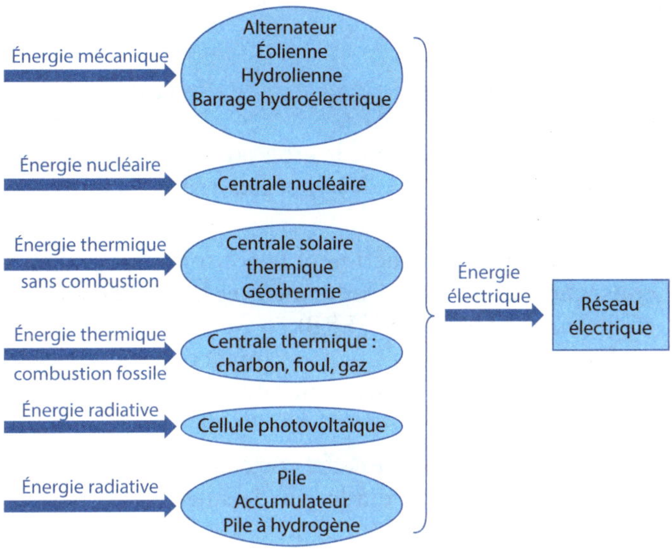

Doc. 2 Éléments d'une chaîne énergétique

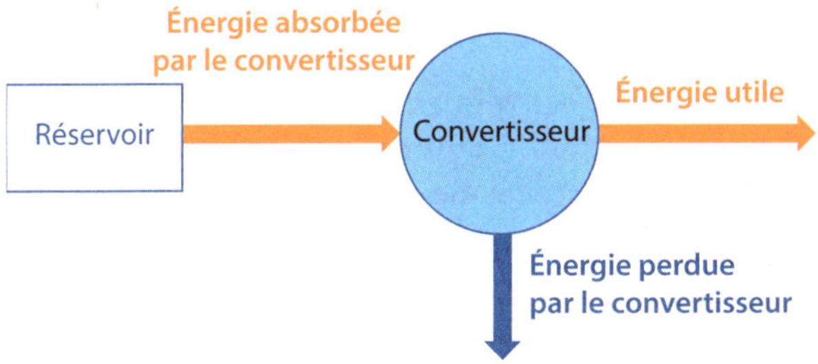

Vocabulaire

Réservoir d'énergie : dispositif permettant de stocker de l'énergie.

Convertisseur d'énergie : dispositif permettant de transformer une forme d'énergie en une autre.

Chaîne énergétique : ensemble des réservoirs et convertisseurs d'énergie, les différentes formes d'énergie en jeu étant précisées.

2 Impact sur l'environnement et la biodiversité

De quoi s'agit-il ? **Les méthodes de production d'énergie électrique sans combustion ne sont pas sans conséquences sur l'environnement et la biodiversité. Pour faire face à l'intermittence de production et de consommation, il faut donc convertir l'énergie électrique en une forme stockable.**

1 Conséquences sur l'environnement et la biodiversité

- La loi de transition énergétique pour la croissance verte a fixé comme objectif à l'horizon 2030 de porter la part des énergies renouvelables à 40 % dans la production française d'électricité.
- Or de manière générale, la production et la consommation d'énergie ne sont jamais sans conséquences sur l'environnement et la biodiversité. La Fondation pour la recherche sur la biodiversité (FRB) constate ainsi qu'il « n'existe pas de filière d'énergie renouvelable qui n'ait aucun impact » sur la biodiversité, même si les énergies renouvelables sont souvent considérées comme « favorables à l'environnement ».
- La FRB fait état sur son site Web des effets de chaque filière énergétique renouvelable sur la base de plus de 500 études sur le sujet. Les conséquences listées sont, entre autres :

– la perte ou la modification des habitats ;
– les conflits sur l'utilisation ou l'appropriation de l'eau ;
– les invasions biologiques ;
– les phénomènes de pollution.

- Les écosystèmes concernés peuvent aussi subir des pressions plus importantes qu'avant, en particulier lorsqu'il s'agit des productions énergétiques d'hydroélectricité. Ces installations transforment le paysage, entraînant une modification des circuits hydriques pouvant impacter la biodiversité et créer par exemple des phénomènes d'eutrophisation.
- Face aux conséquences négatives sur l'environnement et la biodiversité, la FRB constate que « d'une manière générale, les études d'impact ne permettent pas de prévoir la réalité des conséquences des installations d'énergies renouvelables sur la biodiversité, une fois les structures mises en place ». Il s'agit donc de travailler davantage pour réduire les incidences futures des filières énergétiques en collaborant étroitement avec la recherche dans une logique « Éviter Réduire Compenser » (ERC).

2 Stockage de l'énergie

● Selon l'Ademe, le stockage énergétique « améliore l'efficacité énergétique et favorise l'insertion des énergies renouvelables variables. Elle apporte aussi sécurité et flexibilité aux réseaux ».

● Afin d'ajuster au mieux la continuité de la production d'énergie et d'assurer celle de la distribution, le stockage énergétique joue un rôle de premier plan. Bien que le stockage des ressources fossiles soit maîtrisé, celui de l'énergie électrique constitue un enjeu du XXIe siècle. En effet, cette énergie ne se stocke pas ou peu. Il faut donc la stocker après conversion en une autre forme d'énergie stockable, les méthodes de stockage dépendant de l'énergie.

● Les exemples d'énergies stockables sont nombreux, en voici quelques-uns :

– énergie chimique (batteries plomb-acide, lithium-ion, nickel-métal hydrure, etc.). Avec un taux de stockage de 70 à 80 %, les batteries électrochimiques sont les moyens de stockage de l'énergie les plus répandus pour des petites quantités d'énergie électrique. Une batterie utilise l'énergie électrique pour provoquer des réactions chimiques (phase de charge ou stockage). Par la suite, en fonction de la demande de consommation électrique, les réactions chimiques inverses produisent de l'électricité (phase de décharge ou déstockage) ;

– énergie mécanique (énergie potentielle dans les barrages hydrauliques ou énergie cinétique dans les volants d'inertie) ;

– énergie électromagnétique (super-capacité). Ces dispositifs permettent de stocker directement l'énergie électrique.

Vocabulaire

Biodiversité : diversité du vivant ou de la vie sur la Terre. Il s'agit de l'ensemble des êtres vivants et de leurs relations entre eux.

FRB (Fondation pour la recherche sur la biodiversité) : créée en 2008 suite au Grenelle de l'environnement, fondation ayant pour mission de soutenir et d'agir pour la recherche sur la biodiversité.

Eutrophisation : détérioration d'un écosystème aquatique due à la prolifération de certains végétaux par excès chronique de nutriments.

ERC (Éviter Réduire Compenser) : séquence d'un dispositif ayant pour objectif d'« éviter les atteintes à l'environnement, de réduire celles qui n'ont pu être suffisamment évitées et, si possible, de compenser les effets notables qui n'ont pu être ni évités, ni suffisamment réduits ».

Stockage énergétique : accumulation de l'énergie sous la même forme ou sous une forme différente après conversion, afin de l'utiliser ultérieurement en un lieu qui peut être différent du lieu de production.

Volant d'inertie : dispositif permettant de stocker de l'énergie électrique en la convertissant en énergie cinétique de rotation.

Super-capacité : condensateur ayant un temps de charge et de décharge très court et pouvant emmagasiner une très grande quantité d'énergie électrique à l'instar d'une batterie extrêmement rapide.

RÉVISION EXPRESS

LES POINTS IMPORTANTS À RETENIR

- L'**énergie électrique** présente de nombreux avantages : une distribution aisée, sûre et à faible impact écologique ; des réseaux de distribution très étendus ; la disponibilité de convertisseurs de bon rendement, etc.
- L'obtention de l'énergie électrique par des procédés sans combustion justifie le rôle central que cette forme d'énergie est amenée à jouer à l'avenir.
- Trois méthodes permettent d'obtenir de l'énergie électrique :
  – la **conversion d'énergie mécanique**, soit directe (dynamos, éoliennes, hydroliennes, barrages hydroélectriques), soit indirecte à partir d'énergie thermique (centrales nucléaires, centrales solaires thermiques, géothermie) ;
  – la **conversion de l'énergie radiative** reçue du Soleil (panneaux photovoltaïques) ;
  – la **conversion électrochimique** (piles ou accumulateurs conventionnels, piles à hydrogène).
- Une **chaîne de transformations énergétiques** permet de schématiser l'obtention d'**énergie électrique à partir de différentes ressources primaires** d'énergie.
- Le **rendement global** d'un système de conversion d'énergie est **le produit des rendements** de ses différents éléments de conversion.
- Les méthodes de production sans combustion ont un **impact sur l'environnement et la biodiversité** ou présentent des **risques spécifiques** (pollution chimique, déchets radioactifs, accidents industriels, etc.).
- L'énergie électrique doit être convertie sous une **forme stockable** : énergie chimique (accumulateurs), énergie potentielle (barrages), énergie électromagnétique (super-capacités).
- Les **dispositifs de stockage d'énergie** peuvent être comparés selon différents critères (masses mises en jeu, capacité et durée de stockage, impact écologique).

Vidéo

LES MOTS IMPORTANTS

- Biodiversité
- Chaîne énergétique
- Convertisseur
- Énergie absorbée
- Énergie utile
- Environnement
- ERC
- Formes d'énergie
- Impact écologique
- Pertes énergétiques
- Rendement
- Réservoir
- Source primaire
- Source secondaire
- Stockage énergétique

LE SCHÉMA IMPORTANT À RETENIR

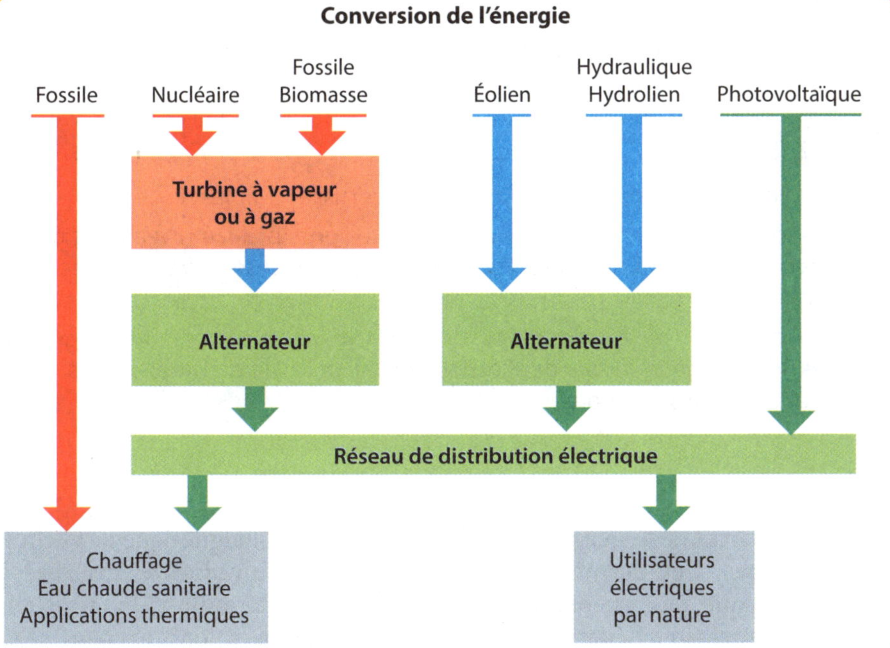

Quiz

1. L'énergie cinétique est une forme d'énergie mécanique.
☐ Vrai ☐ Faux

2. Un convertisseur permet de stocker l'énergie.
☐ Vrai ☐ Faux

3. Le rendement peut être négatif.
☐ Vrai ☐ Faux

4. Un rendement global tient compte de l'ensemble de la chaîne énergétique.
☐ Vrai ☐ Faux

5. L'énergie électrique peut être produite à partir d'énergie radiative.
☐ Vrai ☐ Faux

6. Le stockage améliore l'efficacité énergétique.
☐ Vrai ☐ Faux

→ Réponses p. 109

Schématiser une chaîne énergétique

ÉNONCÉ

Un panneau de cellules photovoltaïques alimente un cumulus d'eau chaude. Schématiser la chaîne de transformations énergétiques.

MÉTHODE

1. Identifier les énergies mises en jeu, les convertisseurs et les réservoirs.
2. Envisager les différentes pertes énergétiques possibles au niveau des différents convertisseurs et ajouter l'environnement aux réservoirs d'énergie déjà identifiés.
3. Schématiser les convertisseurs par des bulles, les réservoirs par des rectangles et les flux énergétiques par des flèches. Enchaîner les différents éléments, de la source primaire au récepteur.

CORRIGÉ

1. Le Soleil fournit de l'énergie par rayonnement électromagnétique aux cellules photovoltaïques. Ces dernières convertissent l'énergie radiative absorbée en énergie électrique, qui est ensuite utilisée au niveau du cumulus. Une résistance chauffante transforme l'énergie électrique en énergie thermique, et chauffe l'eau qui va être distribuée. On a donc deux réservoirs que sont le Soleil et l'eau du cumulus, deux convertisseurs que sont les cellules photovoltaïques et la résistance du cumulus, et enfin trois formes d'énergies que sont les énergies radiative, électrique et thermique.

2. Au niveau de chaque convertisseur, il y a des pertes énergétiques, car le rendement n'est jamais égal à 100 %. L'environnement est alors un réservoir à considérer.

3. Le schéma de la chaîne de transformations énergétiques est :

À retenir

Un schéma de chaîne énergétique permet de visualiser la conservation de l'énergie.

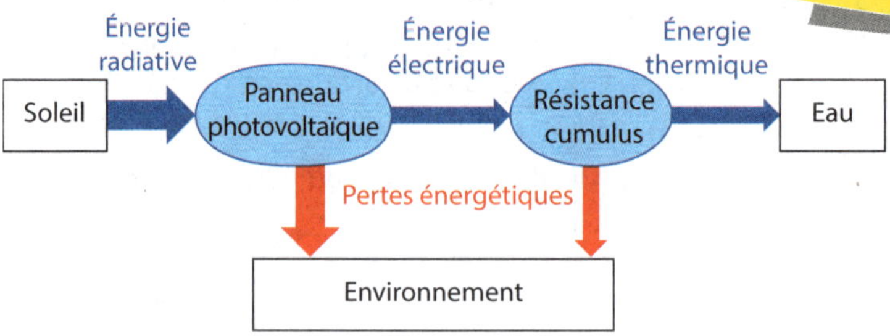

Déterminer le rendement global et les énergies en jeu

ÉNONCÉ

Un panneau de cellules photovoltaïques alimente un cumulus d'eau chaude. Le rendement du panneau est de 17 %, alors que celui de la résistance du cumulus est de 52 %. Déterminer le rendement de l'installation et les énergies en jeu par kWh d'énergie solaire.

MÉTHODE

1. Schématiser la chaîne de transformations énergétiques de l'installation en utilisant la méthode de la page précédente.
2. En déduire les énergies en jeu à partir du rendement η_i de chaque convertisseur i ($W_{ui} = \eta_i W_{ai}$) et les pertes ($W_{pi} = W_{ai} - W_{ui}$) Compléter le schéma précédent.
3. Calculer le rendement η global comme le produit des rendements η_i de chaque convertisseur i : $\eta = \prod_i \eta_i$.

CORRIGÉ

1. La chaîne de transformations énergétiques est représentée ci-après.

2. L'énergie radiative est celle absorbée par le panneau ou convertisseur 1 : $W_{a1} = 1{,}0$ kWh avec 2 chiffres significatifs. On en déduit alors :

$W_{u1} = \eta_1 W_{a1} = 0{,}17 \times 1{,}0 = 0{,}17$ kWh et $W_{p1} = W_{a1} - W_{u1} = 1{,}0 - 0{,}17 = 0{,}83$ kWh.

De même, pour la résistance du cumulus ou convertisseur 2 : $W_{a2} = W_{u1} = 0{,}17$ kWh.

On en déduit alors :

$W_{u2} = \eta_2 W_{a1} = 0{,}52 \times 0{,}17 = 0{,}04$ kWh et $W_{p2} = W_{a2} - W_{u2} = 0{,}17 - 0{,}4 = 0{,}13$ kWh.

3. Le rendement global est le produit des rendements :

$\eta = \eta_1 \times \eta_2$
$= 0{,}17 \times 0{,}52$
$= 0{,}088$ ou 8,8 %.

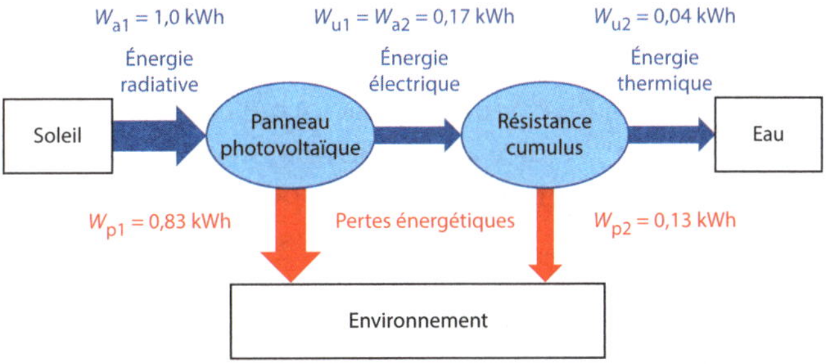

Piège à éviter

Pour toute application numérique, le rendement doit être exprimé comme un nombre entre 0 et 1, et non un pourcentage.

Vérification des connaissances

Pour chaque question ou affirmation, il y a entre 0 et 3 bonnes réponses.

1. Une chaîne de transformations énergétiques comporte :
a. des réservoirs d'énergie.
b. des convertisseurs d'énergie.
c. des flux d'énergie.

2. L'énergie électrique peut être produite par conversion de l'énergie :
a. mécanique.
b. thermique.
c. nucléaire.

3. Un alternateur est un :
a. convertisseur d'énergie.
b. réservoir d'énergie.
c. dispositif de stockage d'énergie.

4. Le rendement d'un convertisseur énergétique dépend de l'énergie :
a. utile du convertisseur.
b. consommée par le convertisseur.
c. perdue par le convertisseur.

5. Le rendement global :
a. est la somme des rendements de la chaîne énergétique.
b. peut être supérieur à 1.
c. permet d'estimer les pertes de la chaîne énergétique.

6. La production et la consommation d'énergie ont des conséquences sur l'environnement et la biodiversité comme :
a. la modification des paysages.
b. les phénomènes de pollution.
c. la disparition d'espèces animales.

7. Le stockage de l'énergie électrique :
a. peut se faire directement sous forme électrique dans les supercondensateurs.
b. doit souvent se faire après conversion en une autre forme d'énergie.
c. ne permet pas un déstockage de petites quantités d'énergie.

Entraînement

1 Rendement d'un moteur thermique

Calcul

Une voiture roule à une vitesse de 100 km/h sur une route plane. Son réservoir d'essence a un volume $V = 40$ L.

QUESTIONS

1. Calculer la masse des 40 L d'essence.

2. Calculer en kJ et en kWh la quantité d'énergie W_a que peuvent fournir ces 40 L d'essence.

On fait tourner le moteur à 3 000 tr/min sur un banc d'essai jusqu'à consommation totale de l'essence du réservoir, soit 5,0 heures de fonctionnement. Le graphe ci-contre représente la puissance mécanique fournie en fonction de la vitesse de rotation de son moteur.

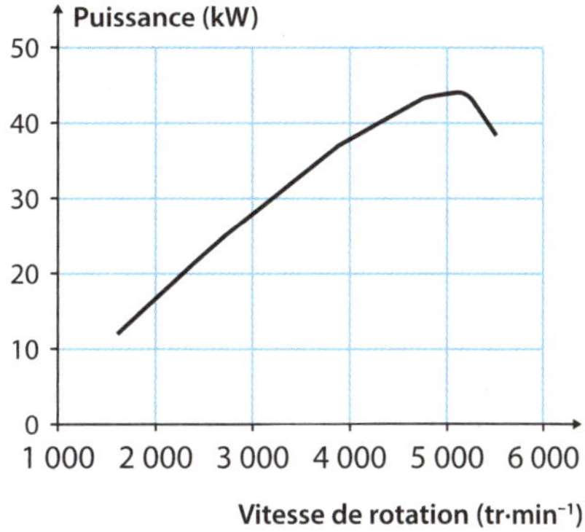

3. Déterminer la puissance mécanique P_m développée par le moteur.

4. En déduire l'énergie mécanique $W_m = W_u$ produite pendant le temps de fonctionnement. On exprimera cette énergie en kWh.

5. Calculer le rendement η du moteur thermique.

6. Proposer un schéma quantitatif de la chaîne énergétique de ce moteur thermique.

Données: pouvoir calorifique de l'essence $C = 44$ kJ·g^{-1} ; masse volumique de l'essence $\rho = 0{,}80$ kg·L^{-1}.

2 Stockage énergétique

Exploitation de document

Doc. Le stockage de l'énergie

Le stockage de l'énergie comprend deux types de systèmes : les systèmes qui privilégient la quantité au débit et ceux qui privilégient le débit.

Les systèmes qui privilégient la quantité d'électricité donnent la priorité à la restitution d'énergie. Il s'agit de maximiser la durée pendant laquelle le stockage peut fournir de la puissance. Ce type de stockage est intéressant pour les applications mobiles de tous les jours (téléphones ou ordinateurs portables) pour lesquelles les puissances en jeu sont faibles mais la durée d'utilisation doit être maximisée; les applications de mobilité alternative; le comblement des périodes où la production des énergies renouvelables variables (éolien ou photovoltaïque) est trop basse.

Les systèmes qui privilégient le débit donnent la priorité à la puissance. Il s'agit de systèmes très réactifs et fiables pouvant délivrer de fortes puissances sur un temps court. Ce type de stockage est intéressant pour les applications de stabilisation du réseau électrique (stabilisation du réglage en fréquence et en tension); la compensation des fluctuations rapides des énergies renouvelables variables.

Le choix du type de stockage et de la technologie adaptée dépend de l'application visée. Par exemple, des compromis entre restitution de puissance et d'énergie sont recherchés dans le cas des énergies renouvelables, puisque le stockage peut à la fois participer à la stabilité du réseau électrique et lisser les variations de production. Bien sûr, d'autres caractéristiques sont prises en compte pour le choix de la technologie adaptée: taille, coût, durée de vie, sécurité, etc.

D'après le site de l'Ademe (www.ademe.fr)

QUESTIONS

1. Définir les deux mots soulignés dans le document de l'Ademe.

2. Expliquer en quoi un type de stockage privilégie le temps de déstockage, alors que l'autre type privilégie la puissance.

3. Pour chaque type de système de stockage, proposer un tableau récapitulatif mettant en valeur les avantages et les exemples d'utilisation.

4. Quels sont les autres critères de choix du type de stockage?

Quiz

1. Vrai. Les formes d'énergie mécanique sont l'énergie cinétique et l'énergie potentielle.

2. Faux. Un convertisseur permet de transformer une forme d'énergie en une autre, cette dernière pouvant être éventuellement stockable.

3. Faux. Un rendement est compris entre 0 et 1 (ou 100 %). Il est positif ou nul.

4. Vrai. Le rendement global tient compte de tous les rendements des convertisseurs d'une chaîne énergétique : c'est le produit des rendements.

5. Vrai. Une cellule photovoltaïque est un convertisseur d'énergie radiative en énergie électrique.

6. Vrai. Stocker l'énergie permet de la déstocker plus tard et ailleurs, ce qui rend plus efficace sa distribution.

Vérification des connaissances

1. a., b. et **c. Vrai.** Une chaîne énergétique comporte trois types d'éléments : les réservoirs, les convertisseurs et les flux d'énergie.

2. a., b. et **c. Vrai.** L'énergie électrique peut être produite par toute forme d'énergie, en particulier les énergies mécanique, thermique et nucléaire.

3. a. Vrai. Un alternateur est un convertisseur de l'énergie mécanique en énergie électrique. Il ne permet pas de la stocker (**c.** Faux) et ne constitue pas un réservoir comme l'eau, le vent ou l'environnement (**b.** Faux).

4. a., b. et **c. Vrai.** Le rendement dépend, par définition, de l'énergie absorbée/consommée et utile, mais aussi de l'énergie perdue, correspondant à la différence entre énergie absorbée et énergie utile.

5. c. Vrai. Le rendement global est le produit des rendements de chaque convertisseur de la chaîne énergétique (**a.** Faux). Chaque rendement étant inférieur ou égal à 1, leur produit est aussi inférieur ou égal à 1 (**b.** Faux). Il permet par différence $1 - \eta$ d'estimer le taux de pertes de la chaîne énergétique.

6. a., b. et c. Vrai. La production et la consommation énergétiques ont un impact important à plusieurs niveaux sur l'environnement et la biodiversité.

7. a. et b. Vrai. Le stockage dans des batteries permet de stocker et de déstocker de petites quantités d'énergie électrique (**c.** Faux). La plupart du temps, on convertit l'énergie électrique en une autre forme d'énergie stockable, à l'exception d'un stockage dans des condensateurs ou des bobines (ou self).

Entraînement

1 Rendement d'un moteur thermique

1. La masse d'essence est $m = \rho V$.
$\rho = 0{,}80$ kg·L^{-1} et $V = 40$ L, soit $m = 0{,}80 \times 40 = 32$ kg.

2. L'énergie fournie par les 40 L d'essence ou absorbée par le moteur est : $W_a = Cm$.
$C = 44$ kJ·g^{-1} et $m = 32$ kg $= 32 \times 10^3$ g, soit $W_a = 44 \times 32 \times 10^3 = 1{,}4 \times 10^6$ kJ ou encore $W_a = 1{,}4 \times 10^6/3\,600 = 3{,}9 \times 10^2$ kWh.

Méthode

La conversion des J en Wh est telle que $W(\text{J}) = W(\text{Wh}) \times 3\,600$ s/h.

3. La puissance mécanique P_m développée par le moteur se lit directement sur le graphe : le point de la courbe ayant une vitesse de rotation (abscisse) de 3 000 tr/min correspond à une puissance (ordonnée) de $P_m = 28$ kW.

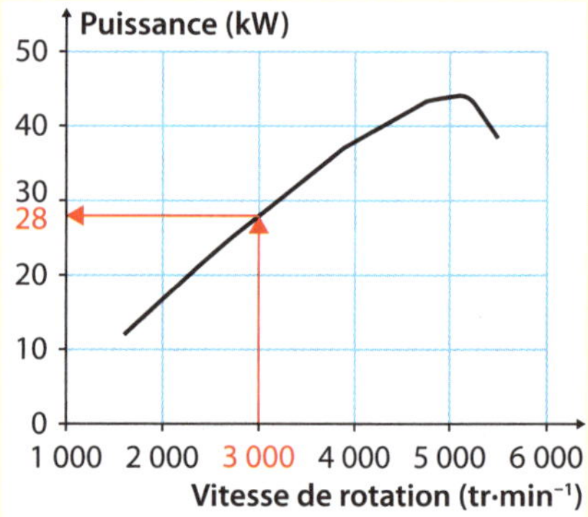

4. L'énergie mécanique produite pendant le temps de fonctionnement est telle que :

$$W_u = W_m = P_m \times \Delta t$$

avec Δt la durée de fonctionnement.
$P_m = 28$ kW et $\Delta t = 5{,}0$ h d'où
$W_u = 28 \times 5{,}0 = 1{,}4 \times 10^2$ kWh.

5. Le rendement η du moteur thermique est :

$$\eta = \frac{W_u}{W_a}$$

$W_u = 1{,}4 \times 10^2$ kWh et $W_a = 3{,}9 \times 10^2$ kWh d'où
$\eta = \dfrac{1{,}4 \times 10^2}{3{,}9 \times 10^2}$, soit un rendement de 0,36 ou autrement dit $\eta = 36\,\%$.

L'astuce du prof

Dans l'application numérique de η, il n'est pas nécessaire de convertir les énergies en joules, unité du système international, il faut simplement qu'elles soient exprimées dans la même unité.

6.

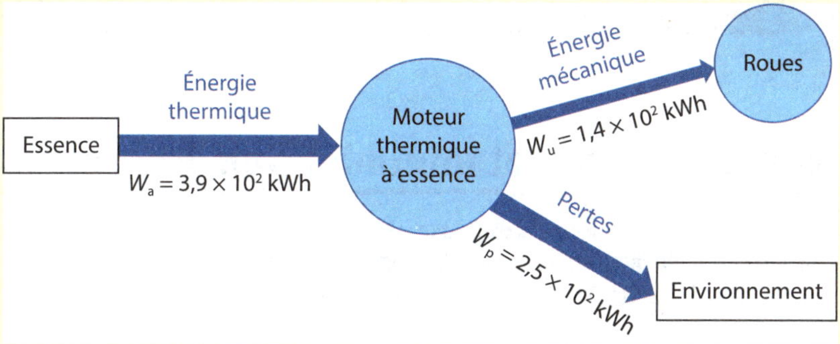

L'énergie absorbée est distribuée en énergie utile, et des pertes énergétiques W_p sont inévitables. On a alors $W_a = W_u + W_p$, soit une évaluation des pertes énergétiques égale à : $W_p = W_a - W_u = W_p = 3,9 \times 10^2 - 1,4 \times 10^2 = 2,5 \times 10^2$ kWh.

2 Stockage énergétique

1. Il existe deux types de stockage : le premier privilégie la quantité et l'autre le débit énergétique. La quantité correspond à la valeur de l'énergie exprimée le plus souvent en kWh pour des énergies électriques stockées. Le débit énergétique correspond à la quantité d'énergie par unité de temps.

2. Le système privilégiant la quantité d'énergie, par définition, privilégie la restitution de l'énergie E. Or $E = P \times \Delta t$ avec P la puissance et Δt la durée d'utilisation. Si P est constante, alors « donner la priorité à la restitution d'énergie », c'est maximiser Δt, la « durée pendant laquelle le stockage peut fournir de la puissance ». En revanche, le système privilégiant le débit, soit $E/\Delta t = P$, donne effectivement « la priorité à la puissance » P correspondant à un débit énergétique.

3. Le tableau récapitule avantages et exemples pour les systèmes privilégiant la restitution d'énergie (type 1) ou la puissance (type 2) :

Type	Avantages – Intérêts	Exemples
1	Maximiser la durée de déstockage à (petite) puissance donnée et en complément d'autres productions énergétiques en période creuses	Téléphones/ordinateurs portables et applications de mobilité alternative
2	Maximiser la puissance en un temps court et compenser les fluctuations d'autres productions énergétiques	Applications de stabilisation du réseau

4. Les autres critères de choix du type de stockage sont la « taille » du dispositif, le « coût », la « durée de vie », les conditions de « sécurité », etc.

CHAPITRE
7 L'optimisation du transport de l'électricité

1 Réseau électrique et minimisation des pertes

De quoi s'agit-il ? En France, le réseau électrique est long de près de 1,3 million de kilomètres et parcouru par un courant alternatif. De la production d'électricité à sa consommation, il existe un vaste réseau de transport et de distribution de l'énergie. L'objectif est de minimiser les pertes par effet Joule.

1 De la production électrique à sa consommation

- L'électricité consommée à la maison, au lycée, à la salle de sport, etc. provient de sites de production tels que les centrales nucléaires, thermiques, éoliennes, hydroélectriques... Ces sources d'énergie appartiennent à un secteur concurrentiel.
- Le transport de l'électricité des sites de production aux sites de consommation, ou cibles destinatrices, passe par un réseau électrique constitué de lignes aériennes, de câbles souterrains et de postes de transformation (**Doc.**).
- Le transport à travers le réseau électrique est en revanche une activité régulée, assurée par Réseau Transport Électricité (RTE), filiale d'Enedis.

Deux niveaux de transport peuvent être distingués :

– Le réseau de grand transport ou d'interconnexion achemine sous très haute tension (THT) de 400 kV de grandes quantités d'énergie sur de longues distances avec un faible niveau de perte. Il permet de relier les régions et les pays entre eux, et d'alimenter les grandes zones urbaines.

– Le réseau de répartition régionale permet un transport de l'énergie à l'échelle régionale et locale grâce un ensemble de lignes à haute tension (HT) qui acheminent l'électricité aux industries lourdes et aux grands consommateurs électriques. Leur tension est de 225 kV, 90 kV ou 63 kV.

- Le réseau de répartition régionale fait le lien avec le réseau de distribution. Le relais de distribution est assuré par deux types de lignes : le réseau moyenne tension (MT), qui alimente les petites industries, les petites et moyennes entreprises (PME) et commerces avec une tension de réseau comprise entre 15 kV et 30 kV, et le réseau basse tension (BT), qui alimente les particuliers et les artisans avec une tension de réseau comprise entre 400 et 230 V. Enedis est chargée de la gestion et de l'aménagement de la quasi-totalité du réseau de distribution d'électricité en France dans une activité régulée.

- La fourniture d'électricité, activité concurrentielle avec tarifs réglementés, correspond à la vente de l'électricité aux consommateurs finaux. Ce secteur est ouvert à la concurrence depuis le 1er juillet 2007.

2 Pertes par effet Joule

- Lors du passage d'un courant d'intensité I dans un matériau conducteur lui opposant une résistance R, il se produit un effet thermique appelé effet Joule.
- L'énergie dissipée par effet Joule est : $W = RI^2 \times \Delta t$ avec R la résistance du matériau (en Ω), I l'intensité du courant traversant le matériau (en A) et Δt la durée du transport, de distribution ou de consommation (en s).
- La puissance Joule (en W) est alors : $P = UI = RI^2 = \frac{U^2}{R}$ avec U la tension (en V).
- Ainsi, au cours du transport de l'énergie électrique, une partie de cette énergie est dissipée dans l'environnement par effet Joule et ne parvient pas à la cible destinatrice ou consommateur.
- L'utilisation de la (très) haute tension (THT ou HT) dans les lignes électriques limite les pertes par effet Joule, à puissance transportée fixée.

Doc. Organisation du réseau électrique français, de la production à la consommation

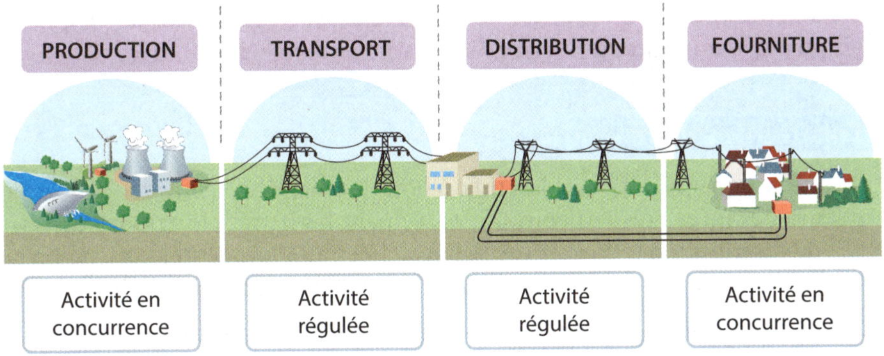

Vocabulaire

THT (très haute tension) : tension à 40 kV du réseau de grand transport en sortie de sites de production permettant de limiter les pertes.

Effet Joule : pertes sous forme d'énergie thermique limitant le rendement d'une ligne électrique.

2 Modèle du réseau de transport électrique

De quoi s'agit-il ? Le réseau de transport et de distribution électrique est modélisable par des graphes orientés. La minimisation des pertes par effet Joule dans la distribution d'électricité le long d'un réseau entre dans le cadre des problèmes mathématiques de transport et d'optimisation sous contraintes. Les graphes sont des modèles mathématiques utilisés pour traiter ces problèmes très difficiles à résoudre, car non linéaires.

1 Modélisation du réseau électrique

- Une portion de réseau électrique peut être modélisée par un ensemble de dipôles.
- Une portion de réseau de transport contenant des lignes THT et HT peut être modélisée au plus simple par un ensemble de sources distributrices et un ensemble de cibles destinatrices reliées les unes aux autres par des lignes opposant une résistance R au courant d'intensité I qui les traverse.
- Chaque ligne se comportant comme un conducteur ohmique de résistance R (en Ω), la puissance électrique (en W) s'écrit alors : $P = UI = RI^2$ avec U la tension à ses bornes (en V) et I l'intensité du courant qui traverse la ligne (en A).
- L'ensemble des sites et des lignes électriques du réseau électrique est modélisé par un graphe constitué d'arcs représentant des lignes électriques orientées dans le sens du courant. Chaque extrémité d'un arc est soit une source de production distributrice, soit un nœud intermédiaire, soit une cible destinatrice (**Doc.**).

2 Contraintes de réseau

- Le réseau électrique est soumis à un certain nombre de contraintes concernant les valeurs des intensités des courants traversant les lignes électriques de transport et de distribution. Ces contraintes sont liées aux lois de l'électricité ou aux puissances de production des sources ou de consommation des cibles.
- Trois types de contraintes peuvent être mis en évidence (**Doc.**) :

– l'intensité totale sortant d'une source est limitée par la puissance maximale distribuée : $P_S = UI_S \leqslant P_{S,\,max}$;

– l'intensité totale entrant dans chaque nœud intermédiaire est égale à l'intensité totale qui en sort : $I_{S1} + I_{S2} = I_{C1} + I_{C2}$ (loi des nœuds) ;

– l'intensité totale arrivant à chaque cible est imposée par la puissance qui y est utilisée : $I_C = \dfrac{P_C}{U}$.

3 Limitation des pertes et fonction à minimiser

- Les pertes par effets Joule sont à minimiser le long des lignes THT et HT de transport électrique. Pour cela, il suffit d'exprimer mathématiquement les contraintes à partir de la représentation en graphe orienté et de définir la fonction à minimiser.
- La fonction $f(x)$ à minimiser a pour variable x. Cette dernière correspond en général à la puissance produite par une des sources.
- Dans le cas d'un graphe orienté avec deux sources, deux cibles et un seul nœud intermédiaire, on peut montrer que la fonction à minimiser est de la forme $f(x) = ax^2$ avec x la puissance produite par l'une des deux sources et $a > 0$ un coefficient dépendant de la résistance de l'arc orienté issu de cette source et de la puissance maximale qu'elle produit.

Doc. **Modélisation d'un réseau électrique : graphe orienté**

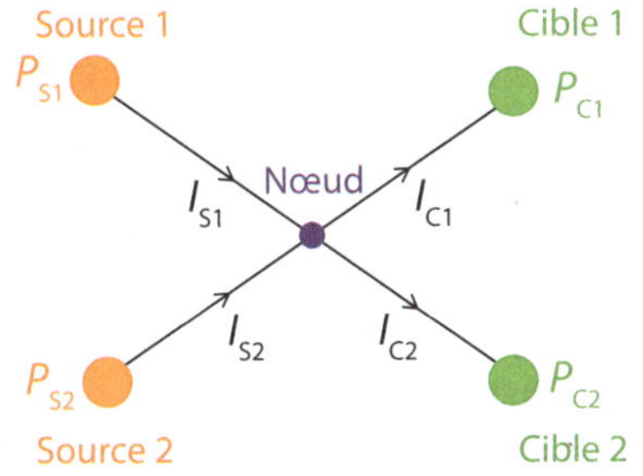

Vocabulaire

Dipôle électrique : élément d'un circuit électrique comportant deux pôles. Un générateur, un conducteur ohmique, une lampe, etc. sont des dipôles électriques.

Conducteur ohmique : dipôle électrique dont la tension à ses bornes est proportionnelle à l'intensité du courant qui le traverse (loi d'Ohm). Sa caractéristique courant-tension est représentée par une fonction linéaire.

Loi des nœuds : loi traduisant la conservation du débit de charge électrique au niveau d'une connexion de plusieurs conducteurs. La somme des intensités des courants entrants est égale à la somme des intensités des courants sortants.

Graphe orienté : modèle comportant des points sources, cibles ou nœuds intermédiaires reliés entre eux par des arcs orientés dans le sens conventionnel du courant électrique. Il permet de visualiser simplement un problème complexe.

RÉVISION EXPRESS

LES POINTS IMPORTANTS À RETENIR

- L'énergie électrique est transportée et distribuée d'un **site de production** à un **site de consommation**. Le transport et la distribution ne sont pas sans pertes énergétiques.
- L'**effet Joule** correspond aux **pertes d'énergie thermique** d'un matériau traversé par un courant et opposant une résistance à ce dernier.
- Au cours du transport ou de la distribution, une partie de l'énergie électrique, dissipée dans l'environnement par effet Joule, ne parvient pas à l'utilisateur.
- L'utilisation de la **haute tension** dans les lignes électriques limite les pertes par effet Joule, à puissance transportée fixée.
- Le transport et la distribution de l'électricité se font à travers un vaste réseau de lignes à très haute tension (THT) et haute tension (HT) pour le **transport sur de longues distances** à faibles pertes et un réseau de lignes moyenne tension (MT) et basse tension (BT) **pour la distribution**.
- Un réseau de transport électrique peut être modélisé mathématiquement par un **graphe orienté** dont les arcs représentent les lignes électriques et dont les sommets représentent les **sources distributrices**, les **nœuds intermédiaires** et les **cibles destinatrices**.
- Les **contraintes du modèle** du réseau électrique sont triples : l'intensité totale sortant d'une source est limitée par la puissance maximale distribuée ; l'intensité totale entrant dans chaque nœud intermédiaire est égale à l'intensité totale qui en sort ; l'intensité totale arrivant à chaque cible est imposée par la puissance qui y est utilisée.
- Dans le modèle du réseau de transport électrique, l'objectif est de **minimiser les pertes par effet Joule** sur l'ensemble du réseau sous contraintes.

Vidéo

LES MOTS IMPORTANTS

- Cible destinatrice
- Conducteur ohmique
- Contraintes réseau
- Courant alternatif
- Courant continu
- Dipôle
- Distribution
- Effet Joule
- Énergie électrique
- Fonction à minimiser
- Fourniture
- Graphe orienté
- Lignes THT, HT, MT et BT
- Limitation des pertes
- Loi des nœuds
- Nœud intermédiaire
- Puissance consommée
- Puissance produite
- Réseau de grand transport
- Réseau de répartition régionale
- Secteur concurrentiel
- Secteur régulé
- Site de production
- Source d'énergie
- Transport

LE SCHÉMA IMPORTANT À RETENIR

Modélisation mathématique d'un réseau électrique

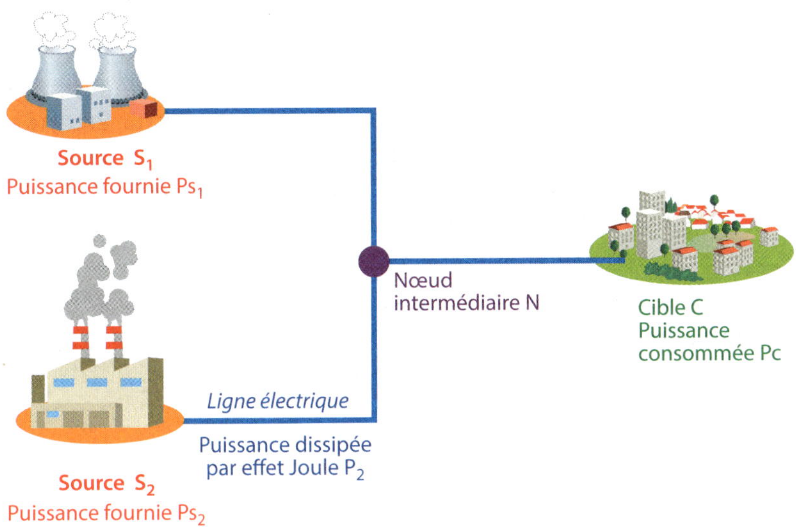

Quiz

1. Les lignes THT appartiennent au réseau de répartition régionale.
☐ Vrai ☐ Faux

2. Lors du transport de l'énergie électrique, l'effet Joule est une perte thermique.
☐ Vrai ☐ Faux

3. L'utilisation de lignes THT et HT dans le réseau de transport limite les pertes.
☐ Vrai ☐ Faux

4. La loi des nœuds est une loi de conservation du débit de charge.
☐ Vrai ☐ Faux

5. Une cible terminale est un consommateur d'énergie électrique.
☐ Vrai ☐ Faux

6. La limitation des pertes dépend uniquement de la source de production.
☐ Vrai ☐ Faux

→ **Réponses p. 122**

Exprimer mathématiquement les contraintes et la fonction à minimiser

ÉNONCÉ

Un petit village de montagne (cible C_1) et un chalet isolé (cible C_2) sont alimentés par deux postes sources S_1 et S_2. Les lignes du réseau sont toutes considérées comme identiques de résistance r. La tension U est la même dans toute la portion de réseau électrique étudiée.
Exprimer les contraintes de ce réseau et en déduire la fonction $f(x)$ à minimiser avec $x = P_{S1}$ la puissance délivrée par la source S_1.

***Données*:**
- Puissances maximales fournies par les sources :

$P_{S1,\,max} = 500$ kW et $P_{S2,\,max} = 300$ kW.
- Puissance utilisée par le village $P_{C1} = 550$ kW et par le chalet $P_{C2} = 50$ kW.
- Tension d'alimentation : $U = 230$ V.
- Résistance de chaque ligne : $r = 2{,}0\ \Omega$.

MÉTHODE

1. Réaliser le graphe orienté du réseau électrique en précisant les notations utilisées non données dans l'énoncé.
2. Exprimer les trois types de contraintes sur les intensités des courants du réseau.
3. Exprimer les pertes à minimiser, c'est-à-dire la puissance Joule de la ligne issue de S_1 en fonction de $x = P_{S1}$, puissance fournie par la source S_1. En déduire l'expression de $f(x)$.
4. À partir de la loi des nœuds, déterminer la relation entre les différentes puissances.
5. En déduire un encadrement de la variable x de la fonction à minimiser, en se basant sur les valeurs maximales des puissances $P_{S1,\,max}$ et $P_{S2,\,max}$ fournies par les sources.
6. Faire l'application numérique.

CORRIGÉ

1. Le graphe orienté correspondant à la situation étudiée est représenté ci-contre.

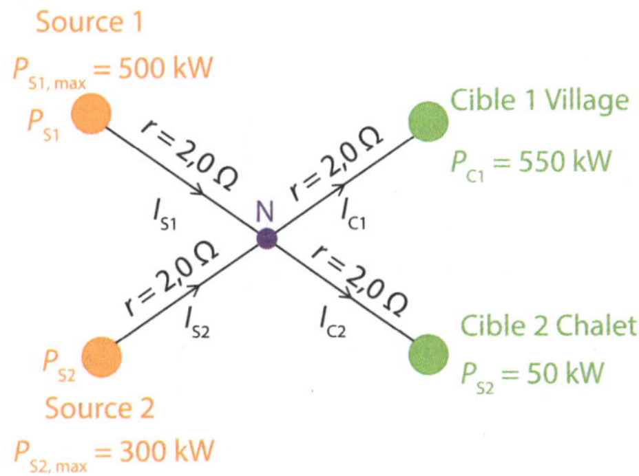

2. Les contraintes sont :
– l'intensité totale sortant d'une source est limitée par la puissance maximale distribuée : $P_{S1} = UI_{S1} \leqslant P_{S1,\,max}$ et $P_{S2} = UI_{S2} \leqslant P_{S2,\,max}$;
– l'intensité totale entrant en N, nœud intermédiaire, est égale à l'intensité totale qui en sort : $I_{S1} + I_{S2} = I_{C1} + I_{C2}$;
– l'intensité totale arrivant à chaque cible est imposée par la puissance utilisée par la cible : $I_{C1} = \dfrac{P_{C1}}{U}$ et $I_{C2} = \dfrac{P_{C2}}{U}$.

3. Les pertes Joule de la ligne issue de la source S_1 sont $P_{J1} = rI_{S1}^2 = r\dfrac{P_{S1}^2}{U^2}$.

Si l'on pose $x = P_{S1}$ alors $P_{J1} = r\dfrac{x^2}{U^2}$ est la fonction à minimiser.

Soit $f(x) = r\dfrac{x^2}{U^2}$.

4. La loi des nœuds s'écrit : $I_{S1} + I_{S2} = I_{C1} + I_{C2}$. En multipliant chaque membre de cette égalité par la tension U aux bornes de chaque arc orienté de graphe, on en déduit : $UI_{S1} + UI_{S2} = UI_{C1} + UI_{C2}$.
Soit $P_{S1} + P_{S2} = x + P_{S2} = P_{C1} + P_{C2}$.
On en déduit ainsi que $x = P_{C1} + P_{C2} - P_{S2}$.

> **À retenir**
> Les pertes Joule sont des pertes d'origine thermique : une partie de la puissance fournie par une source est dissipée dans l'environnement et ne parvient pas à la cible.

5. Au niveau des puissances fournies par les sources S_1 et S_2, une des contraintes est que $P_{S1} = x \leqslant P_{S1,\,max}$ et $P_{S2} \leqslant P_{S2,\,max}$.

On en déduit alors que $x \leqslant P_{S1,\,max}$ et $x \geqslant P_{C1} + P_{C2} - P_{S2,\,max}$.

Soit finalement : $P_{C1} + P_{C2} - P_{S2,\,max} \leqslant x \leqslant P_{S1,\,max}$.

6. $f(x) = 2{,}0\dfrac{x^2}{230^2} = 3{,}8 \times 10^{-5}\, x^2$ (en W)

$(550 \times 10^3 + 50 \times 10^3 - 300 \times 10^3)$ W $\leqslant x \leqslant 500 \times 10^3$ W, soit 300 kW $\leqslant x \leqslant$ 500 kW.

Vérification des connaissances

Pour chaque question ou affirmation, il y a entre 0 et 3 bonnes réponses.

1. Les lignes électriques transportant ou distribuant le courant peuvent être :
a. des lignes aériennes.
b. des lignes souterraines.
c. sous forme Bluetooth.

2. Le réseau de transport de l'énergie électrique :
a. est un secteur concurrentiel.
b. comprend un réseau d'interconnexion.
c. comprend un réseau régional.

3. Le Réseau Transport Électricité (RTE) :
a. est une filiale d'Enedis.
b. gère le réseau de grand transport.
c. gère les lignes THT et HT des réseaux nationaux, régionaux et locaux.

4. Les pertes par effet Joule :
a. sont des pertes d'origine thermique.
b. existent quel que soit le type de lignes de transport ou de distribution.
c. sont minimisées dans des lignes haute tension.

5. La tension aux bornes d'une ligne de transport ou de distribution :
a. est de 400 000 V en sortant des centrales nucléaires par des lignes THT.
b. est fixée à 200 kV pour des lignes HT.
c. est de quelques ohms pour l'ensemble des lignes.

6. Les contraintes d'un réseau électrique :
a. sont des contraintes en intensité.
b. dépendent des puissances fournies par les sources distributrices.
c. dépendent des puissances utilisées par les cibles destinatrices.

7. Un réseau est représenté par un graphe orienté dont :
a. le nombre de nœuds permet de calculer les intensités des courants débités.
b. les arcs sont fléchés dans le sens de déplacement des charges électriques.
c. les sources sont toujours les sites producteurs.

Entraînement

1 Modélisation d'un réseau

Exploitation de document

Une ville, une PME et une ferme sont alimentées par deux postes sources.

Doc. Réseau électrique

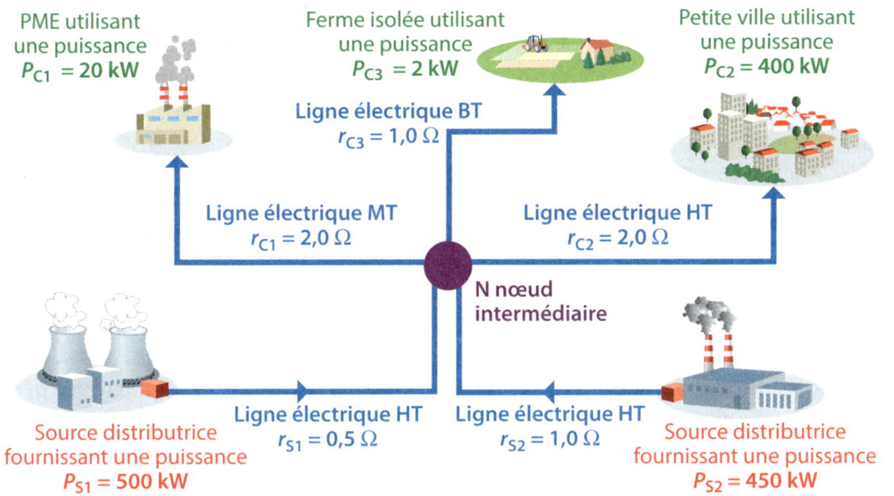

QUESTIONS

1. En identifiant le type de ligne, déterminer les tensions à leurs bornes.

2. Proposer un graphe orienté correspondant à ce réseau.

3. Calculer les pertes Joules au niveau des lignes fournissant les trois cibles. On prendra pour l'application numérique les valeurs les plus faibles des tensions.

2 Fonction à minimiser

Calcul

Un village est alimenté par deux sources S_1 et S_2. S_2 fournit aussi de l'électricité à une ferme. La tension et les résistances sont constantes dans tout le réseau.

QUESTIONS

Montrer que les pertes Joule à la sortie de la source S_2 sont minimales si $f(x) = a + bx + cx^2$ est minimale ; $x = P_{S2}$. Préciser les valeurs de x et les expressions de a, b et c.

Quiz

1. Faux. Les lignes Très Haute Tension (THT) appartiennent au réseau de transport et en particulier au réseau de grand transport ou d'interconnexion. Ces lignes permettent de transporter l'énergie électrique directement en sortie des sites de production sous une tension de l'ordre de 400 000 V et sur de longues distances.

2. Vrai. L'effet Joule est un effet thermique : lors du passage d'un courant dans un conducteur, ce dernier oppose une résistance au courant, échauffant le matériau. L'énergie produite est alors dissipée sous forme de chaleur dans l'environnement.

3. Vrai. Le réseau de transport est composé de lignes THT pour le grand réseau et de lignes HT pour le réseau régional. Ce type de lignes permet de réduire les pertes par effet Joule et de transporter l'énergie électrique sur de longues distances.

4. Vrai. À un nœud, la loi des nœuds explicite la conservation des intensités des courants entrants et sortants. Or l'intensité du courant électrique est l'image macroscopique du débit de charge dans un conducteur. La loi des nœuds exprime que le débit de charge est conservé : le débit entrant au niveau d'un nœud est égal au débit sortant.

5. Vrai. Une cible terminale du réseau électrique est une cible destinatrice. Il s'agit bien d'un site consommateur d'électricité.

6. Faux. La limitation des pertes, en particulier par effet Joule, est un problème complexe qui dépend d'une multitude de facteurs : la puissance produite par le site source, le type de ligne de transport ou de distribution et donc sa résistance, la puissance consommée…

Vérification des connaissances

1. a. et **b. Vrai.** Les lignes électriques transportant ou distribuant le courant peuvent être des lignes aériennes ou souterraines. Les formes de distribution Bluetooth sont réservées à une distribution de très courte distance en remplacement des câbles filaires (**c.** Faux).

2. b. et **c. Vrai.** Le réseau de transport de l'électricité est un réseau comportant une distribution nationale, ou réseau d'interconnexion, et un réseau de transport régional et local. C'est un secteur régulé et géré par Réseau Transport Électricité (RTE) (**a.** Faux).

3. a., b. et **c. Vrai.** Toutes les propositions sont exactes : RTE gère l'ensemble du réseau de transport de l'électricité, c'est-à-dire les lignes THT et HT des deux parties du réseau (le réseau grand transport ou réseau national et le réseau régional et local).

4. a., b. et **c. Vrai.** Les pertes par effet Joule sont des pertes thermiques, l'énergie dissipée dans l'environnement est sous forme de chaleur. Ces pertes sont inéluctables et minimisées dans le cas des lignes THT, voire HT.

5. a. Vrai. La tension aux bornes d'une ligne de sortie d'une centrale nucléaire est de 400 kV. En revanche, cette tension est variable au niveau des lignes HT, entre 225 kV et 63 kV suivant la ligne (**b.** Faux). La résistance d'une ligne, et non la tension à ses bornes, est souvent de quelques ohms (**c.** Faux).

6. a., b. et **c. Vrai.** Toutes les réponses sont correctes : les contraintes d'un réseau sont trois contraintes en intensité, dont la seconde est généralement la loi des nœuds. La première et la troisième contraintes expriment les intensités en fonction des puissances délivrées par les sources distributrices en amont d'un nœud par exemple et par les sources consommatrices, en aval du nœud.

7. Aucune réponse n'est vraie. Un réseau est modélisé par un graphe orienté dont le nombre de nœuds permet de fixer le nombre de contraintes de type conservation du débit de charge grâce à la loi des nœuds (**a.** Faux). Les arcs entre les sites sont orientés dans le sens conventionnel du courant, sens opposé au sens de circulation des électrons dans les lignes (**b.** Faux). Les sources peuvent être des sites producteurs, mais aussi des points relais ou des sites distributeurs (**c.** Faux).

Entraînement

1 Modélisation d'un réseau

1. Pour les lignes haute tension (HT), les tensions sont de quelques dizaines à quelques centaines de volts. Les lignes moyenne tension (MT) permettant de distribuer de l'électricité aux PME et aux gros consommateurs délivrent une tension de quelques dizaines de volts. U est donc comprise entre 15 kV et 30 kV.

> **À retenir**
> Le réseau de transport HT comporte un ensemble de lignes dont les tensions sont de trois types : $U = 225$ kV, $U = 90$ kV et $U = 63$ kV.

Enfin, en fin de réseau de distribution, les tensions d'alimentation des habitations se font via des lignes basse tension (BT). La tension à leurs bornes dépend de la cible : $U = 400$ V ou $U = 230$ V.
Finalement, on en déduit que :

- $U_{S1} \in \{63 \text{ kV} ; 90 \text{ kV} ; 225 \text{ kV}\}$,
- $U_{S2} \in \{63 \text{ kV} ; 90 \text{ kV} ; 225 \text{ kV}\}$,
- $U_{C1} \in [15 \text{ kV}, 30 \text{ kV}]$,
- $U_{C2} \in \{63 \text{ kV} ; 90 \text{ kV} ; 225 \text{ kV}\}$,
- $U_{C3} \in \{230 \text{ V} ; 400 \text{ V}\}$.

2. Le graphe orienté correspondant à ce réseau est ci-contre.

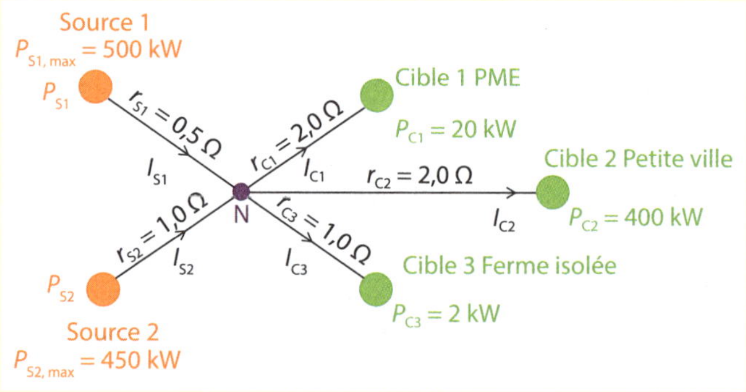

3. Les pertes Joules au niveau des lignes fournissant les cibles i avec $i \in \{1, 2, 3\}$ sont telles que $P_{JCi} = r_{Ci} I_{Ci}^2$.

De plus, la puissance utilisée par la cible i contraint la valeur de l'intensité du courant délivré : $P_{Ci} = U_{Ci} I_{Ci}$.

On en déduit $I_{Ci} = \dfrac{P_{Ci}}{U_{Ci}}$.

Finalement, on a l'expression de chaque puissance Joule : $P_{JCi} = r_{Ci} I_{Ci}^2 = r_{Ci} \left(\dfrac{P_{Ci}}{U_{Ci}}\right)^2$.

Pour l'application numérique, on prend les valeurs les plus faibles des tensions aux bornes de chacune des lignes.

$r_{C1} = 2{,}0\ \Omega$; $P_{C1} = 20$ kW et $U_{C1} = 15$ kV :

$$P_{JC1} = 2{,}0 \times \frac{(20 \times 10^3)^2}{(15 \times 10^3)^2} = 3{,}6 \text{ W}.$$

$r_{C2} = 2{,}0\ \Omega$; $P_{C2} = 400$ kW et $U_{C2} = 63$ kV :

$$P_{JC2} = 2{,}0 \times \frac{(400 \times 10^3)^2}{(63 \times 10^3)^2} = 81 \text{ W}.$$

$r_{C3} = 1{,}0\ \Omega$; $P_{C3} = 2{,}0$ kW et $U_{C3} = 230$ V : $P_{JC3} = 1{,}0 \times \dfrac{(2{,}0 \times 10^3)^2}{(230)^2} = 76$ W.

Gagnez des points !

Vérifier que le rapport des pertes Joule sur la puissance utilisée est important dans le cas d'une ligne BT. Dans le cas présent, ce rapport est de l'ordre de 4 % de pertes Joule.

2 Fonction à minimiser

Le graphe orienté correspondant est :

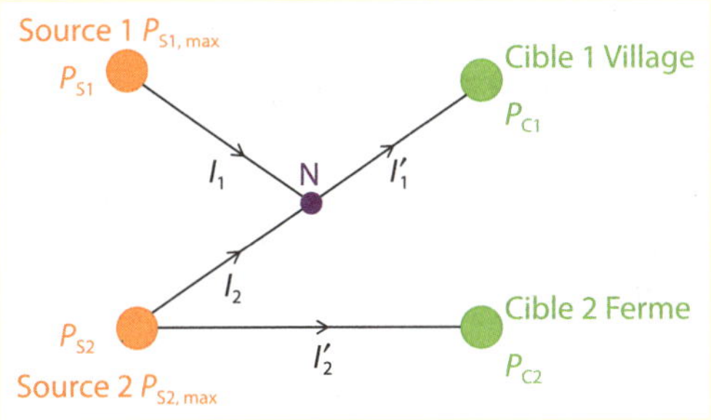

Les contraintes sont :

(1) $P_{S1} = UI_1 \leqslant P_{S1,\,max}$

(2) $P_{S2} = x = U(I_2 + I'_2) \leqslant P_{S2,\,max}$

(3) $I_1 + I_2 = I'_1$ (loi des nœuds en N)

(4) $P_{C1} = UI'_1$

(5) $P_{C2} = UI'_2$

Les pertes par effet Joule à minimiser sont : $P_{JS2} = rI_2^2 + rI'^2_2$.

On peut écrire :

$P_{JS2} = rI_2^2 + rI'^2_2 = r\left(I_2^2 + I'^2_2\right) = r(I_2 + I'_2)^2 - 2rI_2I'_2$.

> **L'astuce du prof**
> Écrire l'expression de la puissance Joule comme le début d'un carré.

La relation **(2)** permet d'écrire $I_2 + I'_2 = \frac{P_{S2}}{U} = \frac{x}{U}$ et $UI_2 = x - UI'_2$, soit $UI_2 = x - P_{C2}$ en utilisant la relation **(5)**.

L'intensité I_2 est donc telle que : $I_2 = \frac{x}{U} - \frac{P_{C2}}{U}$ et $I'_2 = \frac{P_{C2}}{U}$.

En reprenant la puissance Joule à minimiser, on obtient :

$$P_{JS2} = f(x) = r\left(\frac{x}{U}\right)^2 - 2r\frac{P_{C2}}{U}\left(\frac{x}{U} - \frac{P_{C2}}{U}\right)$$

que l'on peut réarranger en $f(x) = 2r\frac{P_{C2}^2}{U^2} - 2r\frac{P_{C2}}{U^2}x + \frac{r}{U^2}x^2$.

On en déduit : $a = 2r\frac{P_{C2}^2}{U^2}$; $b = -2r\frac{P_{C2}}{U^2}$ et $c = \frac{r}{U^2}$.

Par ailleurs, la relation **(2)** donne la borne supérieure des valeurs possibles :

$$x \leqslant P_{S2,\,max}$$

La borne inférieure est donnée par la relation **(3)** que l'on multiplie par U, en utilisant les relations cibles **(4)** et **(5)** :

$$P_{C1} = UI'_1 = UI_1 + UI_2 = UI_1 + U(I_2 + I'_2) - UI'_2 \leqslant P_{S1,\,max} + x - P_{C2}$$

Soit $x \geqslant P_{C1} + P_{C2} - P_{S1,\,max}$. On obtient ainsi $P_{C1} + P_{C2} - P_{S1,\,max} \leqslant x \leqslant P_{S2,\,max}$.

CHAPITRE 8

Choix énergétiques et impacts sur les sociétés

1 Transition énergétique et diversification des ressources

De quoi s'agit-il ? **L'analyse du mix énergétique permet de comprendre et de faire évoluer la consommation énergétique et d'engager la transition énergétique.**

1 L'évolution en France

• Depuis les années 1980, la production d'électricité a évolué du fait de décisions politiques, et de contraintes économiques, techniques et environnementales. Elle a augmenté (de 250 à plus de 550 TWh), et les sources utilisées ont varié (**Doc. 1**).

• La part des énergies fossiles a diminué au cours de la décennie 1980-1990, puis est restée sensiblement constante en quantité, d'où une baisse de son importance relative. La part du nucléaire a augmenté (environ 75 % de la production d'électricité française), même si elle stagne – voire diminue – depuis une dizaine d'années.

• Parmi les énergies renouvelables, l'énergie électrique d'origine hydraulique garde la même importance en quantité, mais diminue en proportion depuis les années 1980. S'il ne reste plus beaucoup de cours d'eau à exploiter, l'énergie marémotrice peut encore être développée. Enfin, d'autres énergies renouvelables sont apparues à partir des années 2010, principalement l'éolien (le plus ancien) et le solaire, et progressent de façon modérée depuis une décennie. À l'horizon 2050, l'Ademe prévoit pour la France une production d'électricité issue à 100 % d'énergies renouvelables.

2 Le mix énergétique à l'échelle mondiale

• La comparaison du mix électrique en France et dans le reste du monde montre des différences considérables dans les sources énergétiques utilisées (**Doc. 2**).

• Si le nucléaire domine en France, dans le reste du monde, c'est l'énergie thermique à flamme, produite essentiellement à partir de combustion d'hydrocarbures fossiles, avec en conséquence une production de gaz à effet de serre bien plus importante.

• Néanmoins, les problèmes posés par une source unique d'énergie largement majoritaire incitent à développer de nouvelles sources énergétiques.

Doc. 1 Évolution des sources de production nette d'électricité en France

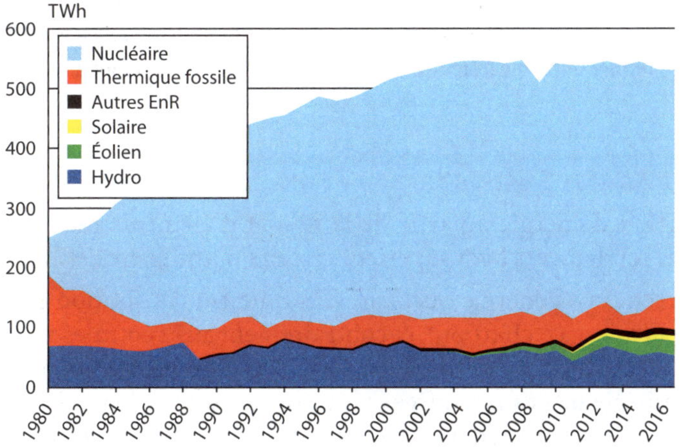

Doc. 2 Sources de production d'électricité dans le monde (à gauche) et en France (à droite)

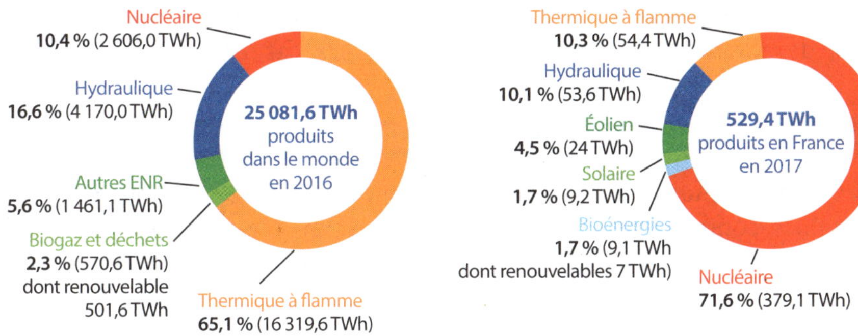

Source : International Energy Agency (IEA) © EDF

Source : RTE – Bilan électrique 2017 © EDF

Vocabulaire

Mix énergétique : répartition des différentes sources d'énergie consommées.

Transition énergétique : modification des modes de production et de consommation de l'énergie.

Mix électrique : répartition des sources d'énergie destinées à la production d'électricité.

2 Des choix en discussion

De quoi s'agit-il ? **Le réchauffement climatique dû à l'utilisation d'énergies fossiles a poussé à rechercher des formes d'énergie n'émettant pas ou peu de dioxyde de carbone.**

1 Énergie nucléaire : avantages et inconvénients

- La production d'énergie à partir de la fission d'éléments radioactifs permet d'obtenir des rendements bien supérieurs à ceux d'une centrale thermique.
- Aussi un recours à l'énergie nucléaire diminue-t-il l'utilisation des ressources naturelles (pétrole, gaz, charbon), et contrairement aux centrales thermiques, les centrales nucléaires ne rejettent pas de CO_2. Par ailleurs, leur coût de fonctionnement est inférieur. Les ressources en uranium sont quasi inépuisables, elles pourraient même devenir renouvelables si le processus de recyclage, déjà appliqué et réutilisé dans des centrales spécifiques, pouvait être amélioré.
- Pourtant, les opposants au nucléaire avancent des arguments. Pour éviter un accident, catastrophique, un système de contrôle élaboré et sans faille est nécessaire, et le risque zéro n'existe pas. Le stockage des déchets radioactifs pose problème et provoque l'hostilité des populations concernées. Enfin, le nucléaire freine le développement des énergies renouvelables, car il est moins coûteux.

2 Énergies renouvelables : avantages et inconvénients

- Les énergies renouvelables (éolien, solaire, hydraulique…) sont en théorie inépuisables, contrairement aux énergies fossiles. En revanche, leur disponibilité est intermittente, leur répartition à la surface du globe inégale et leur capacité de production inférieure (**Doc. 1**).
- Ainsi, le soleil disparaît une partie de la journée et de longs mois dans les régions de latitude élevée, et son intensité est faible une partie de l'année.
- La production des centrales hydrauliques fluctue d'une année à l'autre selon les précipitations.
- Les éoliennes fonctionnent environ 80 % du temps, mais avec une puissance très variable, située entre 0 et 100 %.
- En revanche, l'utilisation de ces énergies est très sûre et génère peu de déchets. Elles rejettent très peu de CO_2 de par leur fonctionnement, mais leur construction est coûteuse en matériaux (ciment, métaux divers…), ressources épuisables dont l'extraction et la fabrication génèrent une libération de CO_2.

• Leur coût de production reste plus élevé que celui du nucléaire, mais s'en rapproche (**Doc. 2**).

Doc. 1 Capacité de production par type d'énergie en France en 2017

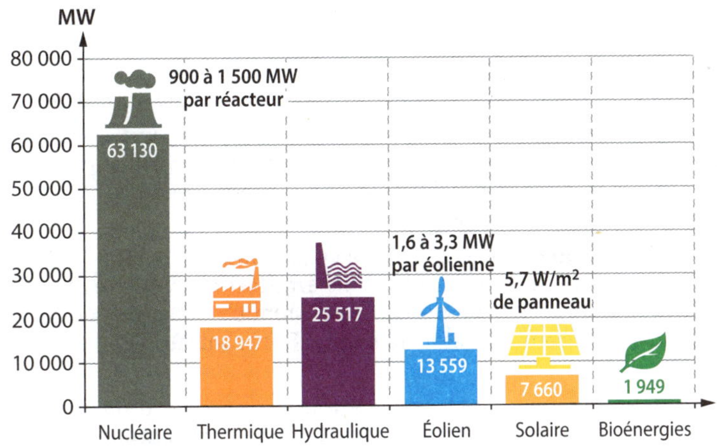

Doc. 2 Coûts de production par type d'énergie en France en 2017

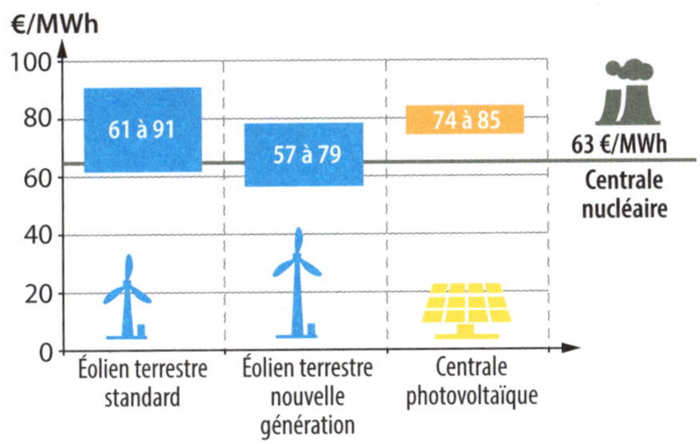

Vocabulaire

Fission : éclatement des noyaux (d'uranium) accompagné d'émission de neutrons, de rayonnement et d'un dégagement de chaleur important.

Centrale thermique : centrale utilisant la combustion d'énergies fossiles.

RÉVISION EXPRESS

LES POINTS IMPORTANTS À RETENIR

- La production d'électricité en France provient pour les deux tiers de l'**énergie nucléaire**. Celle-ci présente l'avantage d'un rendement élevé, de **ressources en uranium abondantes** et produit des déchets en partie recyclables.
- Néanmoins, le fonctionnement des centrales s'accompagne d'un **risque** d'accident et d'un problème de **stockage des déchets** non réutilisables. Par ailleurs, le caractère très majoritaire de sa production freine le développement des énergies renouvelables.
- Les **énergies renouvelables** (éolien, solaire, hydraulique…) sont en théorie inépuisables, mais leur disponibilité est **intermittente**, avec une **inégale répartition** à la surface du globe. Leur faible rendement énergétique nécessite la construction de nombreuses installations. Elles sont sûres et génèrent peu de déchets.
- Les choix énergétiques doivent tenir compte des **besoins**, de la **disponibilité** des ressources, des **risques** et des **impacts environnementaux**. L'analyse de ces critères conduit le plus souvent à une **diversification des ressources**.

Vidéo

LES MOTS IMPORTANTS

- Capacité de production
- Coût de production
- Disponibilité des ressources
- Énergie nucléaire
- Énergie renouvelable
- Gestion des risques
- Infrastructure
- Mix énergétique
- Rendement énergétique
- Stockage des déchets
- Transition énergétique

LE SCHÉMA IMPORTANT À RETENIR

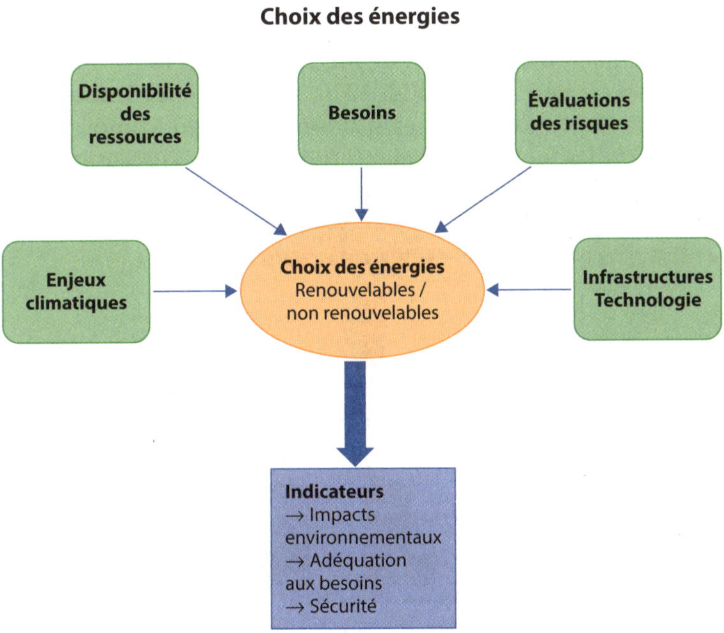

Quiz

1. L'énergie nucléaire est une énergie renouvelable.
☐ Vrai ☐ Faux

2. Le coût de production de l'énergie éolienne est inférieur à celui de l'énergie nucléaire.
☐ Vrai ☐ Faux

3. En 2018, le mix électrique français comporte 50 % d'énergies renouvelables.
☐ Vrai ☐ Faux

4. Le gaz naturel fait partie des ressources non renouvelables.
☐ Vrai ☐ Faux

5. L'arrêt du nucléaire permettrait de limiter le réchauffement climatique.
☐ Vrai ☐ Faux

→ Réponses p. 137

Analyser des prévisions

ÉNONCÉ

Pour obéir aux enjeux de la transition énergétique, la France prévoit une réorganisation de son mix électrique d'ici 2030. Le **document 1** indique les résultats d'une étude à ce sujet. Cette réorganisation doit tenir compte de différentes contraintes, parmi lesquelles des enjeux économiques. Le **document 2** présente l'évolution prévisible des coûts de production des énergies renouvelables.

Doc. 1 **Évolution prévue des capacités de différentes sources d'énergie**

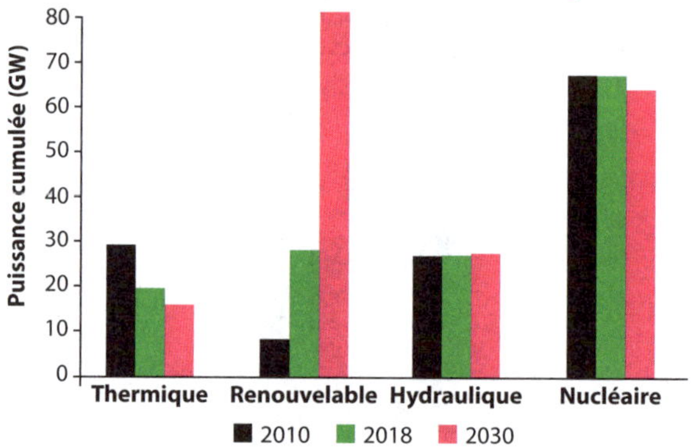

Doc. 2 **Évolution prévisible des coûts actualisés de différentes énergies**

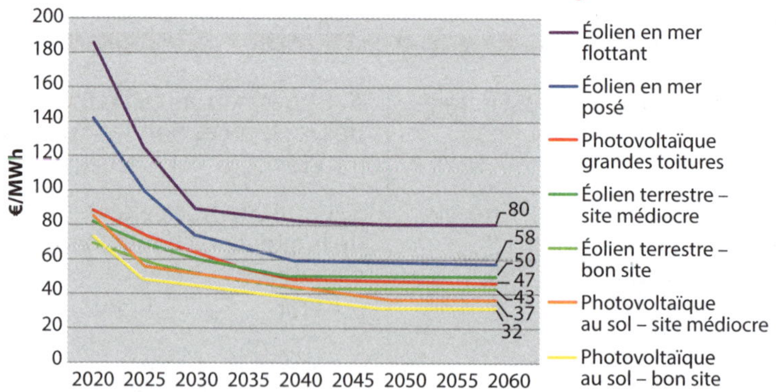

À l'aide des documents, décrire et expliquer l'évolution de la nature des ressources énergétiques utilisées en France selon ces prévisions.

MÉTHODE

- Le **document 1**, qui correspond à une étude fondée sur des prévisions, doit être examiné avec un esprit critique.
- Le **document 2** présente l'évolution prévisible des coûts des énergies renouvelables. Il permet aussi de comparer ces évolutions. Ces prévisions sont établies à partir de données actuelles (météorologiques) et d'hypothèses concernant le rythme de déploiement et les coûts des technologies. Ces hypothèses se fondent sur l'écart observé entre les prévisions établies pour 2015 et les résultats réels observés.

CORRIGÉ

Selon les prévisions du **document 1**, on peut noter tout d'abord la quasi-stabilité de la part d'énergie hydraulique. La construction de barrages est coûteuse, pose des difficultés d'un point de vue environnemental en raison de l'impact sur la faune et la flore, et déclenche souvent des réactions d'hostilité de la part des populations concernées.

La diminution régulière, depuis 2010 et jusqu'en 2030, de l'utilisation des hydrocarbures fossiles s'explique par une volonté politique de développer des énergies de substitution, en raison de l'impact négatif de leur combustion sur l'effet de serre.

> **Remarque**
> Les ressources en hydrocarbures sont limitées.

Actuellement, la production d'électricité en France est dominée par le nucléaire. D'après le **document 1**, d'ici 2030, les énergies renouvelables devraient subir une progression très importante au point de supplanter le nucléaire.

Le **document 2** permet en partie d'expliquer ces évolutions. Il prévoit en effet une diminution – voire un effondrement – des coûts des énergies renouvelables, en particulier pour l'éolien, et dans une moindre mesure pour le photovoltaïque. Ce dernier demeure néanmoins meilleur marché que l'éolien, mais dans les années 2030, les écarts de coûts seront réduits.

Toutefois, les prévisions pour 2030 supposent un bouleversement lors des dix années à venir, ce qui représente une courte période. Ensuite, l'énergie renouvelable pose des problèmes d'implantations, notamment de nuisances, même si le domaine maritime est vaste. Enfin, la disponibilité fluctuante de ces sources d'énergie limite leur utilisation.

Vérification des connaissances

Pour chaque question ou affirmation, il y a entre 0 et 3 bonnes réponses.

1. La demande annuelle d'électricité en France est de l'ordre de :
a. 500 TWh.
b. 2000 TWh.
c. 50 TWh.

2. L'Ademe prévoit une production d'électricité issue à 100 % d'énergies renouvelables pour :
a. 2500.
b. 2050.
c. 2100.

3. En France, une éolienne standard tourne :
a. 75 % du temps.
b. 20 % du temps.
c. 100 % du temps.

4. L'énergie renouvelable la plus utilisée dans le monde est :
a. l'énergie solaire.
b. l'énergie hydraulique.
c. l'énergie éolienne.

5. Le secteur consommant le plus d'énergie est :
a. l'industrie.
b. les transports.
c. l'habitat.

6. Les énergies renouvelables :
a. posent des problèmes de stockage des déchets.
b. n'ont aucun inconvénient.
c. sont disponibles de façon intermittente.

7. Les énergies fossiles :
a. sont inépuisables.
b. permettent la production d'électricité.
c. ont un impact sur l'environnement lorsqu'elles sont utilisées.

Entraînement

1 Le choix d'énergies renouvelables

Exploitation de documents

Pour répondre aux enjeux climatiques et environnementaux, le développement des énergies renouvelables est une des solutions proposées.

Les choix énergétiques dépendent de différents paramètres, dont certains figurent dans les documents suivants.

Doc. 1 Production journalière d'énergie éolienne en France en 2017

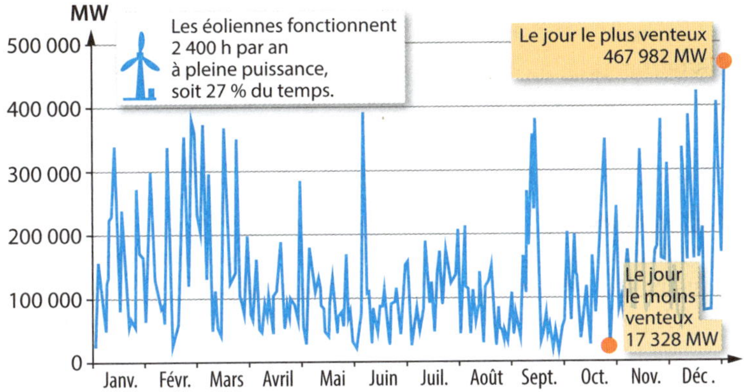

Doc. 2 Répartition mensuelle de l'irradiation annuelle globale en France

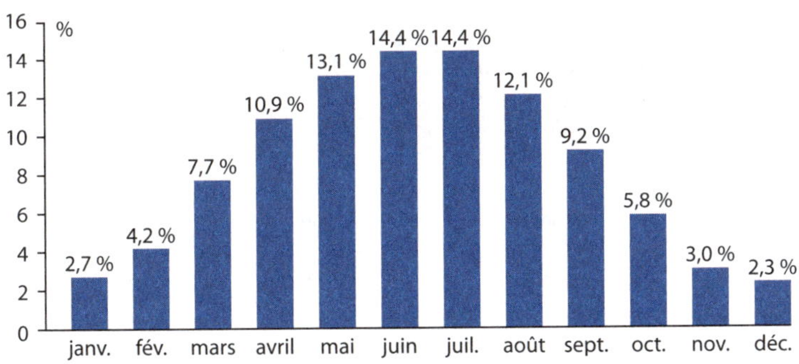

Doc. 3 **Production photovoltaïque en France métropolitaine**

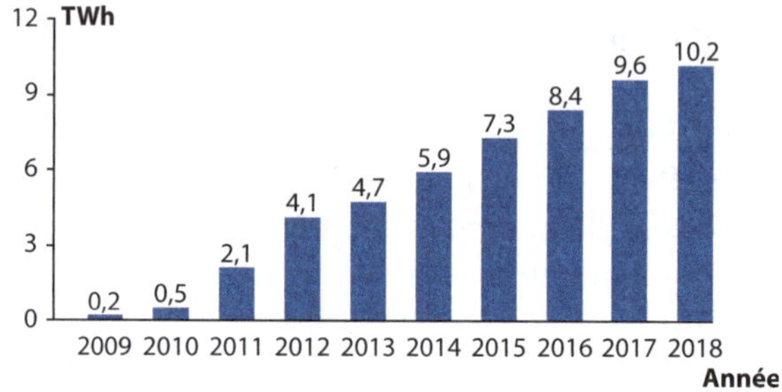

QUESTION

À partir des **documents**, montrer les points forts et les points faibles des énergies renouvelables comme l'éolien et le solaire.

2 Un scénario 100 % énergies renouvelables

Exploitation de document

Dans une étude datant de 2016, des chercheurs ont construit plusieurs scénarios de transitions possibles vers le 100 % renouvelable pour la production d'électricité en 2050. L'un de ces scénarios figure sur le document suivant.

Doc. **Évolution du mix de production électrique entre 2012 et 2050 dans le scénario 100 % énergies renouvelables**

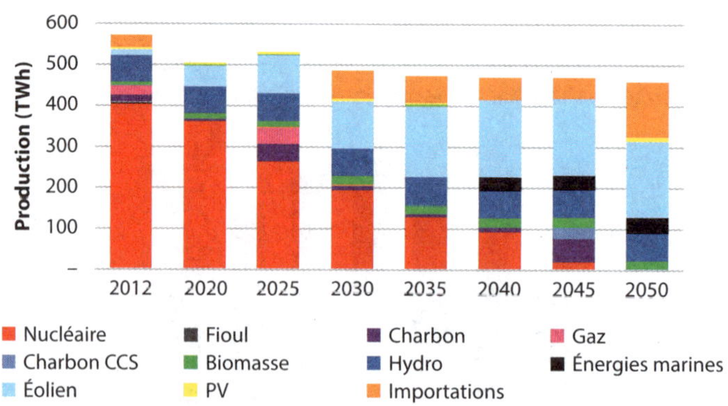

QUESTION

Décrire et analyser les conséquences de ce scénario.

Quiz

1. Faux. L'uranium, employé pour la fission, reste une ressource limitée.

2. Faux. En 2020, le coût de production de l'énergie éolienne reste plus élevé que celui de l'énergie nucléaire, mais il s'en rapproche.

3. Faux. En 2018, la part des énergies renouvelables dans le mix électrique français représentait près de 21 %.

4. Vrai.

5. Faux. Le nucléaire ne rejette pas de CO_2 et n'a donc pas de conséquence sur l'effet de serre.

Vérification des connaissances

1. a. Vrai. (**b.** et **c. Faux**).

2. b. Vrai. (**a.** et **c. Faux**).

3. a. Vrai. (**b.** et **c. Faux**).

4. b. Vrai. (**a.** et **c. Faux**).

5. c. Vrai. (**a.** et **b. Faux**).

6. c. Vrai. (**a.** et **b. Faux**).

7. b. et **c. Vrai.** Les énergies fossiles sont utilisées plus rapidement qu'elles ne mettent de temps à se former (**a. Faux**).

Entraînement

1 Le choix d'énergies renouvelables

Face aux prévisions de réchauffement global de la planète et à la certitude que celui-ci provient de l'émission de gaz à effet de serre dus aux activités humaines, on tente de développer l'utilisation de nouvelles sources d'énergie, comme le solaire et l'éolien. Ces énergies renouvelables présentent à la fois des points forts et des points faibles qu'il est nécessaire de connaître afin d'optimiser la production énergétique.

Le **document 1** montre que la production d'énergie éolienne est fluctuante d'une saison à l'autre. Globalement, durant le printemps et l'été, la production est plus basse qu'en automne et en hiver. De plus, on constate qu'à l'intérieur d'une même saison, et même au cours d'un même mois, il existe des fluctuations significatives de cette production. Par exemple, la production pendant une journée de fin décembre est la plus élevée de l'année avec 470 000 MW environ, alors qu'elle est la plus basse au cours d'une journée d'octobre, avec 17 000 MW, soit un facteur de 27 entre les deux. Puisque les éoliennes sont potentiellement fonctionnelles 24 heures sur 24, c'est la ressource qui n'est pas disponible en permanence ou du moins en quantité suffisante. Le vent souffle en effet de façon variable en fonction des conditions météorologiques.

Pour limiter ce phénomène, on cherche à implanter des éoliennes là où le vent est le plus régulier et intense, et notamment au large des côtes plutôt que dans les terres.

> **Gagnez des points !**
> Utiliser et comparer les chiffres fournis par les documents.

Le **document 2** présente les variations de l'irradiation solaire au cours de l'année. L'irradiation solaire est la quantité d'énergie reçue par la Terre par unité de surface. Elle dépend des saisons, comme le montre le **document 2**. Ainsi, la production d'énergie solaire, comme celle d'énergie éolienne, est dépendante d'une ressource fluctuante au cours de l'année, et bien sûr entre le jour et la nuit. Néanmoins, ces limites sont-elles vraiment rédhibitoires pour l'exploitation de ces ressources ? Comme le montre le **document 3**, la production photovoltaïque, c'est-à-dire issue de l'énergie solaire, en France métropolitaine a progressé de façon significative en une dizaine d'années, d'un facteur 50. Il est vrai que le point de départ était très bas, mais cela montre néanmoins que le développement de cette technologie est possible. Si la ressource reste intermittente, des rendements plus élevés des cellules photovoltaïques ainsi qu'une distribution plus importante, comme c'est le cas aujourd'hui avec leur implantation sur les toits, y compris des maisons individuelles, pourraient peut-être permettre de compenser ces points faibles.

2 Un scénario 100 % énergies renouvelables

Le scénario représenté dans le **document** prévoit un abandon total de l'énergie nucléaire en 2050, les trois premiers moyens de production énergétiques devenant alors l'éolien, l'hydraulique et les énergies marines. Cet abandon du nucléaire passe par une diminution progressive de cette source énergétique (une baisse de 50 % en 2030), ce qui suppose que les centrales en fin de vie ne soient pas remplacées par la construction de nouvelles centrales. Ce scénario pose le problème de la période de transition, au cours de laquelle la consommation énergétique doit pouvoir se poursuivre, alors que les sources principales de production encore en activité sont en train d'être arrêtées. Il serait fait appel aux énergies fossiles (en 2025 et en 2045), notamment au charbon, au pétrole et au gaz, pour compenser la baisse de la part du nucléaire, en contradiction avec les objectifs de réduction des gaz à effet de serre. Ce recours serait transitoire, mais il aurait néanmoins un impact – dont l'importance n'est pas mesurée par le document – sur le réchauffement climatique.

À savoir

Les énergies marines utilisent les mouvements de l'océan (vagues, courants, marées), sa chaleur ou encore sa salinité.

Gagnez des points !

Il est nécessaire de confronter les conséquences des transformations aux objectifs initiaux.

Parallèlement, la part de l'hydraulique augmenterait. Néanmoins, la disponibilité des ressources énergétiques des centrales hydrauliques dépend des conditions météorologiques et varie en fonction des saisons, et selon les années. De plus, elle peut aussi subir l'impact des changements climatiques. Enfin, ce scénario table sur une augmentation progressive de la part de la biomasse, ainsi que sur des importations de plus en plus importantes.

Conclusion : la transition énergétique est un changement de production énergétique qui nécessite une période d'adaptation, source d'éventuelles difficultés.

CHAPITRE 9

La biodiversité et son évolution

1 Évaluer la biodiversité

De quoi s'agit-il ? **Pour connaître l'état de la biodiversité, il est nécessaire de disposer d'indices et de méthodes permettant de la mesurer.**

1 Indices de la biodiversité

- On estime que le total des espèces vivantes est compris entre 15 et 100 millions, mais seule une petite partie (environ 1,4 million d'espèces) est connue.
- Plusieurs indices sont utilisés pour recenser la biodiversité d'un milieu :

– La « richesse spécifique » correspond au nombre d'espèces dans un milieu choisi. S'il est facile de décompter les espèces de grande taille, la méthode est néanmoins longue et coûteuse à mettre en place. Par ailleurs, les résultats sont biaisés du fait de la distribution spatiale irrégulière de nombreuses espèces.

– La « diversité spécifique » tient compte quant à elle de la richesse spécifique et de l'abondance relative des espèces. De multiples indices existent pour mesurer la diversité spécifique, chacun donnant plus ou moins d'importance à l'une ou l'autre de ses deux composantes.

2 Méthodes d'évaluation

- Plusieurs méthodes permettent d'estimer l'effectif d'une espèce dans un milieu à partir d'échantillons. La méthode de « capture-marquage-recapture » consiste dans un premier temps à capturer, marquer et relâcher une partie représentative de la population. Dans un second temps, une autre partie de la population est capturée, et le nombre d'individus déjà marqués est compté. On admet que le nombre d'individus marqués dans le second échantillon est proportionnel au nombre d'individus marqués dans la population totale. On peut alors estimer l'effectif de la population totale (**Doc.**).
- L'effectif total d'une population peut aussi s'estimer à partir d'échantillons. Le niveau de confiance de l'estimation est inférieur à 100 % en raison de la fluctuation des échantillons. L'estimation est d'autant plus précise, pour un niveau de confiance donné, que la taille de l'échantillon est grande.

Les individus mobiles et discrets (les loups par exemple) ne sont pas observés directement, mais à l'aide d'échantillonnages réalisés à partir de leurs poils et de leurs crottes, dont on extrait l'ADN.

Doc. **Exemple d'estimation d'une population via la méthode de marquage-recapture**

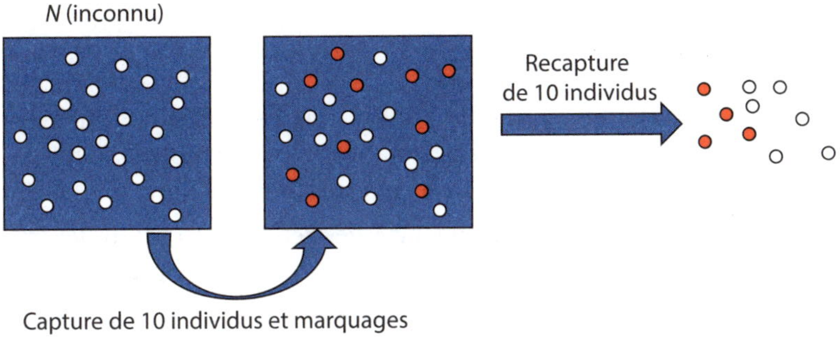

10 individus sont capturés dans un premier temps, puis marqués. Après les avoir relâchés, on capture 10 individus dans les mêmes conditions que précédemment. On compte dans cette nouvelle capture 4 individus marqués.

On applique la formule :

$$\frac{M}{N} = \frac{m}{n}$$

avec M et n les effectifs de chaque capture, m le nombre d'individus marqués et recapturés et N l'effectif total de la population.

On peut alors écrire : $\frac{10}{N} = \frac{4}{10}$ d'où $N = 10 \times \frac{10}{4} = 25$.

La population est donc estimée à 25 individus.

Vocabulaire

Richesse spécifique : nombre d'espèces présentes dans un milieu donné.

Distribution spatiale : répartition dans l'espace.

Diversité spécifique : nombre d'espèces différentes rencontrées dans un écosystème donné, compte tenu de leur effectif.

Abondance : nombre d'individus d'une espèce.

Échantillon : fragment d'un ensemble prélevé pour évaluer cet ensemble.

Population : ensemble d'individus de la même espèce vivant au même moment dans un endroit donné.

Niveau de confiance : degré de certitude de la marge d'erreur.

2 Composition génétique des populations

De quoi s'agit-il ? Il est possible d'appliquer les lois de la génétique aux populations naturelles, afin de prévoir l'évolution des fréquences des génotypes et des allèles au cours des générations successives.

1 Modèle de Hardy-Weinberg

- En 1908, Hardy et Weinberg établissent un modèle mathématique permettant de prévoir l'évolution génétique d'une population. Selon ce modèle, la fréquence des allèles d'un gène, sous certaines conditions, reste stable au cours des générations.
- Ce modèle permet de calculer les fréquences des génotypes à partir des fréquences des allèles. Les fréquences de ces génotypes restent également constantes.
- On considère deux allèles A1 et A2 d'un même gène, p est la fréquence de l'allèle A1 (avec p compris entre 0 et 1), q la fréquence de l'allèle A2 (avec q compris entre 0 et 1) et $p + q = 1$. On peut alors calculer la fréquence des génotypes à l'aide d'un échiquier de croisement (**Doc. 1**) : p^2 est la fréquence d'un génotype homozygote A1//A1 ; q^2 est la fréquence d'un génotype homozygote A2//A2 ; $2pq$ est la fréquence d'un génotype hétérozygote A1//A2.
- On peut alors en déduire la fréquence de chaque allèle à la génération suivante :

$$f(\text{A1}) = p^2 + pq = p(p + q) = p$$
$$f(\text{A2}) = q^2 + pq = q(p + q) = q$$

- Dans cette nouvelle génération, les fréquences des allèles sont inchangées. Puisqu'il existe trois génotypes possibles, on en déduit que $p^2 + q^2 + 2pq = 1$.
- Par ailleurs, la fréquence des génotypes reste stable de génération en génération (**Doc. 2**).

2 Conditions d'application du modèle de Hardy-Weinberg

- Les résultats du modèle ne sont vérifiés que pour les conditions suivantes :

– la population est de grande taille ;
– il n'y a pas de migration ;
– il s'agit d'espèces diploïdes avec reproduction sexuée ;
– les croisements sont aléatoires entre individus pour lesquels les gamètes sont produits en proportion égale et se rencontrent au hasard ;
– l'allèle étudié n'a pas subi de mutation ;
– les individus ne sont ni sélectionnés ni affectés par la dérive génétique (voir p. 144).

Doc. 1 Croisement de deux hétérozygotes

	A1 (p)	A2 (q)
A1 (p)	A1//A1 (p^2)	A1//A2 (pq)
A2 (q)	A1//A2 (pq)	A2//A2 (q^2)

Doc. 2 Stabilité génétique d'une population

Dans une population de 300 individus, les génotypes se répartissent de façon suivante : A1//A1 = 148 ; A1//A2 = 125 et A2//A2 = 28.

La fréquence de l'allèle A1 est : $\frac{2 \times 148 + 125}{600} = 0{,}7$.

Celle de l'allèle A2 est : $\frac{2 \times 28 + 125}{600} = 0{,}3$.

Selon le modèle de Hardy-Weinberg, les effectifs de chaque génotype à la génération suivante seront :

Allèles des parents	Fréquence des appariements	Fréquence des génotypes de descendance	Effectif du génotype chez les descendants
A1 × A1	0,7 × 0,7	0,49	0,49 × 300 = 147
A1 × A2	0,7 × 0,3	0,21	(0,21 + 0,21) × 300 = 126
A2 × A1	0,3 × 0,7	0,21	
A2 × A2	0,3 × 0,3	0,09	0,09 × 300 = 27

Vocabulaire

Allèles : différentes version d'un même gène.

Génotype : équipement en allèles d'un individu pour un gène donné.

Homozygote : individu chez qui les deux exemplaires d'un gène sont représentés par le même allèle.

Hétérozygote : individu chez qui les deux exemplaires d'un gène sont représentés par deux allèles différents.

Diploïde : muni de chromosomes présents en double exemplaire.

3 Effet des forces évolutives

De quoi s'agit-il ? **Les fréquences alléliques et génotypiques des populations varient sous l'effet de forces évolutives entraînant la différenciation génétique des populations.**

1 Causes de variation

- Les fréquences alléliques observées sur les populations naturelles ne correspondent pas toujours aux résultats prévus par le modèle de Hardy-Weinberg. Les écarts constatés s'expliquent par l'effet de différentes forces évolutives.
- Ainsi, dans une population à petit effectif, la fréquence des allèles varie aléatoirement au cours du temps (**Doc.**). Un allèle peut même disparaître au cours d'une seule génération. En effet, lors de la reproduction sexuée, chaque nouvel individu hérite de façon aléatoire, pour un gène donné, d'un allèle maternel et d'un allèle paternel.
Néanmoins, tous les individus ne se reproduisent pas, et tous n'ont pas le même nombre de descendants. Cette modification aléatoire de la fréquence des allèles au cours du temps est appelée dérive génétique. Elle se produit de façon plus marquée lorsque l'effectif de la population est faible.
- Par ailleurs, dans un milieu donné, certains allèles procurent un avantage aux individus qui les portent. Ceux-ci ont alors plus de chances d'arriver à l'âge adulte, de se reproduire et de transmettre cet allèle à leur descendance. Ainsi, sous la pression du milieu, la fréquence de l'allèle considéré augmente de génération en génération : c'est la sélection naturelle.
- Enfin, des mutations aléatoires font apparaître de nouveaux allèles, modifiant ainsi les fréquences alléliques de génération en génération.

2 Conséquence, l'évolution des espèces

- Ces différents phénomènes (mutations, dérive génétique et sélection) modifient la fréquence des allèles au cours des générations.
- Les populations se différencient alors génétiquement les unes des autres, et les échanges de gènes entre elles se raréfient progressivement.
- Les espèces apparaissent ainsi comme des ensembles hétérogènes de populations, en évolution permanente.

Doc. **Modélisation de l'évolution de la fréquence d'un allèle au cours du temps pour trois effectifs de population**

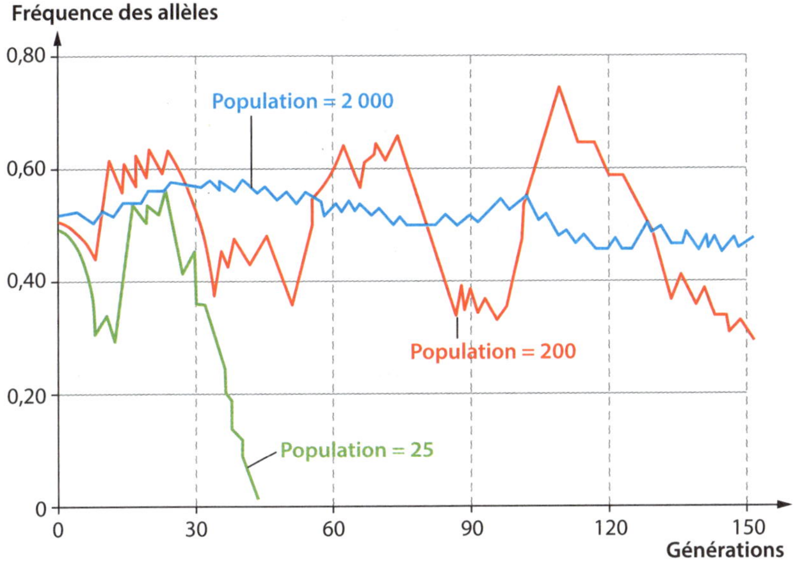

Vocabulaire

Dérive génétique : modification aléatoire des fréquences alléliques, d'autant plus marquée que la population est de faible effectif.

Sélection naturelle : variation des fréquences alléliques d'une population sous la pression de l'environnement.

4 Influence des activités humaines

De quoi s'agit-il ? Les activités humaines ont des conséquences négatives sur la biodiversité. Aussi, pour en limiter l'impact, des programmes de protection sont mis en place.

1 Dégradation des milieux et diminution de la biodiversité

- La perte de la biodiversité constatée à l'échelle mondiale est due à plusieurs phénomènes, tous liés aux activités humaines :
  - la dégradation des milieux (pollution, fragmentation de l'habitat, déforestation…) ;
  - la surexploitation des espèces (chasse, pêche) ;
  - l'introduction d'espèces exotiques (tortue de Floride, frelon asiatique…) (**Doc. 1**) ;
  - les changements climatiques (rejet des gaz à effet de serre).
- L'urbanisation et l'industrialisation entraînent souvent la fragmentation des habitats. Or les petites parcelles sont plus vulnérables aux influences externes, car leurs populations, plus réduites, sont génétiquement moins variées, phénomène amplifié par la dérive génétique (**Doc. 2**).
- L'édification de barrages, pour le stockage de l'eau ou la production d'énergie, empêche le brassage génétique lié à la reproduction, ainsi que la migration des espèces comme le saumon, et réduit les zones de reproduction.
- La fragmentation des forêts entraîne elle aussi un isolement croissant entre des populations vivant dans des parcelles séparées. Le degré de fragmentation des forêts est suivi par télédétection. D'une façon générale, les forêts sont très fragmentées en Europe et dans certaines parties de l'Asie du Sud-Est, alors qu'elles le sont moins sur d'autres continents.

2 Programmes de protection de la biodiversité

- Pour protéger la biodiversité, des listes d'espèces menacées sont dressées par des organisations internationales (UICN et CITES). Elles sont classées selon le degré de menace (espèces « en danger », « menacées » ou « vulnérables »).
- Des programmes de protection sont développés, le commerce, la chasse, la pêche et toute autre forme d'exploitation de ces espèces est interdite, et leur milieu de vie est protégé.
- Mais un grand nombre d'espèces restant inconnues, c'est vers la protection des milieux que tendent les efforts de conservation.

Doc. 1 Distribution du frelon asiatique en France sur la période 2004-2012

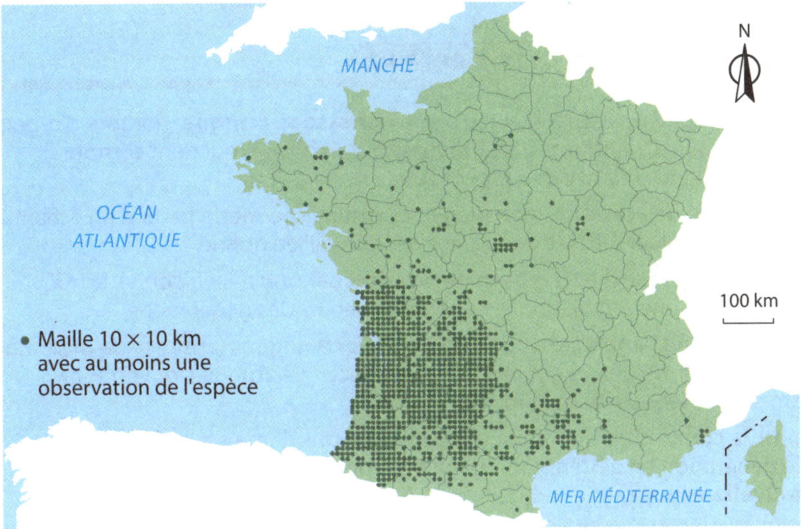

Source : Q. Rome / UMR7205 (OSEB) MNHN / CNRS, données 2004-2012 extraites de l'INPN, juillet 2013.

Le frelon asiatique a été observé pour la première fois en France en 2004 dans le Lot-et-Garonne. En 2012, il couvrait la moitié du territoire français et la totalité en 2019. Sa progression est d'environ 60 km par an.

Doc. 2 Fragmentation de l'habitat pour une espèce et ses conséquences

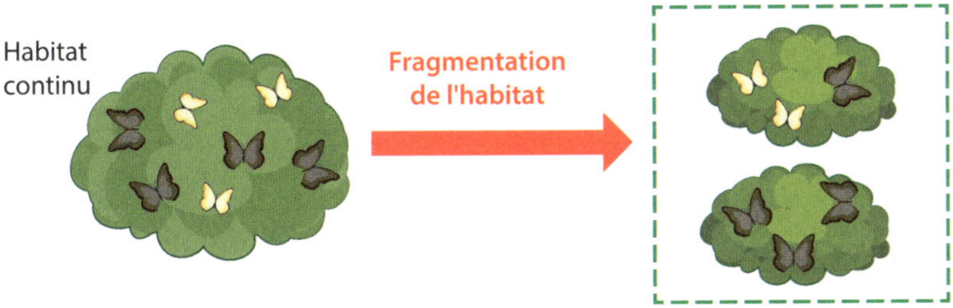

Vocabulaire

Surexploitation : prélèvement d'une espèce empêchant le maintien des effectifs.

Fragmentation de l'habitat : transformation d'un habitat unique en plusieurs habitats discontinus.

RÉVISION EXPRESS

LES POINTS IMPORTANTS À RETENIR

- La biodiversité peut être évaluée par la **richesse spécifique** (nombre d'espèces dans un milieu), ainsi que par la **diversité spécifique** (qui tient compte de l'abondance relative des espèces).
- La méthode de « **capture-marquage-recapture** » permet, à partir d'un échantillon capturé, d'évaluer l'effectif de l'espèce dans un milieu donné.
- Le **modèle de Hardy-Weinberg** prévoit que, dans un milieu donné, la fréquence des allèles d'une population reste **stable** au cours des générations.
- Ce modèle ne s'applique que sous certaines conditions (absence de migration, de mutation, de dérive génétique et de sélection naturelle), qui ne sont jamais réalisées sur le long terme.
- Ainsi, la composition génétique des populations d'une espèce change de génération en génération, ce qui peut permettre la **formation d'une nouvelle espèce**.
- La biodiversité peut être perturbée par les **activités humaines**. Celles-ci peuvent agir directement sur l'espèce par la surexploitation ou l'introduction d'espèces exotiques. Le plus souvent, leur influence s'exerce par une **transformation du milieu**, sa fragmentation, ou encore par la modification des conditions climatiques.
- Pour préserver la biodiversité, des **programmes de protection** des espèces ainsi que de leur milieu de vie sont mis en place.

Vidéo

LES MOTS IMPORTANTS

- Abondance
- Activités humaines
- Biodiversité
- Dérive génétique
- Échantillonnage
- Force évolutive
- Fragmentation
- Méthode « capture-marquage-recapture »
- Modèle de Hardy-Weinberg
- Mutation
- Niveau de confiance
- Protection des espèces
- Richesse spécifique
- Sélection naturelle
- Surexploitation

LE SCHÉMA IMPORTANT À RETENIR

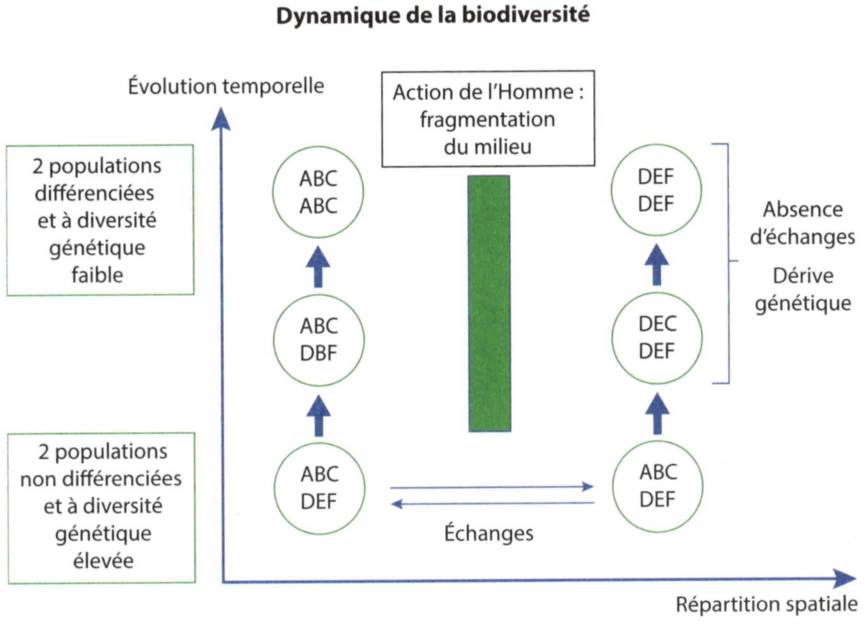

Quiz

1. La diversité spécifique d'un milieu est un indice de biodiversité.
☐ Vrai ☐ Faux

2. Un effectif réduit garantit la stabilité génétique d'une population.
☐ Vrai ☐ Faux

3. La dérive génétique modifie génétiquement une population sous la pression de l'environnement.
☐ Vrai ☐ Faux

4. Le modèle de Hardy-Weinberg prédit qu'une population de grand effectif conserve une stabilité génétique sous certaines conditions.
☐ Vrai ☐ Faux

5. Une perte de leur diversité génétique rend les populations plus sensibles aux variations du milieu.
☐ Vrai ☐ Faux

→ **Réponses p. 155**

Exploiter une modélisation de risque d'extinction

ÉNONCÉ

La fragmentation des rivières a des conséquences sur la biodiversité, qui varient selon différents facteurs. Pour une analyse approfondie des effets de cette fragmentation, des chercheurs ont mené une étude portant sur plusieurs cas. La synthèse de leurs résultats leur a permis de construire le graphique suivant qui fournit une possible modélisation des risques.

Doc. **Probabilité d'extinction d'espèces résidentes en fonction de la durée de l'isolement et de la superficie du bassin concerné (extrait de Fuller et al., 2015)**

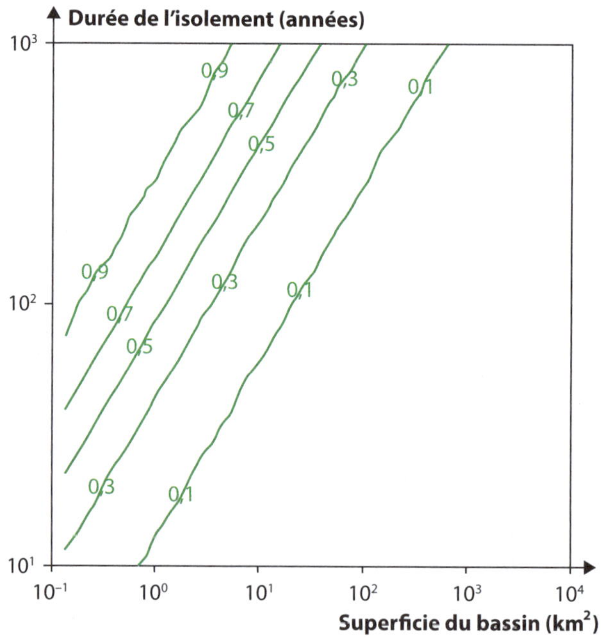

1. Dégager les différentes informations fournies par ce graphique.

2. Expliquer ces résultats.

3. Quelles conclusions peut-on en tirer pour assurer une meilleure gestion des risques ?

MÉTHODE

- Ce graphique modélise la probabilité d'extinction en fonction de deux facteurs différents. Pour mettre en évidence l'influence de l'un de ces facteurs, il faut l'étudier en l'absence de variation de l'autre facteur.
- Ainsi, on peut tracer une droite horizontale correspondant à une durée d'isolement quelconque, le long de laquelle on étudie la variation des probabilités d'extinction selon la surface du bassin.
- De la même façon, on étudie les effets de la durée d'isolement selon une droite verticale, correspondant à une surface donnée.

CORRIGÉ

1. Le graphique montre que plus la surface résultant de la fragmentation est réduite, et plus la probabilité d'extinction augmente.
Par exemple, pour une durée d'isolement de 100 ans, la probabilité d'extinction passe de 0,1 pour une surface de l'ordre de 100 km^2, à 0,9 si la surface est comprise entre 0,1 et 10 km^2.
De la même façon, plus la durée d'isolement est grande, et plus le risque d'extinction augmente.

2. Ainsi, plus la population est réduite, plus les effets de la fragmentation devraient être graves. En effet, il s'ensuit une diminution de son effectif qui entraîne une réduction de sa diversité génétique. La population devient alors plus sensible aux risques environnementaux.
Quelle que soit la taille de la population, la diminution de l'effectif et la perte de diversité se produisent avec d'autant plus d'importance que la durée d'isolement est grande.

Remarque
Plus l'effectif d'une population est faible, et plus la mortalité de quelques individus le fait varier.

3. Une meilleure gestion de l'environnement doit donc prendre en compte la durée de l'isolement et la surface des zones fragmentées. Les populations de taille moyenne sont presque à l'abri du risque.
Enfin, les résultats d'une étude de risque menée juste après la fragmentation sont sous-estimés par rapport aux conséquences prévisibles de celle-ci. Il faut donc en tenir compte.

Vérification des connaissances

Pour chaque question ou affirmation, il y a entre 0 et 3 bonnes réponses.

1. La stabilité génétique d'une population n'est pas maintenue :
a. en cas de migration.
b. si l'effectif de la population est de grande taille.
c. en cas de fragmentation du milieu.

2. La dérive génétique :
a. est une forme de sélection naturelle.
b. dépend de la taille de la population.
c. modifie aléatoirement la composition génétique d'une population.

3. Selon le modèle de Hardy-Weinberg :
a. les fréquences alléliques restent stables.
b. les fréquences génotypiques varient au cours du temps.
c. on peut prévoir les fréquences des mutations.

4. La réduction de l'effectif d'une population peut s'expliquer :
a. par une surexploitation.
b. par une trop grande diversité génétique.
c. par la fragmentation du milieu.

5. La richesse spécifique d'un milieu :
a. dépend du nombre d'espèces qui s'y trouvent.
b. correspond au nombre d'individus qui l'occupent.
c. peut être évaluée par un échantillonnage.

6. La méthode de « capture-marquage-recapture » :
a. consiste à relâcher les individus capturés après les avoir marqués.
b. permet d'estimer un effectif à partir d'un échantillon.
c. donne des résultats avec un niveau de confiance de 100 %.

7. La biodiversité d'un milieu peut être décrite :
a. par la richesse spécifique.
b. par la diversité génétique des populations.
c. par l'abondance d'une espèce.

Entraînement

1 Conséquences d'une fragmentation

Exploitation de documents

Des chercheurs ont comparé la diversité génétique de quatre espèces de poissons (chabot, vandoise, goujon, vairon) dans deux rivières proches, le Viaur et le Célé, situées dans un même bassin-versant (espace drainé par une rivière et ses affluents), celui de l'Adour-Garonne.

Doc. 1 Quelques caractéristiques du Viaur et du Célé

	Viaur	Célé
Longueur totale (km)	168	136
Surface du bassin versant (km²)	1 530	1 350
Débits ($m^3 \cdot s^{-1}$)	8-25	7-30
Nombre de chaussées*	52 (sans dispositif de franchissement)	15 (avec dispositifs de franchissement)
Nombre de barrages hydroélectriques	2	0
Nombre d'obstacles	1/3 km	1/8 km

* La chaussée d'une rivière est une levée de terre faite pour retenir l'eau et qui peut servir de chemin de passage.

Doc. 2 Nombre moyen d'allèles et différenciation* génétique pour ces quatre espèces de poissons

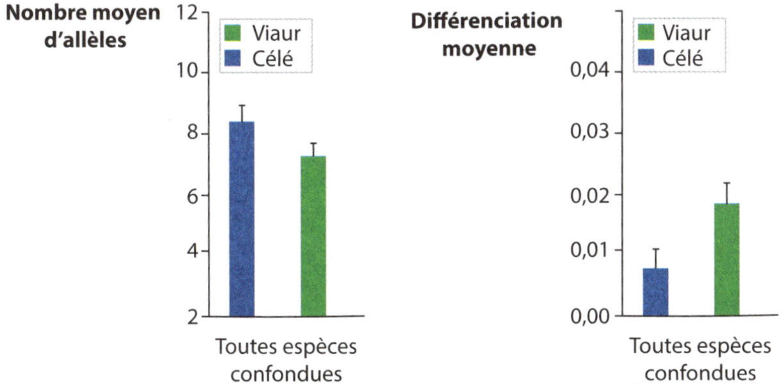

*Indice permettant de mesurer la distance génétique entre populations.

Doc. 3 **Évolution de l'abondance d'une espèce, la vandoise, dans les deux rivières et de son nombre d'allèles pour la même période**

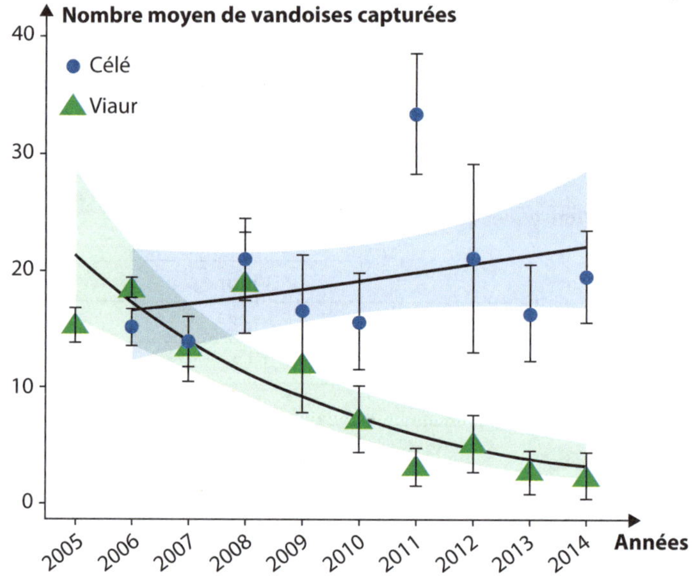

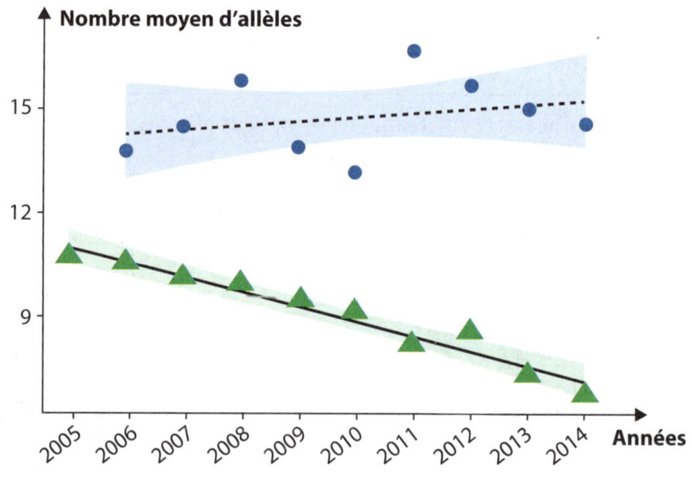

QUESTION

Comparer les caractéristiques génétiques de ces poissons dans les deux rivières et expliquer les différences constatées.

Quiz

1. Vrai.

2. Faux, plus l'effectif d'une population est faible, plus elle est soumise à la dérive génétique qui fait varier aléatoirement la fréquence des allèles.

3. Faux, c'est la sélection naturelle qui modifie génétiquement une population sous la pression de l'environnement.

4. Vrai.

5. Vrai.

Vérification des connaissances

1. a. et **c. Vrai**. Si l'effectif d'une population est de grande taille (et en l'absence de migration, de sélection et de mutation), elle conserve sa stabilité génétique (**b.** Faux).

2. b. et **c. Vrai.** La dérive génétique est une modification aléatoire de la composition génétique d'une population (**a.** Faux).

3. a. Vrai. Selon le modèle de Hardy-Weinberg, les fréquences des génotypes restent stables (**b.** Faux). La fréquence des mutations n'est pas prévue par ce modèle (**c.** Faux).

4. a. et **c. Vrai.** Plus la diversité génétique d'une population est grande, mieux elle résiste aux variations de l'environnement, ce qui permet la conservation de son effectif (**b.** Faux).

5. a. et **c. Vrai.** Le nombre d'individus d'une espèce donnée correspond à l'abondance de cette espèce. Toutes espèces confondues, le nombre d'individus n'est pas un marqueur du nombre d'espèces (**b.** Faux).

6. a. et **b. Vrai.** Le niveau de confiance des résultats de cette méthode est inférieur à 100 % (**c.** Faux).

7. a., **b.** et **c. Vrai.**

Entraînement

1 Conséquences d'une fragmentation

Le Viaur et le Célé sont deux rivières situées dans le même bassin-versant (Adour-Garonne). Elles se ressemblent par leurs caractéristiques physiques naturelles (longueur, surface du bassin-versant et débit), qui sont relativement proches (**Doc. 1**).
Elles renferment aussi des espèces communes de poissons, dont les quatre étudiées ici. Entre les deux rivières, ces espèces présentent néanmoins des différences génétiques que nous allons tenter d'expliquer.
En effet, d'après le **document 2**, les espèces vivant dans le Célé ont un nombre moyen d'allèles plus élevé, ce qui veut dire qu'elles présentent une plus grande diversité génétique que celles vivant dans le Viaur. En revanche, elles s'en distinguent par une différenciation génétique plus faible : il y a moins de différences entre populations éloignées.

> **Réflexe à avoir**
> Il faut établir des liens entre les différents documents pour construire un raisonnement.

Or le **document 1** nous apprend que le Viaur et le Célé se distinguent par le nombre d'obstacles, de barrages et de chaussées qui ponctuent leur cours. Ces obstacles, plus nombreux sur le Viaur et sans dispositif de franchissement, ont entraîné une fragmentation de la rivière en de nombreux milieux entre lesquels le passage est difficile, voire impossible.
Ainsi, le Célé favorise les échanges génétiques entre populations différentes, ce qui permet la conservation des allèles. Dans le Viaur au contraire, le confinement réduit la taille des populations qui sont soumises à la dérive génétique et par conséquent, à une variation aléatoire de la fréquence des allèles, avec la perte de certains d'entre eux.

> **Gagnez des points !**
> Penser à utiliser des mots-clés !

Cet isolement génétique provoque ainsi une différenciation génétique supérieure pour les espèces du Viaur, l'absence de brassage entre populations entraînant une augmentation des différences génétiques entre populations. À l'inverse, l'absence de différenciation sur le Célé suggère un échange important d'individus entre les sites.
Ces différences génétiques ont de plus un impact sur les effectifs des espèces dans chaque rivière comme le montre le **document 3**.
Alors que le nombre de vandoises capturées est resté à peu près constant dans le Célé entre les années 2005 et 2014, il a diminué régulièrement dans le Viaur pour la même période.

Si l'on considère que le nombre d'individus capturés témoigne des effectifs des populations, cela indique une diminution de ceux-ci dans les habitats fragmentés du Viaur. Cette diminution s'explique par une plus grande fragilité des individus du fait de leur faible diversité génétique. De plus, elle favorise encore plus la dérive génétique, ce qui accroît la baisse du nombre moyen d'allèles sur la même période.

Conclusion : la fragmentation des milieux fait diminuer la diversité génétique des populations. Or celle-ci est un atout, elle permet notamment aux populations de s'adapter lorsque les conditions du milieu fluctuent. C'est ce qui explique sans doute la baisse des effectifs dans le Viaur, contrairement à ce que l'on constate dans le Célé.

Réflexe à avoir

Rechercher des explications aux résultats observés en utilisant les connaissances acquises en cours.

CHAPITRE 10

L'évolution comme grille de lecture du monde

1 Histoire évolutive des caractères anatomiques : exemple de l'œil

De quoi s'agit-il ? **L'anatomie d'un organe tel que l'œil est le résultat d'une longue évolution, caractérisée par plusieurs étapes.**

1 Diversité des yeux chez les êtres vivants

- L'œil est un organe sensoriel dont la fonction et la complexité sont variables. Ainsi, les premiers yeux, constitués de quelques cellules photoréceptrices enfouies sous le tégument, sont capables uniquement de distinguer le clair de l'obscur.
- Au cours de l'évolution, deux types d'yeux apparaissent : les yeux composés, comme ceux des insectes, et les yeux concaves, de type caméra, comme ceux des vertébrés. Les premiers yeux peuvent seulement localiser les rayons lumineux, mais progressivement, ils deviennent capables de distinguer les formes et les couleurs.

2 Évolution de l'œil des vertébrés

- Les yeux des vertébrés présentent des formes de plus en plus complexes. Chez les myxines (vertébrés primitifs du groupe des agnathes), l'œil enfoui sous la peau translucide possède des photorécepteurs, mais pas de cristallin (**Doc. 1**). Chez les lamproies (agnathes), l'œil est enfoui chez la larve, mais avec un cristallin en développement. Chez l'adulte, il apparaît en surface de la peau. Délimité par l'iris, il est formé d'une véritable chambre avec un cristallin et une rétine (**Doc. 1**).
- Dans l'œil humain, on retrouve les mêmes éléments. Les étapes de sa formation chez l'embryon permettent de reconstituer celles de l'évolution : le passage de l'œil de la myxine à celui de la lamproie adulte (**Doc. 2**).
- Parallèlement, les fonctions de l'œil ont évolué. La myxine est aveugle, et son œil permet de capter les variations de lumière jour-nuit, synchronisant la sécrétion des hormones du sommeil et de la veille. Enfouie dans le sable, la larve de lamproie est aveugle. L'adulte, en revanche, est capable de voir et de capturer des proies.
- L'évolution de l'œil est donc le résultat de contraintes imposées par les formes ancestrales, de mutations, et d'une pression de sélection liée au mode de vie.

Doc. 1 Évolution de l'œil chez les vertébrés primitifs

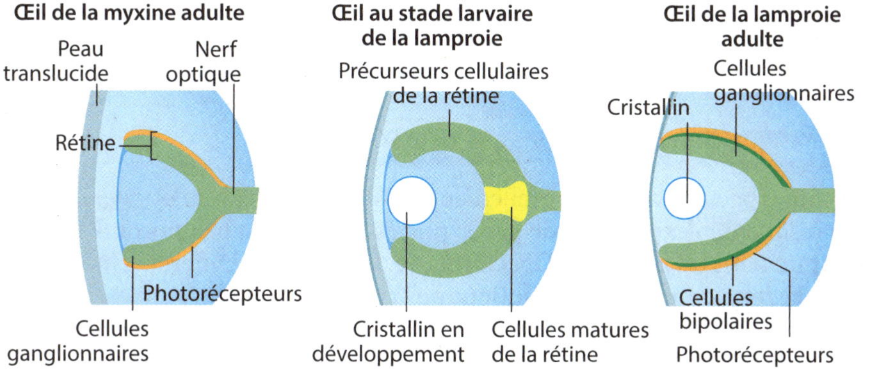

Doc. 2 Formation de l'œil chez l'homme

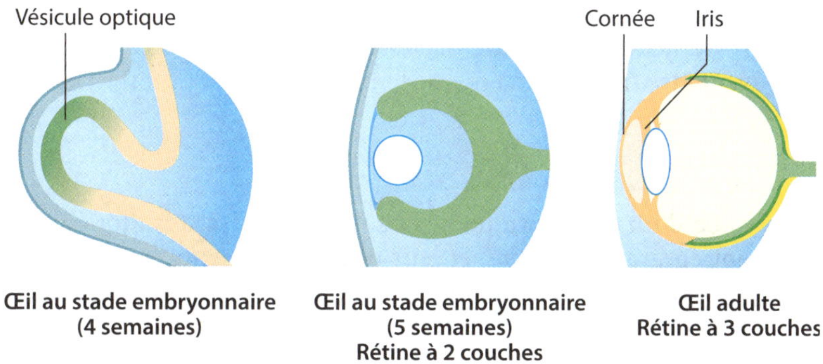

Vocabulaire

Cellule photoréceptrice : cellule sensorielle sensible à la lumière.

Agnathes : groupe de vertébrés primitifs dépourvus de mâchoire.

Cristallin : lentille assurant la convergence des rayons lumineux au fond de l'œil.

Iris : membrane contractile de la face antérieure de l'œil permettant de régler la quantité de lumière entrant dans l'œil.

Rétine : couche de cellules nerveuses permettant la réception, puis la conversion des informations lumineuses en message nerveux.

2 Évolution et pratiques médicales

De quoi s'agit-il ? L'évolution rapide des organismes microbiens peut les rendre insensibles aux antibiotiques. Elle complique également la mise au point de vaccins.

1 Des bactéries résistantes aux antibiotiques

- Certaines bactéries sont naturellement résistantes à un antibiotique. Leur résistance résulte de l'expression de gènes portés soit sur le chromosome bactérien, soit sur un petit fragment d'ADN circulaire, le plasmide. Différents mécanismes, comme la dégradation de l'antibiotique ou la modification de sa cible, l'empêchent d'agir.
- La résistance s'acquiert à la suite de mutations survenues au hasard, avec une fréquence de 10^{-6} à 10^{-9}. La probabilité de résistance à deux antibiotiques est celle de l'apparition de deux mutations, c'est-à-dire de 10^{-12} à 10^{-18}.
- La résistance peut aussi résulter de la transmission d'un plasmide portant des gènes de résistance par une autre bactérie. Dans ce cas, plusieurs gènes de résistance peuvent être transmis en même temps.

2 Sélection de bactéries résistantes

- En présence d'un antibiotique, les bactéries résistantes alors avantagées se reproduisent en grand nombre, et leur effectif augmente. Ainsi, de génération en génération, la fréquence des bactéries résistantes augmente, au détriment de celles qui sont sensibles à l'antibiotique. Avec l'acquisition d'une résistance plasmidique, le phénomène est amplifié, puisque la résistance peut concerner plusieurs antibiotiques.
- Avec l'utilisation systématique des antibiotiques, les souches bactériennes résistantes deviennent ainsi plus nombreuses par sélection naturelle, d'où la nécessité de stratégies prophylactiques adaptées visant à réduire l'utilisation d'antibiotiques comme les risques d'infection (**Doc. 1**).

3 Des vaccins difficiles à mettre au point

De la même façon, les fréquentes mutations des micro-organismes comme les virus (ou encore de protozoaires comme le plasmodium) compliquent la mise au point de vaccins spécifiques. Ainsi, chaque année, le virus de la grippe prend des formes différentes (**Doc. 2**), ce qui oblige à concevoir tous les ans un nouveau vaccin.

Doc. 1 Résultats de la mise en place d'une politique de bon usage des antibiotiques dans un hôpital

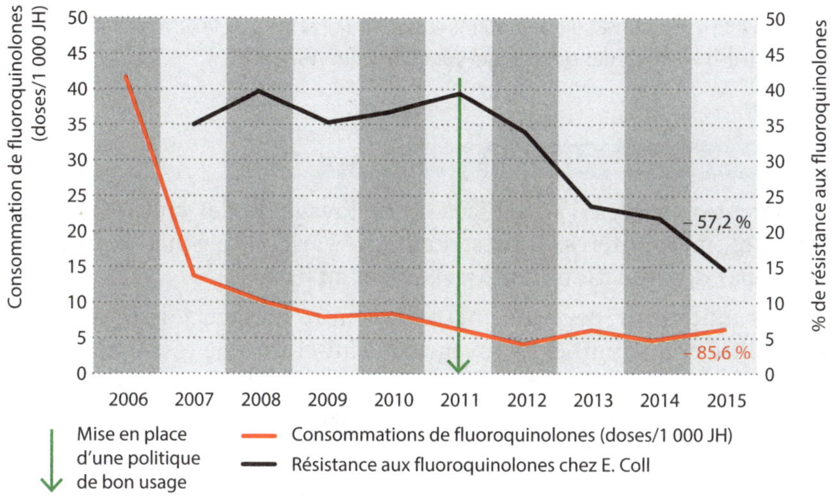

Doc. 2 Efficacité des anticorps et mutations virales

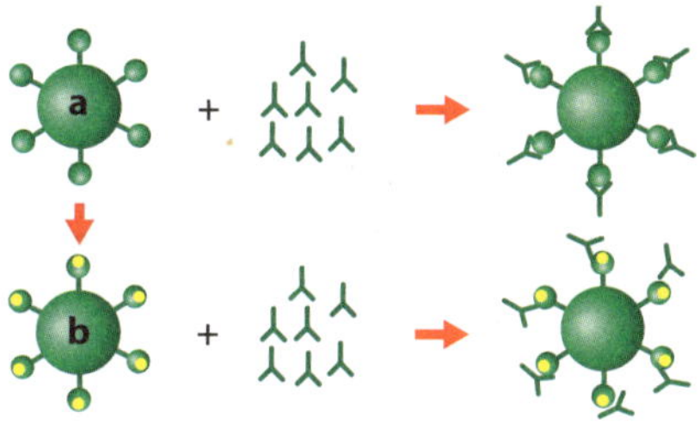

Les anticorps d'un individu vacciné neutralisent le virus a. Après mutation, le virus se modifie (virus b), et les anticorps deviennent moins performants.

Vocabulaire

Antibiotique : substance qui détruit les bactéries ou bloque leur multiplication.

Plasmide : fragment d'ADN circulaire présent chez les bactéries.

Sélection naturelle : modification de la diversité génétique d'une population sous la pression de l'environnement.

Prophylactique : qui préserve de tout ce qui pourrait être nuisible.

3 Évolution et pratiques agricoles

De quoi s'agit-il ? **L'utilisation de produits phytosanitaires favorise le développement d'adventices ou de ravageurs des cultures qui y sont devenus résistants.**

1 Sélection d'individus résistants

- Les différentes espèces d'adventices ou de ravageurs des cultures (microbes, vers, insectes, mammifères...) présentent une variabilité génétique, elle-même entretenue par des mutations qui surviennent au hasard.
- Parmi les mutations, certaines peuvent rendre inefficace le produit phytosanitaire utilisé pour éliminer un ravageur. Celui-ci, devenu résistant, va acquérir un avantage sur le reste de la population, et sa probabilité de se reproduire et de transmettre ses allèles, y compris celui de la résistance au produit phytosanitaire, augmente.
- Ainsi, par le biais de la sélection naturelle, l'allèle responsable de la résistance se répand dans la population (**Doc. 1**). Par ailleurs, les mécanismes de résistance sont variés et peuvent se cumuler.

2 Prévenir la sélection des ravageurs résistants

- Si la mutation apparaît de façon spontanée et imprévisible, certaines pratiques agricoles peuvent favoriser sa dispersion dans la population concernée.
- L'utilisation d'un même produit phytosanitaire plusieurs fois de suite favorise les mutants résistants, alors que l'alternance d'une année sur l'autre évitera la sélection positive de ces individus qui peuvent être sensibles à un produit différent.
- De la même façon, la rotation des cultures provoque le renouvellement des populations de ravageurs et évite ainsi leur sélection sur plusieurs années.
- L'utilisation de méthodes prophylactiques, comme le ramassage après la récolte des débris végétaux qui favorisent le développement des ravageurs, évite leur prolifération.
- Enfin, on peut également tester l'efficacité d'un produit phytosanitaire avant son épandage en champ (**Doc. 2**). Il est ainsi possible de repérer des formes résistantes et de changer de méthode de lutte.

Doc. 1 Pourcentage des biotypes maternels d'espèce d'adventice (Conyza canadensis) regroupés par classement de résistance au glyphosate, sur deux types d'habitats

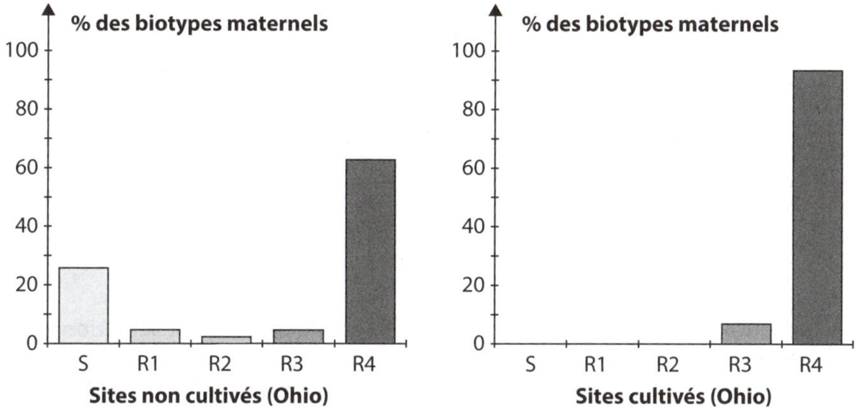

S : individus sensibles – R1 à R4 : différents types d'individus résistants.

Doc. 2 Détection d'un phénomène de résistance

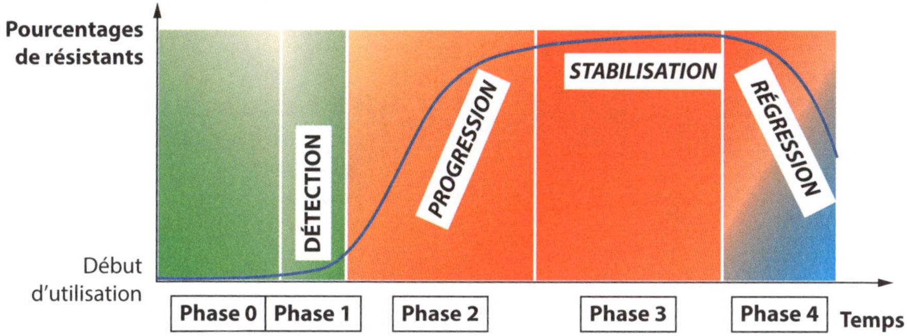

Le test, effectué à partir de prélèvements réalisés sur la culture, permet d'évaluer l'évolution (progression, stabilisation ou régression) de la résistance dans la population.

Vocabulaire

Adventice : espèce végétale entrant en compétition avec la plante cultivée.

Produit phytosanitaire : produit utilisé pour éliminer les adventices et les ravageurs.

Rotation des cultures : technique qui consiste à faire se succéder sur une même parcelle des cultures d'espèces différentes.

RÉVISION EXPRESS

LES POINTS IMPORTANTS À RETENIR

- Les **caractères anatomiques** sont le résultat d'une longue histoire évolutive, au cours de laquelle des **mutations** apparues au hasard sont responsables de transformations plus ou moins retenues par la **sélection naturelle**.
- Les transformations successives d'une structure anatomique (comme l'œil humain) au cours de la vie embryonnaire permettent de reconstituer son histoire évolutive et ses différentes **formes ancestrales**.
- Du fait de leur multiplication rapide, les **mutations** sont nombreuses chez les micro-organismes. Aussi apparaissent des bactéries devenues **résistantes** à un **antibiotique**. Au contact de celui-ci, elles sont **sélectionnées** et se répandent dans la population. Des stratégies prophylactiques adaptées sont mises en place pour éviter l'apparition de bactéries **multirésistantes**.
- L'utilisation massive de **produits phytosanitaires** sélectionne parmi les ravageurs et les adventices des formes résistantes, apparues elles aussi à la suite de mutations. L'évolution des pratiques agricoles permet de limiter la propagation des individus résistants.

Vidéo

LES MOTS IMPORTANTS

- Antibiotique
- Bactérie
- Caractère anatomique
- Évolution
- Forme ancestrale
- Mutation
- Plasmide
- Produit phytosanitaire
- Ravageur
- Résistance
- Sélection naturelle
- Stratégie prophylactique
- Vaccin
- Virus

LE SCHÉMA IMPORTANT À RETENIR

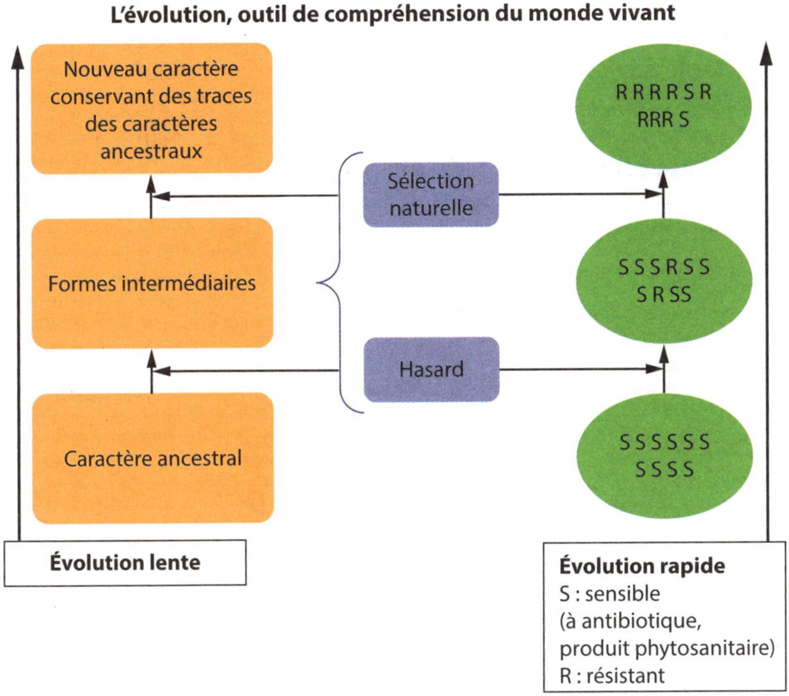

Quiz

1. L'utilisation des antibiotiques entraîne l'apparition de virus résistants.
☐ Vrai ☐ Faux

2. Un caractère anatomique résulte de l'héritage de formes ancestrales.
☐ Vrai ☐ Faux

3. La présence d'un antibiotique rend les bactéries résistantes.
☐ Vrai ☐ Faux

4. Des bactéries peuvent se transférer des gènes de résistance à un antibiotique.
☐ Vrai ☐ Faux

5. Le vaccin antigrippe est différent chaque année, car le virus mute.
☐ Vrai ☐ Faux

→ Réponses p. 172

Interpréter des tests de résistance

ÉNONCÉ

Après la seconde guerre mondiale, la modernisation de l'agriculture permet une importante augmentation des rendements. Les produits de protection des plantes (PPP), destinés à éliminer les bio-agresseurs (champignons, insectes, plantes invasives), prouvent leur efficacité. Néanmoins, l'apparition de résistance chez les bio-agresseurs pose problème.

Doc. 1 Évolution de la résistance chez les bio-agresseurs

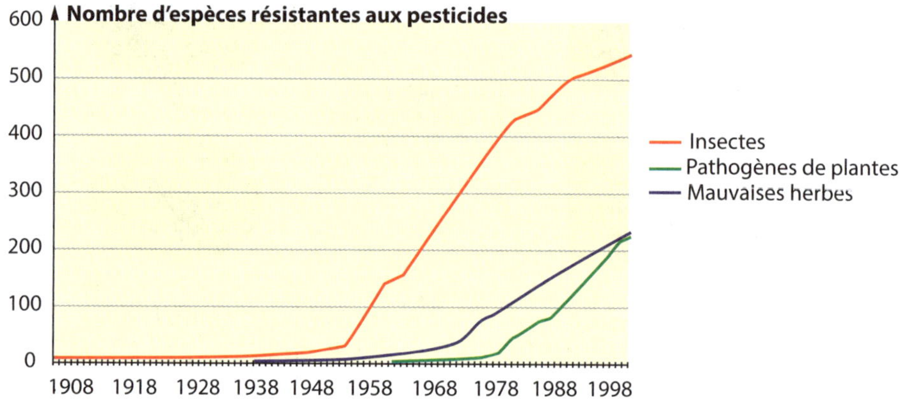

Aussi les PPP sont testés, y compris pendant la période de culture. Le **document 2** indique les résultats obtenus sur trois échantillons d'insectes lors de l'application de doses croissantes d'un PPP. Un effet mesuré égal à 1 correspond à une mortalité de 100 % des individus de l'échantillon testé.

Doc. 2 Résultats de tests de résistance à un PPP sur différents échantillons

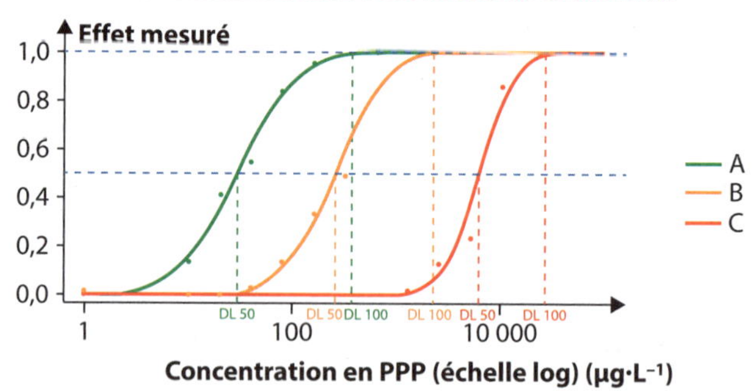

1. Comparer l'efficacité du PPP sur les trois échantillons du **document 2**.

2. Des tests réalisés sur une culture au cours du temps montrent la nécessité d'augmenter au fur et à mesure la dose de PPP. Expliquer ce phénomène.

3. Établir une relation avec l'évolution de la résistance des insectes observée depuis le début du XXe siècle (**Doc. 1**).

MÉTHODE

▶ Le **document 2** montre que selon les individus, une même dose de PPP peut avoir des effets différents. Pour mesurer l'efficacité du produit, on utilise la DL50, dose pour laquelle 50 % des individus de l'échantillon meurent.

▶ Le **document 1** montre que le phénomène de résistance s'est accentué au cours du temps. Il faut mettre ce constat en relation avec les changements des pratiques agricoles opérés lors de la révolution agricole.

CORRIGÉ

1. Pour mesurer l'efficacité du produit, on utilise la DL50, dose pour laquelle 50 % des individus de l'échantillon meurent. La DL 50 du groupe A est bien inférieure à celle du groupe C. Le groupe C est donc constitué d'insectes plus résistants au produit que ceux du groupe A (sensibles au produit), tandis que ceux du groupe B ont une résistance intermédiaire.

2. La résistance apparaît par mutations. Un individu devenu résistant a alors plus de chances que les individus sensibles d'atteindre l'âge adulte, de se reproduire et de transmettre l'allèle de la résistance à ses descendants, eux-mêmes avantagés. Ainsi, la fréquence de cet allèle augmente au cours du temps dans la population. L'allèle muté a été sélectionné et s'est répandu dans la population.

Bien comprendre

Par le biais de la sélection naturelle, plus la fréquence de l'allèle muté augmente, plus celle du caractère « résistance » augmente.

3. La résistance aux insecticides augmente brusquement et de façon très importante au milieu du XXe siècle. À cette période, la France rurale modernise son agriculture et utilise massivement les PPP, ce qui favorise la sélection de formes résistantes et contraint à développer de nouveaux produits… qui à leur tour favorisent de nouvelles formes résistantes.

Vérification des connaissances

Pour chaque question ou affirmation, il y a entre 0 et 3 bonnes réponses.

1. Les caractères anatomiques peuvent être le résultat :
a. d'un héritage ancestral.
b. du hasard.
c. de mutations provoquées par l'environnement.

2. La résistance bactérienne aux antibiotiques :
a. peut se transmettre entre bactéries.
b. est liée à des gènes.
c. s'accroît sous l'effet du hasard.

3. Les mutations d'un virus :
a. peuvent le rendre insensible à un antibiotique.
b. peuvent rendre un vaccin inefficace.
c. se produisent au hasard.

4. L'utilisation de produits phytosanitaires :
a. sélectionne les individus les plus sensibles.
b. a un impact sur l'évolution de la biodiversité.
c. favorise le développement de ravageurs résistants.

5. Pour limiter les phénomènes de résistance chez les micro-organismes :
a. il faut limiter la vaccination.
b. il faut réduire les risques d'infection.
c. l'usage des antibiotiques doit être adapté.

6. Limiter la résistance des ravageurs aux produits phytosanitaires :
a. est possible par la rotation des cultures.
b. nécessite d'utiliser régulièrement le même produit.
c. passe par l'emploi de doses adaptées.

7. L'histoire évolutive d'un caractère :
a. peut être reconstituée lors du développement embryologique.
b. est liée à la pression de l'environnement.
c. est indépendante du hasard.

Entraînement

1 Évolution des appareils circulatoires chez les vertébrés

Exploitation de documents

Au cours de l'évolution des vertébrés, apparaissent successivement les poissons, les amphibiens, les reptiles, les oiseaux et les mammifères. Les appareils circulatoires de ces différents groupes figurent sur le **document 1**. Le **document 2** présente les étapes du développement du cœur chez un mammifère, l'homme.

Doc. 1 Appareils circulatoires des vertébrés

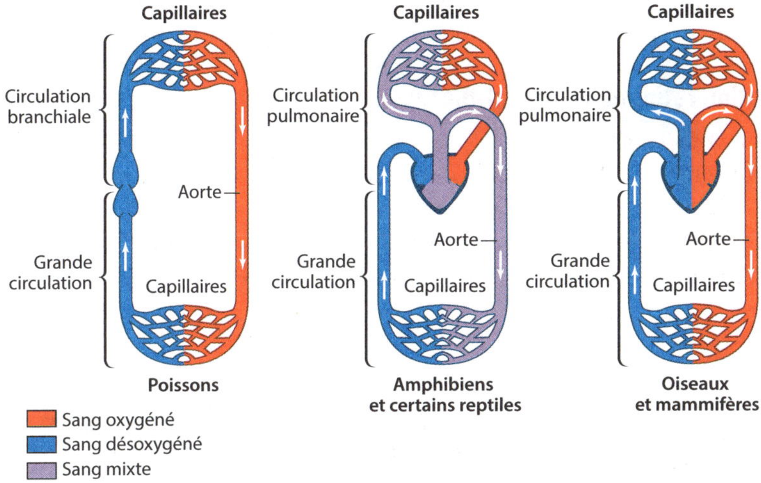

Doc. 2 Développement du cœur chez l'embryon humain

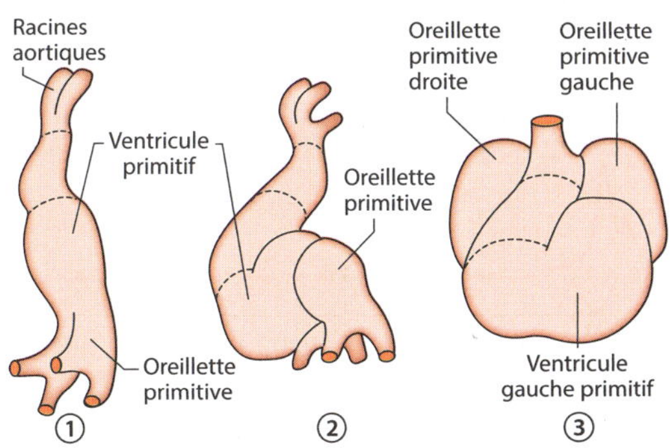

QUESTIONS

1. Décrire les transformations observées chez les amphibiens par rapport aux poissons.

2. Indiquer à quelle modification du milieu elles peuvent être reliées.

3. Décrire les transformations observées chez les oiseaux (et mammifères) par rapport aux reptiles.

4. Contrairement aux reptiles, les oiseaux et les mammifères sont capables de maintenir une température corporelle constante. Quel avantage les transformations observées au niveau de leur appareil circulatoire présentent-elles ?

5. À partir des **documents 1** et **2**, argumenter l'idée selon laquelle les caractères anatomiques s'expliquent notamment par l'héritage de l'histoire évolutive.

2 Utilisation rationnelle des antibiotiques

Exploitation de documents

Pour comprendre le phénomène de résistance aux antibiotiques et tenter d'y remédier, plusieurs études ont été menées.
L'une d'entre elles a mesuré la consommation d'antibiotiques en même temps que la fréquence des cas de grippe entre 2000 et 2004.

Doc. 1 Incidence des cas de grippe et consommation d'antibiotiques

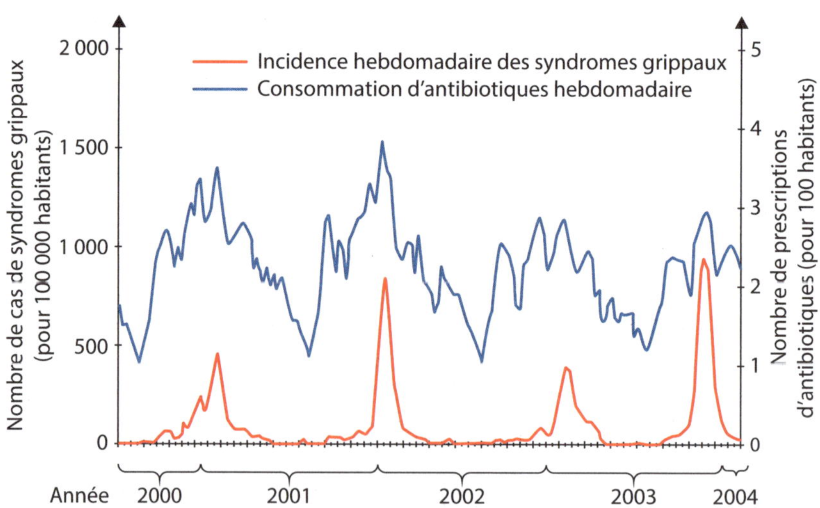

Une autre étude a été réalisée en Finlande après l'apparition dans les années 1980 d'une résistance à un antibiotique d'usage courant, l'érythromycine. Elle mesure l'évolution du taux de résistance chez une espèce bactérienne après la diminution de la consommation d'érythromycine (**document 2**).

Doc. 2 Consommation d'antibiotique (en rouge) et résistance bactérienne (en vert)

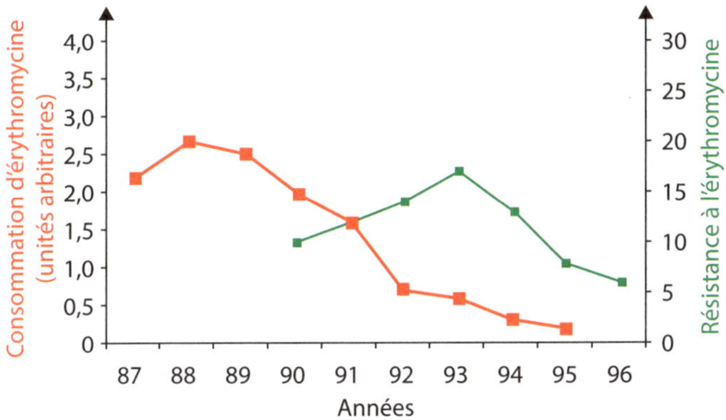

QUESTIONS

1. Décrire et interpréter les résultats de l'étude représentés sur le **document 1**.

2. Discuter du bien-fondé de la relation établie entre les deux variables mesurées.

3. À partir du **document 2**, indiquer quelle semble être la conséquence d'une diminution de la consommation d'antibiotiques.

4. Trouver un argument semblant indiquer qu'il ne s'agit pas d'une simple coïncidence, mais bien d'une relation de cause à effet.

5. Quel bilan peut-on tirer de ces deux études ?

Quiz

1. **Faux**. Les antibiotiques n'agissent pas sur les virus, mais sur les bactéries.

2. **Vrai**.

3. **Faux**. La résistance s'acquiert au hasard par mutation ou du fait d'un transfert de plasmide. La présence de l'antibiotique sélectionne les formes résistantes.

4. **Vrai**.

5. **Vrai**.

Vérification des connaissances

1. **a.** et **b. Vrai**. Les mutations se produisent au hasard (**c.** Faux).

2. **a.** et **b. Vrai**. La résistance des bactéries aux antibiotiques s'accroît avec leur utilisation du fait de la sélection naturelle (**c.** Faux).

3. **b.** et **c. Vrai**. Les virus sont insensibles aux antibiotiques (**a.** Faux).

4. **b.** et **c. Vrai**. L'utilisation de produits phytosanitaires sélectionne les individus les plus résistants (**a.** Faux).

5. **b.** et **c. Vrai**. La vaccination permet de limiter les risques d'infection et ainsi de limiter le recours aux antibiotiques (**a.** Faux).

6. **a.** et **c. Vrai**. L'emploi répété d'un même produit phytosanitaire sélectionne les individus résistants et augmente leur nombre (**b.** Faux).

7. **a.** et **b. Vrai**. L'évolution d'un caractère résulte entre autres de mutations qui se produisent au hasard (**c.** Faux).

Entraînement

1 Évolution des appareils circulatoires chez les vertébrés

1. Chez les poissons, le cœur n'est qu'un tube contractile disposé en série sur le trajet de l'appareil circulatoire. Il reçoit exclusivement du sang désoxygéné qu'il propulse vers les branchies au niveau desquelles le sang est oxygéné. Chez les amphibiens, les branchies sont remplacées par des poumons. Le cœur est cloi-

sonné. Il reçoit du sang désoxygéné provenant des organes et du sang oxygéné venant des poumons. Il éjecte du sang partiellement oxygéné vers les poumons et vers les organes. Une double circulation s'est mise en place : l'une entre le cœur et les organes, la seconde entre le cœur et les poumons.

2. Les amphibiens adultes comme les reptiles ont un mode de vie terrestre impliquant une respiration aérienne.

> **Remarque**
> Chez les amphibiens, une partie de l'apport en dioxygène s'effectue par la peau.

3. Chez les oiseaux et les mammifères, le cœur est totalement cloisonné, les sangs oxygéné et désoxygéné ne sont plus mélangés. À la sortie de la moitié gauche du cœur, l'aorte ne contient que du sang désoxygéné.

4. Les transformations observées chez les oiseaux permettent une meilleure oxygénation des organes. La respiration cellulaire est facilitée, ce qui permet une libération d'énergie plus importante. Le maintien d'une température corporelle constante est devenu possible.

5. Au cours de la formation du cœur durant le développement des mammifères, on retrouve les étapes successives par lesquelles est passé le cœur au cours de l'évolution : il s'est replié puis cloisonné, d'abord imparfaitement puis totalement.

2 Utilisation rationnelle des antibiotiques

1. On remarque une augmentation importante de la consommation d'antibiotiques à chaque pic de symptômes grippaux. Les antibiotiques sont utilisés en traitement de la grippe.

2. La grippe est une infection virale, or les antibiotiques n'agissent que sur les bactéries et non sur les virus. Le traitement par antibiotiques n'a pas d'effet contre la grippe, et sa prescription n'est pas toujours utile.

> **Remarque**
> S'il n'agit pas sur le virus, le traitement antibiotique peut être prescrit dans certains cas pour éviter une surinfection bactérienne chez un organisme affaibli.

3. On observe qu'une diminution de la consommation des antibiotiques est suivie quelques années plus tard par une baisse du taux de bactéries résistantes.

4. Le taux de bactéries résistantes a augmenté avec la consommation d'antibiotiques, avec le même décalage dans le temps de quelques années.

5. Les antibiotiques ne doivent pas être consommés inutilement, car ils peuvent entraîner l'apparition de bactéries résistantes. Néanmoins, cette résistance est réversible grâce à une utilisation plus rationnelle des antibiotiques.

CHAPITRE

11 L'évolution humaine

1 Hommes et Singes, des relations de parenté

De quoi s'agit-il ? **L'Homme fait partie du groupe des primates et est plus particulièrement apparenté aux grands Singes.**

1 Place de l'Homme et des grands Singes parmi les primates

• L'Homme est un primate, caractérisé comme tous les représentants de ce groupe par la présence d'ongles, d'un pouce opposable à la main et d'yeux orientés vers l'avant permettant une vision binoculaire.

• L'arbre phylogénétique des primates (**Doc. 1**) est établi à partir de caractères résultant d'innovations évolutives. Toutes les espèces qui partagent un même caractère l'ont hérité d'un ancêtre commun. La parenté entre deux groupes est d'autant plus étroite qu'ils partagent un grand nombre d'innovations évolutives.

• Ainsi, l'Homme est plus étroitement apparenté aux grands Singes. Néanmoins, il s'en distingue par des caractères spécifiques, comme un volume crânien supérieur et des caractéristiques anatomiques liées à une bipédie permanente : plusieurs courbures de la colonne vertébrale, la forme du bassin et des fémurs convergents.

2 Des caryotypes et des génotypes comparables

• Les caryotypes de l'Homme (23 paires de chromosomes) et ceux des grands Singes (24 paires) se ressemblent, et les bandes de coloration de leurs chromosomes (reflet de leur composition en nucléotides) sont très similaires (**Doc. 2**).

• Les génotypes de l'Homme et du Chimpanzé sont identiques à plus de 98 %, la séquence de certains gènes l'étant totalement. D'autres gènes au contraire présentent de nombreuses différences : ils sont responsables des spécificités humaines.

• Ainsi, l'Homme et les grands Singes, génétiquement les plus proches, possèdent un ancêtre commun exclusif qu'ils ne partagent pas avec les autres primates. Néanmoins, les différences totales entre le génome de l'Homme et celui du Chimpanzé, en tenant compte des insertions et surtout des duplications de fragments d'ADN, sont de 6 à 7 %.

Doc. 1 Arbre phylogénétique des primates

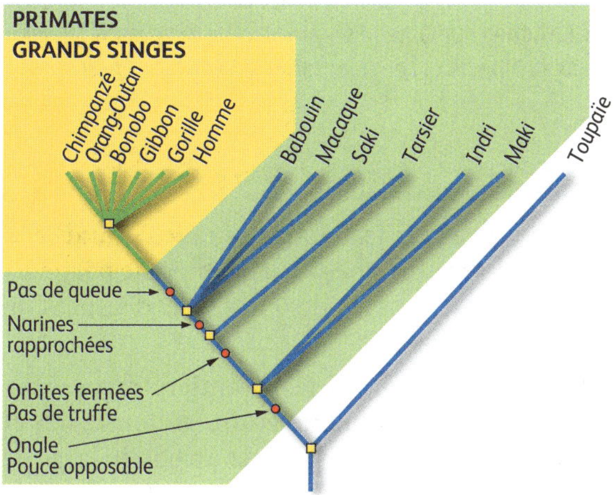

Doc. 2 Comparaison des chromosomes 2 de l'Homme et 2p et 2q des grands Singes

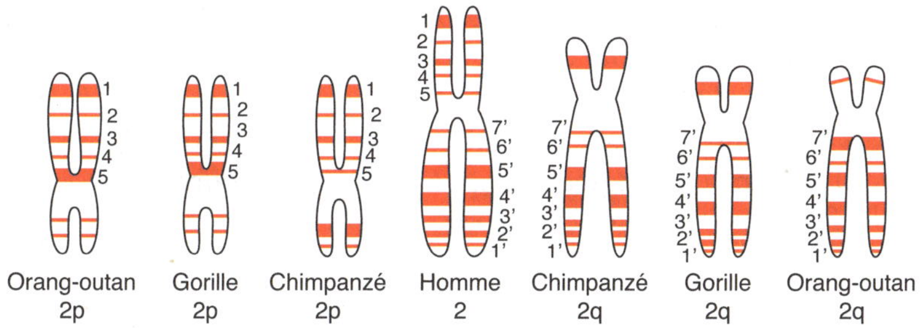

La comparaison montre que le chromosome 2 de l'Homme semble résulter de la fusion des chromosomes 2p et 2q des grands Singes. Cela expliquerait la paire de chromosomes en moins dans le caryotype de l'Homme par rapport à celui des grands Singes.

Vocabulaire

Grands Singes : groupe comprenant les Gibbons, les Orangs-outans, les Gorilles et les Chimpanzés.

Primates : groupe de mammifères comprenant les Lémuriens, les Singes et l'Homme.

Pouce opposable : pouce pouvant se replier contre la paume de la main et permettant la préhension.

Arbre phylogénétique : représentation des relations de parenté. Les différentes branches correspondent à des lignées, les nœuds à leurs ancêtres communs.

Innovation évolutive : nouveauté anatomique, physiologique, comportementale permettant de distinguer un groupe de celui dont il est issu.

Bipédie permanente : station verticale et locomotion exclusivement sur deux membres postérieurs.

2 Émergence de la lignée humaine

De quoi s'agit-il ? La lignée humaine se sépare de celle des grands Singes grâce à des acquisitions comme la bipédie et l'augmentation du volume cérébral.

1 Débuts de la lignée humaine

- L'ancêtre du groupe formé par les Hommes et les grands Singes présente des caractères communs aux deux groupes actuels : bipédie partielle, utilisation d'outils et vie en communauté. Il y a plus de 6 millions d'années, la lignée humaine diverge de celle des grands Singes.
- Les Australopithèques sont parmi les premiers représentants de la lignée humaine. Ils vivent en Afrique orientale et du Sud entre 4,5 et 1 MA. Avec un trou occipital centré, des fémurs convergents et un bassin large permettant l'insertion de muscles puissants des cuisses, ils présentent tous les signes d'une posture droite et d'une locomotion bipède (**Doc. 1**). Ils conservent en revanche un faible volume crânien (**Doc. 2**).
- Le genre *Homo* apparaît à partir de – 2,5 MA, avec *Homo habilis* dont le volume céphalique est supérieur à celui des grands Singes (700 cm^3). Associés à ses restes, des galets aménagés témoignent de l'utilisation d'outils.
- *Homo ergaster*, apparu vers –1,9 MA, présente une taille et une capacité crânienne (1 200 cm^3) en augmentation. Il façonne des bifaces et est le premier à quitter l'Afrique pour l'Asie et l'Europe.

2 Une évolution buissonnante

- Au cours de l'évolution de la lignée humaine, les Australopithèques acquièrent la bipédie, tandis que pour le genre *Homo*, le volume crânien augmente, en lien avec l'habileté (fabrication d'outils). Ces différents caractères évoluent indépendamment les uns des autres.
- Ainsi, à une même période coexistent différentes espèces d'Australopithèques et/ou du genre *Homo*, chacune associant des caractères primitifs et évolués.
- De plus, parmi les espèces de la lignée humaine, certaines ont pu donner naissance à plusieurs autres ou encore s'éteindre sans descendant. On parle d'évolution buissonnante.

Doc. 1 Bassin et fémur chez trois espèces

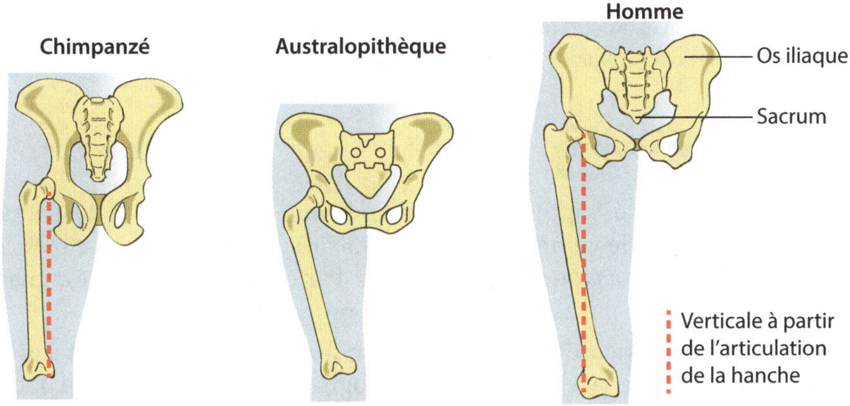

Doc. 2 Crâne (vu de dessous) de trois espèces

Chimpanzé	**Australopithèque**	***Homo sapiens***
Espèce actuelle Capacité crânienne moyenne : 400 cm^3	Espèce fossile appartenant à la lignée humaine Capacité crânienne moyenne : 450 cm^3	Espèce actuelle Capacité crânienne moyenne : 1 400 cm^3

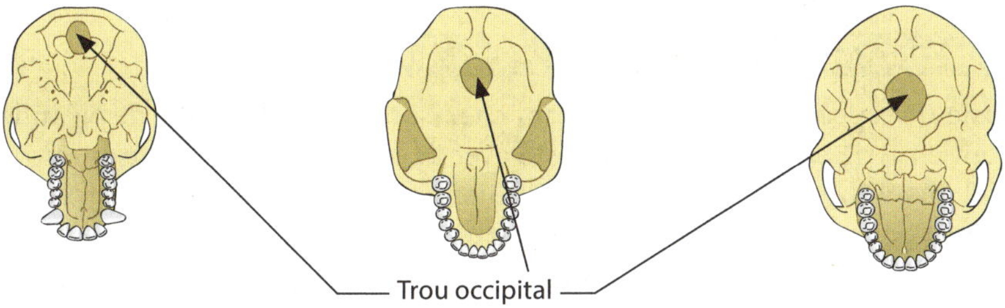

Vocabulaire

Lignée humaine : ensemble de toutes les espèces apparues depuis l'ancêtre commun à l'Homme et au Chimpanzé jusqu'à l'Homme actuel.

Bipédie partielle : locomotion alternativement sur deux ou quatre membres.

Trou occipital : orifice par lequel la moelle épinière se relie à l'encéphale.

Volume céphalique : capacité crânienne.

Galet aménagé : fragment de roche sommairement taillé.

Biface : fragment de roche taillé sur deux faces.

Évolution buissonnante : contraire d'une évolution linéaire. Coexistence de plusieurs groupes à des degrés d'évolution différents.

3 Évolution récente du genre *Homo*

De quoi s'agit-il ? Les espèces récentes du genre Homo ont coexisté et se sont hybridées. On peut mettre en évidence aujourd'hui dans leurs fossiles ces échanges de gènes.

1 Évolution confirmée

• L'évolution se poursuit après la dispersion d'*Homo ergaster* hors d'Afrique. Si la bipédie est acquise, le volume cérébral de 750 à 1 050 cm^3 est encore bien inférieur à celui des *Homo sapiens*, notre espèce. Par ailleurs, la face est archaïque par l'absence de nez et par une mâchoire très prognathe.

• *Homo erectus*, qui succède à *Homo ergaster*, possède un crâne et un squelette encore robuste, mais sa face est déjà moins prognathe. L'évolution qui se poursuit jusqu'à *Homo sapiens* aboutit à un volume crânien supérieur à 1 400 cm^3, une face réduite, un prognathisme faible à nul, un bourrelet sus-orbitaire réduit et la formation d'un menton (**Doc. 1**).

• Les premiers *Homo sapiens* apparaissent vers 200 000 ans. Les différentes populations humaines actuelles descendraient d'une population originelle ayant quitté l'Afrique il y a 110 000 à 120 000 ans.

2 Coexistence de plusieurs espèces du genre *Homo*

• Plusieurs espèces du genre *Homo* ont coexisté. Ainsi, l'Homme de Néandertal, présent en Asie et en Europe, coexiste avec *H. sapiens* avant de disparaître vers 25 000 ans, remplacé par ce dernier. Plus petit que l'Homme moderne, il s'en distingue par un volume crânien supérieur (1 600 cm^3).

• L'Homme de Denisova, trouvé en Sibérie, est une autre espèce du genre *Homo*. Génétiquement distinct de Néandertal et de l'Homme moderne, il partage un ancêtre commun avec eux, comme l'a montré l'analyse de leur génome (**Doc. 2**). L'analyse d'un fragment osseux daté de 90 000 ans, trouvé dans la grotte de Denisova et attribué à une adolescente, a montré que celle-ci était l'hybride d'une mère néandertalienne et d'un père dénisovien. De même, des hybridations ont eu lieu avec certains *Homo sapiens*, tout comme entre *sapiens* et néandertaliens.

• La coexistence et l'hybridation, même rare, entre les espèces récentes, sont une nouvelle illustration du caractère buissonnant de l'évolution de la lignée humaine.

Doc. 1 Évolution du crâne et de la face dans la lignée humaine

	Australopithecus (– 4,5 à –1 Ma)	*Homo erectus* (–1,6 Ma à – 300 000 ans)	*Homo neanderthalensis* (– 250 000 ans à – 25 000 ans)	*Homo sapiens* (– 200 000 ans…)
Volume et forme du crâne	450 à 530 cm^3 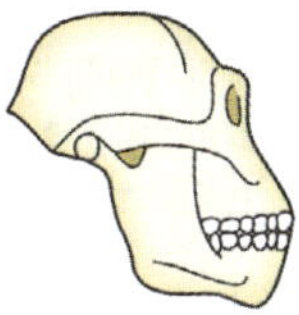	800 à 1 200 cm^3 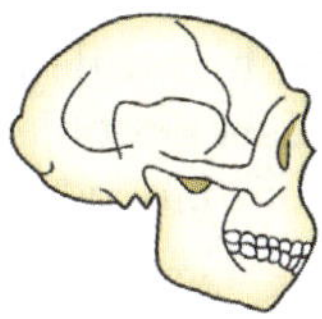	1 600 cm^3 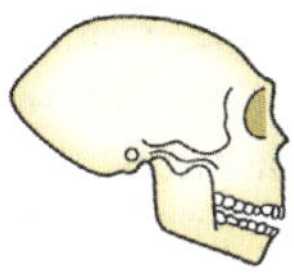	1 300 à 1 500 cm^3 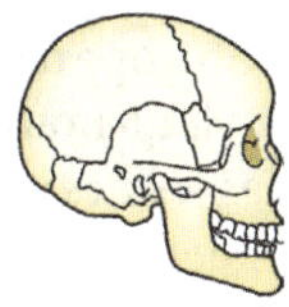

Doc. 2 Arbre phylogénétique d'*Homo* récents

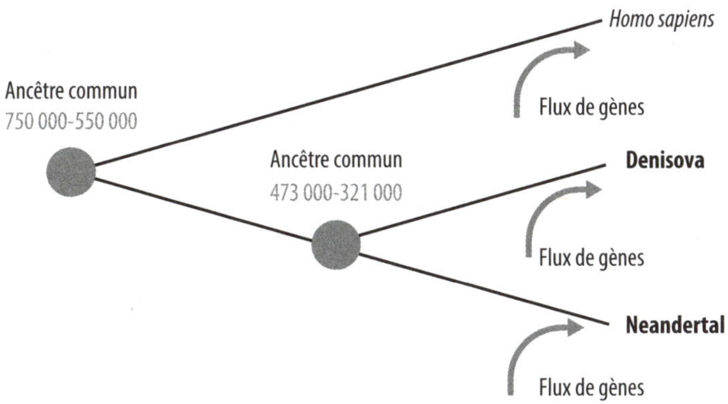

Vocabulaire

Prognathe : qui présente une mâchoire proéminente.

Bourrelet sus-orbitaire : saillie osseuse située au-dessus de l'orbite.

4 Une évolution culturelle

De quoi s'agit-il ? **L'évolution humaine, plus que celle de toute autre espèce, repose aussi sur la transmission des savoirs, grandement favorisée par le développement du langage.**

1 Transmission des savoirs

- Les Chimpanzés utilisent des objets, brindille ou pierre par exemple, pour récolter leur nourriture. La façon d'utiliser ces objets donne lieu à un apprentissage des jeunes par les adultes, raison pour laquelle certains parlent de « culture » à son sujet.
- Si la fabrication d'outils est discutée chez les Australopithèques, on assiste au cours de l'évolution du genre *Homo* à un développement important de l'industrie : simple galet dans lequel on enlève un éclat (galet aménagé), outils taillés dans la pierre sur les deux faces (biface), racloirs, perçoirs chez les *Homo erectus* qui par ailleurs domestiquent le feu, puis objets plus sophistiqués (pointes, lames, harpons) en bois, os, corne... chez les *Homo sapiens* et dans une moindre mesure Néandertal (**Doc. 1**).
- *Homo sapiens* réalise aussi des productions artistiques, sculptures et peintures. Des rites funéraires apparaissent dès l'Homme de Néandertal. Ils témoignent d'une prise de conscience de la mort, et peut-être de certaines croyances.
- Ces pratiques culturelles nécessitent un apprentissage, possible grâce à la transmission. Parallèlement à ces acquisitions, le volume du cerveau s'accroît, et chez *Homo sapiens,* atteint plus de 1 400 cm^3. Cette évolution a permis l'invention des techniques, de l'art et l'acquisition d'une pensée conceptuelle.

2 Acquisition du langage

- Le langage articulé, combinaison de sons pour produire des mots et des phrases, n'apparaît pas avant *Homo erectus*. En effet, il nécessite un larynx suffisamment développé pour servir de caisse de résonance, ainsi que le développement d'aires cérébrales spécifiques, absentes chez le Chimpanzé (**Doc. 2**).
- Le langage avec ses mots, qui ne correspondent pas seulement à des objets concrets mais aussi à des idées ou des sentiments, est un facteur de vie sociale. Il donne un avantage sélectif et a été sélectionné dans les populations où il est apparu.

Doc. 1 **Outils et culture dans la lignée humaine**

	Australopithecus (−4,5 à −1 Ma)	*Homo erectus* (−1,6 Ma à − 300 000 ans)	*Homo neanderthalensis* (− 250 000 ans à − 25 000 ans)	*Homo sapiens* (− 200 000 ans…)
Outils produits	Inconnus	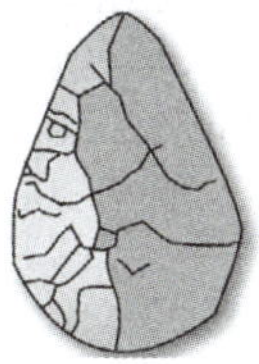	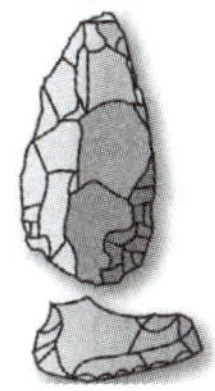	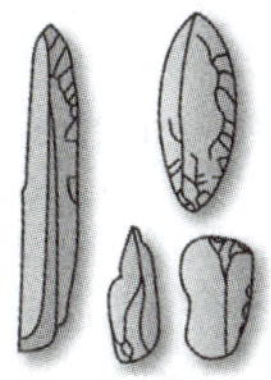
Extension	Afrique	Afrique, Eurasie	Europe, Asie	Planète entière
Culture	Inconnue	Maîtrise du feu	Rites funéraires, langage	Rites funéraires, langage, art

Doc. 2 **Aires cérébrales du langage**

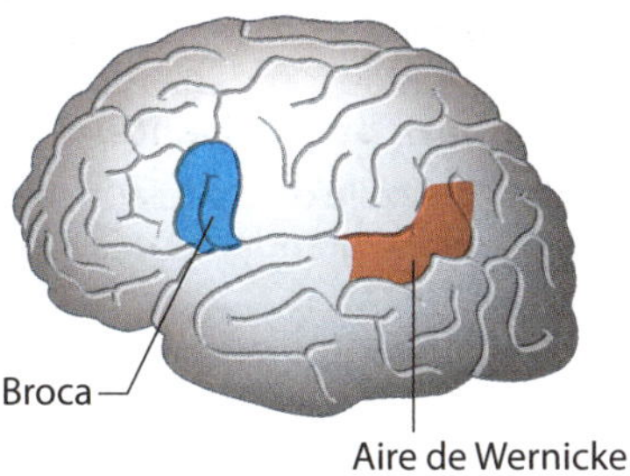

L'aire de Broca contrôle la production de mots, l'aire de Wernicke assure la compréhension de ceux-ci. Les deux aires communiquent par un réseau de neurones.

Vocabulaire

Larynx : organe dans la gorge abritant les cordes vocales.

Aire cérébrale : zone du cortex cérébral qui réalise une fonction.

RÉVISION EXPRESS

LES POINTS IMPORTANTS À RETENIR

- L'Homme actuel (***Homo sapiens***) fait partie du groupe des **Primates** et est plus particulièrement **apparenté aux grands Singes** avec lesquels il partage des caractères anatomiques et des similitudes génétiques.
- Leur ancêtre commun le plus récent, daté de quelque 6 millions d'années, présentait des caractères communs aux deux groupes actuels : **bipédie** partielle, utilisation d'outils et vie en communauté.
- Les fossiles de la **lignée humaine** comme les **Australopithèques** présentent des **innovations**, comme une **bipédie prolongée**, mais conservent un volume crânien réduit. Les premiers représentants du genre ***Homo*** (*H. habilis*) se caractérisent par un **développement de la capacité crânienne**. Ils fabriquent des **outils** de pierre.
- Après la dispersion du genre *Homo* (*H. erectus*) sur les continents asiatique et européen, la diversification du groupe se poursuit avec l'augmentation du volume crânien, la **réduction de la face** et la transmission de **comportements** (langue, utilisation d'outils, activités culturelles…).
- Pendant toute l'histoire de la lignée humaine, différentes espèces présentant à la fois des traits évolués et archaïques ont **coexisté** et parfois se sont **hybridées**. Chacune d'entre elles a pu donner naissance à plusieurs autres espèces ou bien s'éteindre sans descendant. Ainsi, l'évolution de la lignée humaine n'est pas linéaire, mais **buissonnante**.
- L'évolution humaine, plus que celle de toute autre espèce, repose aussi sur la **transmission des savoirs**, grandement favorisée par le développement du **langage**.

Vidéo

LES MOTS IMPORTANTS

- Arbre phylogénétique
- Biface
- Bipédie permanente
- Évolution buissonnante
- Fémurs convergents
- Galet aménagé
- Genre *Homo*
- Innovation évolutive
- Langage articulé
- Lignée humaine
- Pratiques culturelles
- Primate
- Prognathe
- Trou occipital
- Volume céphalique

LE SCHÉMA IMPORTANT À RETENIR

Arbre de parenté et innovations acquises au cours de l'évolution humaine

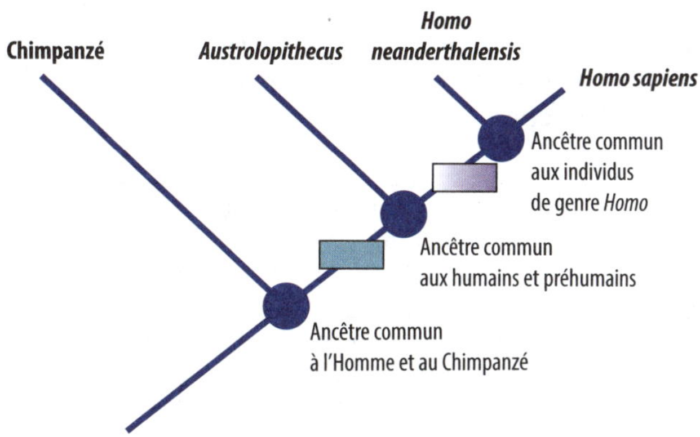

Innovations = trou occipital intermédiaire, bassin court et large, obliquité du fémur marquée, petite augmentation du volume cérébral

Innovations = trou occipital avancé central (bipédie accomplie, course), réduction de la face et augmentation du volume cérébral, utilisation d'outils complexes, pratiques culturelles variées

QuiZ

1. L'Homme et le Chimpanzé partagent un ancêtre commun.
☐ Vrai ☐ Faux

2. La lignée humaine comprend uniquement le genre *Homo*.
☐ Vrai ☐ Faux

3. L'Homme et le Chimpanzé partagent une part de bipédie.
☐ Vrai ☐ Faux

4. Des Australopithèques ont coexisté avec des représentants du genre *Homo*.
☐ Vrai ☐ Faux

5. Les représentants de la lignée humaine se caractérisent par un volume crânien supérieur à celui de l'Australopithèque.
☐ Vrai ☐ Faux

→ **Réponses p. 189**

Construire un arbre phylogénétique

ÉNONCÉ

Le tableau de caractères suivant a été établi à partir de l'étude de différents fossiles appartenant à la lignée humaine. Les caractères retenus présentent des formes évoluées ou primitives selon les espèces. On a par ailleurs indiqué la forme de ces caractères chez le chimpanzé.

	Os iliaque	Trou occipital	Forme de la mandibule*	Capacité cérébrale	Prognathisme	Menton	Bourrelet sus-orbitaire
Chimpanzé	Allongé	En arrière	En U ou V ouvert	Faible	Marqué	Absent	Développé
H. sapiens	Court	Avancé	Parabolique	Forte	Absent	Présent	Absent
A. afarensis	Court	Intermédiaire	En U ou V ouvert	Faible	Marqué	Absent	Développé
H. ergaster	Court	Avancé	Parabolique	Forte	Réduit	Absent	Développé
H. habilis	Court	Intermédiaire	Parabolique	Moyenne	Réduit	Absent	Développé
H. neanderthalensis	Court	Avancé	Parabolique	Forte	Absent	Absent	Développé

*Mâchoire inférieure.

1. Surligner en bleu dans ce tableau les formes primitives des caractères, et en jaune les formes évoluées.

2. Construire alors l'arbre phylogénétique de ces différentes espèces en y faisant figurer les innovations évolutives.

MÉTHODE

- Le chimpanzé n'appartient pas à la lignée humaine : il constitue l'« extra-groupe » dans lequel tous les caractères sont à l'état primitif. Chez *H. sapiens*, on considère que tous les caractères sont à l'état évolué. Entre les deux, certains caractères sont à l'état intermédiaire.
- On part du principe que toutes les espèces qui partagent un même caractère évolué l'ont hérité d'un ancêtre commun. De plus, la parenté est d'autant plus étroite que le nombre d'innovations évolutives partagées entre deux groupes est grand.

- Pour construire l'arbre, on regroupe les espèces en fonction du nombre de caractères évolués partagés, en commençant par celles qui en partagent le plus : elles correspondent aux rameaux (lignées) les plus hauts de l'arbre. Ceux-ci sont issus d'un ancêtre commun chez lequel tous ces caractères évolués sont apparus.
- Le rameau inférieur correspond à une espèce chez laquelle le nombre de caractères évolués est inférieur.
- Progressivement, on ajoute des rameaux en descendant sur l'arbre, jusqu'au niveau de l'ancêtre commun à la lignée humaine et à celle des grands Singes.

CORRIGÉ

	Os iliaque	Trou occipital	Forme de la mandibule	Capacité cérébrale	Prognathisme	Menton	Bourrelet sus-orbitaire
Chimpanzé	Allongé	En arrière	En U ou V ouvert	Faible	Marqué	Absent	Développé
H. sapiens	Court	Avancé	Parabolique	Forte	Absent	Présent	Absent
A. afarensis	Court	Intermédiaire	En U ou V ouvert	Faible	Marqué	Absent	Développé
H. ergaster	Court	Avancé	Parabolique	Forte	Réduit	Absent	Développé
H. habilis	Court	Intermédiaire	Parabolique	Moyenne	Réduit	Absent	Développé
H. neanderthalensis	Court	Avancé	Parabolique	Forte	Absent	Absent	Développé

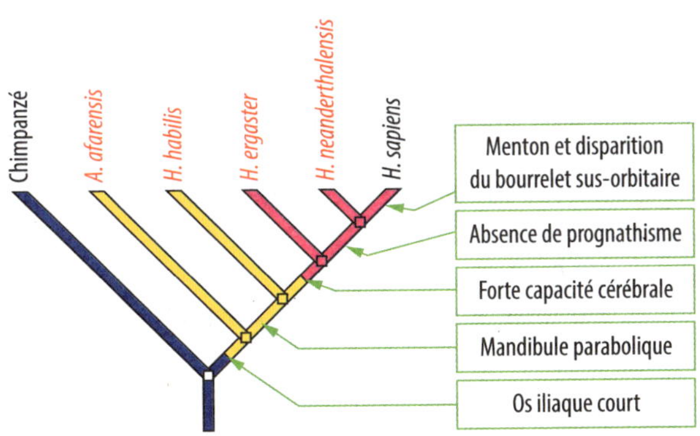

Vérification des connaissances

Pour chaque question ou affirmation, il y a entre 0 et 3 bonnes réponses.

1. Sur un arbre phylogénétique :
a. les branches correspondent à des lignées.
b. deux lignées divergentes ne partagent pas de caractères communs.
c. les espèces les plus anciennes sont représentées en bas.

2. Parmi les caractères favorisant la bipédie chez l'Homme, on trouve :
a. les fémurs convergents.
b. la colonne vertébrale rectiligne.
c. le trou occipital à l'arrière du crâne.

3. Les Australopithèques :
a. présentent une face plate.
b. ont acquis la bipédie.
c. ont un volume crânien identique à celui des singes.

4. La parenté est d'autant plus étroite entre deux groupes que :
a. le nombre d'innovations évolutives partagées est grand.
b. les deux groupes sont anciens.
c. le nombre de caractères partagés au niveau du squelette est grand.

5. Par rapport au Chimpanzé, l'Homme possède :
a. un bassin plus large.
b. des mandibules plus fines.
c. des fémurs parallèles.

6. L'Homme se distingue des autres Primates par :
a. un pouce opposable.
b. la présence d'ongles.
c. des caractères qu'il partage exclusivement avec les grands singes.

7. L'évolution de la lignée humaine est marquée par :
a. une augmentation du volume crânien.
b. une bipédie prolongée.
c. une évolution de la mandibule vers une forme parabolique.

Entraînement

1 Des fossiles pour reconstituer l'évolution humaine

Exploitation de documents

Les principales étapes de l'évolution humaine ont pu être reconstituées grâce à la découverte de fossiles, dont ceux présentés sur les documents suivants.

Doc. 1 Comparaison des crânes de trois espèces vus de dessous

Chimpanzé
Espèce actuelle
Capacité crânienne moyenne : 400 cm^3

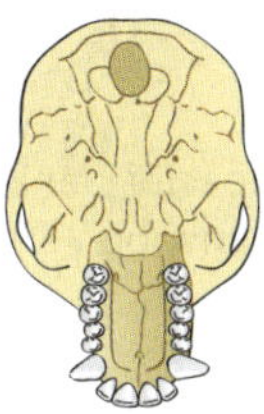

Australopithèque
Fossile appartenant à la lignée humaine
Capacité crânienne moyenne : 450 cm^3

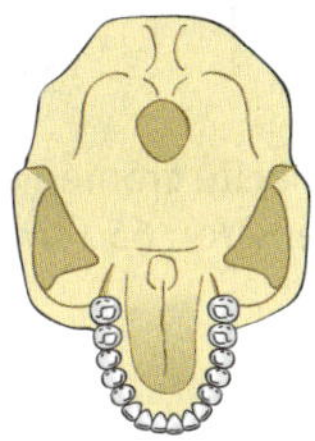

Homo sapiens
Espèce actuelle
Capacité crânienne moyenne : 1 400 cm^3

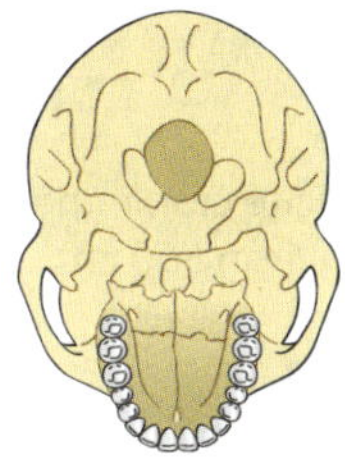

Source : *Human evolution colouring book*, A. L. Zihlman, Harper Collins Publishers.

Doc. 2 Étude du site de Swartkrans, à l'est de l'Afrique du Sud

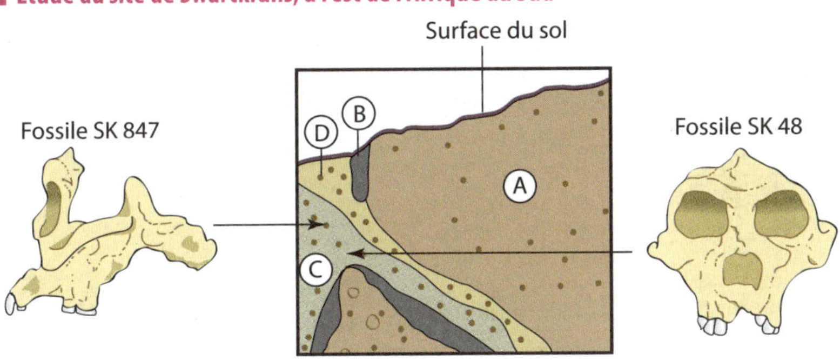

Coupe géologique et situation de quelques fossiles trouvés dans les sédiments remplissant la grotte.

A : roche sédimentaire la plus ancienne constituant les parois de la grotte.

Remplissage de la grotte par les roches sédimentaires : B (travertin), C (brèche rose), D (brèche brune datant de –0,5 à 1 Ma).

Remarque : la roche D qui recouvre la roche C s'est donc mise en place après celle-ci.

Le fossile SK 847 est un crâne d'*Homo habilis*, le fossile SK 48 est un crâne d'*Australopithecus robustus*.

Doc. 3 Étude du site de Koobi Fora en Afrique de l'Est

Les crânes ci-dessous sont reconstitués d'après les fossiles trouvés dans les couches sédimentaires. La flèche indique la position du trou occipital.

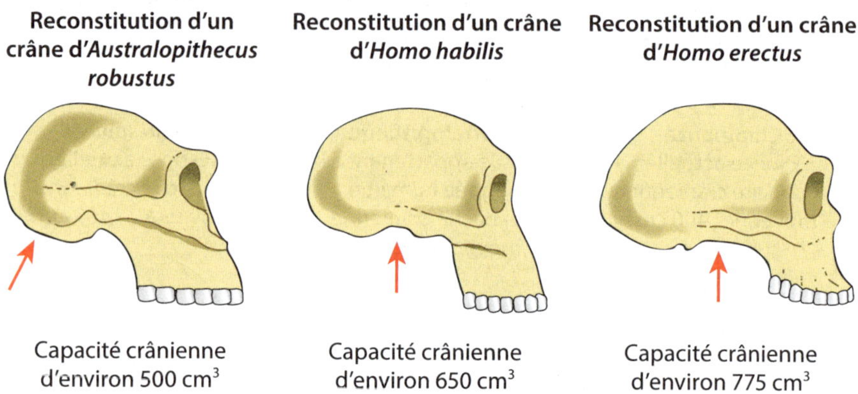

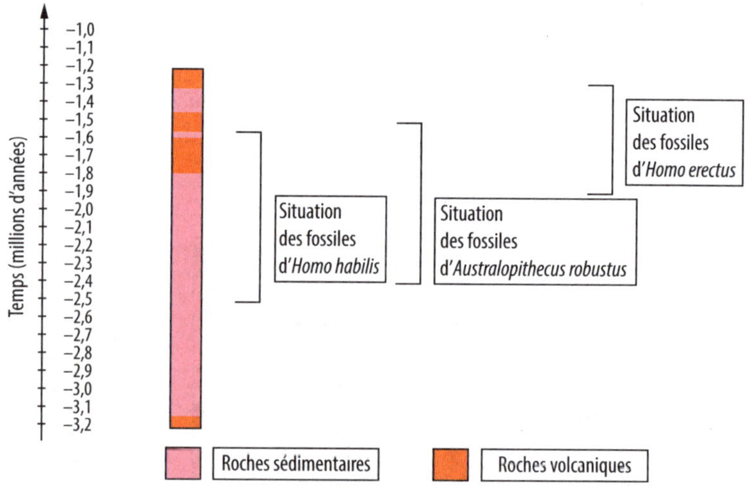

QUESTION

À partir de l'exploitation des documents, justifier le fait que l'on puisse placer les fossiles trouvés sur les sites de Swartkrans et de Koobi Fora dans la lignée humaine et dégager les caractéristiques de son évolution.

Quiz

1. **Vrai**.

2. **Faux**, elle comprend d'autres genres, dont les Australopithèques.

3. **Vrai**.

4. **Vrai**.

5. **Faux,** car l'Australopithèque, même s'il présente un volume crânien analogue à celui des grands singes, appartient lui-même à la lignée humaine.

Vérification des connaissances

1. **a. Vrai**. Deux lignées divergentes ont un ancêtre commun dont elles partagent les caractères (**b. Faux**). Un arbre phylogénétique représente les relations de parenté, indépendamment de l'ordre d'apparition des espèces. De plus, des espèces actuelles comme des espèces disparues peuvent y figurer (**c. Faux**).

2. **a. Vrai**. Les courbures de la colonne vertébrale ainsi qu'un trou occipital avancé favorisent le redressement du corps et par conséquent la bipédie (**b.** et **c. Faux**).

3. **b.** et **c. Vrai**. Les Australopithèques ont une face prognathe (**a. Faux**).

4. **a. Vrai**. La parenté se fonde sur le partage d'un plus grand nombre d'innovations évolutives (**b.** et **c. Faux**).

5. **a.** et **b. Vrai**. Chez l'Homme, les fémurs convergents favorisent la bipédie (**c. Faux**).

6. **c. Vrai**. Tous les Primates ont des ongles et un pouce opposable (**a.** et **b. Faux**).

7. **a.**, **b.** et **c. Vrai**.

Entraînement

1 Des fossiles pour reconstituer l'évolution humaine

Des fossiles trouvés sur les sites de Swartkrans et Koobi Fora en Afrique ont été identifiés comme appartenant à la lignée humaine.

Le **document 1** fournit des arguments pour confirmer cette identification. En effet, il permet de dégager les caractères propres à la lignée humaine à partir de la comparaison des crânes de l'Australopithèque et de l'*Homo sapiens* avec celui du Chimpanzé.

On observe que la capacité crânienne est plus élevée chez l'*Homo sapiens* (1 400 cm^3) que chez le Chimpanzé (400 cm^3). Chez l'Australopithèque, elle est encore faible (450 cm^3). L'augmentation de la capacité crânienne est donc une innovation évolutive. Elle témoigne d'une augmentation du volume cérébral.

> **L'astuce du prof**
> Le crâne fournit aussi des informations en rapport avec la bipédie.

Chez l'Australopithèque et *l'Homo sapiens*, le trou occipital est situé de plus en plus en avant par rapport au Chimpanzé. Cette avancée permet le redressement de la tête, en rapport avec l'acquisition d'une bipédie permanente, une autre innovation évolutive.

> **Gagnez des points !**
> Il faut employer les mots-clés !

Chez le Chimpanzé, la mâchoire en forme de U est projetée vers l'avant (prognathisme). La mâchoire prend une forme parabolique de plus en plus marquée de l'Australopithèque à l'Homme moderne. On observe également une réduction du prognathisme, ainsi que des canines. L'allègement de la mâchoire observé dans la lignée humaine est à mettre en relation avec l'augmentation du volume crânien et constitue une autre innovation évolutive.

On peut donc admettre que tout fossile présentant l'une de ces innovations évolutives appartient à la lignée humaine.

Or, d'après les **documents 2** et **3**, le fossile SK 847 d'*Homo habilis* présente une capacité crânienne supérieure à 600 cm^3, un angle facial élevé (malgré la persistance de bourrelets sus-orbitaires et d'une crête occipitale) et un trou occipital avancé, témoignant de sa bipédie. Il appartient donc à la lignée humaine.

> **Remarque**
> L'angle facial est une mesure de l'inclinaison de la face. Plus il est faible, plus la face est prognathe.

Quant au fossile SK 48 d'*Australopithecus robustus*, il présente une capacité crânienne supérieure à celle du Chimpanzé, mais inférieure à 600 cm^3, un angle facial faible, une crête osseuse, une mâchoire importante. Néanmoins, son trou occipital plus avancé que celui du Chimpanzé témoigne d'une bipédie. Ainsi, malgré ses caractères primitifs, il présente au moins l'une des innovations évolutives caractéristiques de la lignée humaine.

Sachant que les fossiles ont l'âge des roches qui les contiennent et que la roche C dans laquelle ont été trouvés les deux fossiles est plus ancienne que la roche D, elle-même datée de – 0,5 à – 1 Ma, on peut en déduire que ces deux fossiles ont à peu près le même âge : ils sont plus anciens que –1 Ma. Par conséquent, à la même période cohabitaient différentes espèces avec des caractères évolués et d'autres primitifs.

Gagnez des points !

Ne pas oublier de traiter la deuxième partie de la question en utilisant les indications temporelles.

D'après le **document 3**, on peut observer qu'entre –1,9 Ma et –1,6 Ma, les deux espèces fossiles précédemment étudiées ont cohabité avec une autre espèce d'*Homo* : *Homo erectus*, elle-même apparue à partir de –1,9 Ma. La comparaison des trois espèces montre qu'au cours du temps, le trou occipital devient de plus en plus centré, la capacité crânienne augmente, et les structures crâniennes (crête, bourrelets sus-orbitaux) régressent. Ces espèces présentent une acquisition progressive des innovations évolutives de la lignée humaine et ce, de façon de plus en plus marquée.

L'hominisation est donc caractérisée par l'augmentation de la capacité crânienne, l'acquisition d'une bipédie parfaite, l'allègement de la face. Néanmoins, l'évolution de la lignée humaine n'est pas linéaire, mais buissonnante, elle s'est diversifiée au cours du temps, puis certaines espèces ont disparu.

CHAPITRE

12 Les modèles démographiques

1 Modèle linéaire

De quoi s'agit-il ? Dans le cadre de l'étude de l'évolution des populations, il est important de prédire leur effectif futur. Pour cela, les scientifiques utilisent des modèles mathématiques dont le plus simple est le modèle linéaire.

1 Équation d'une droite

- Soit une droite ($\mathcal{D}$) d'équation $y = p \times x + m$ où p est le coefficient directeur de la droite ($\mathcal{D}$) et m l'ordonnée à l'origine.
- Si l'on connaît deux points distincts A et B (**Doc.**) appartenant à la droite ($\mathcal{D}$), de coordonnées respectives $A(x_A, y_A)$ et $B(x_B, y_B)$, alors le coefficient directeur de ($\mathcal{D}$) est égal à :

$$p = \frac{y_B - y_A}{x_B - x_A}$$

- L'ordonnée à l'origine m se lit sur la droite ($\mathcal{D}$) au point d'abscisse $x = 0$.

2 Suite arithmétique

- Une grandeur discrète u est une fonction qui va de $\mathbb{N}$ dans $\mathbb{R}$. L'ensemble des termes $u(n)$ est une suite numérique u de terme général $u(n)$ ou u_n, indexé sur n, entier naturel.
- En démographie, les valeurs $u(n)$ de la population en fonction des années n sont une suite finie : le nombre d'habitants est indexé sur les années de mesure.
- Il existe de nombreux modèles mathématiques permettant d'étudier la croissance d'une population. Dans le cas d'un modèle linéaire discret, les points $(n, u(n))$ sont situés sur une droite.
- Une grandeur discrète u varie de manière linéaire en fonction d'un palier entier n si sa variation absolue $u(n + 1) - u(n)$ est constante et indépendante de n. On note r cette valeur et on a : $u(n + 1) - u(n) = r$.
- La suite $u(n)$ est appelée suite arithmétique de raison r.

3 Modèle démographique linéaire

● Soit $u(n)$ la population au palier de temps n. Dans le cas d'une évolution démographique linéaire, la variation absolue s'écrit : $u(n+1) - u(n) = r$.

Au rang ou au palier $n = 1$, on a : $u(1) = u(0) + r$. De même, au rang $n = 2$: $u(2) = u(1) + r = u(0) + 2 \times r$ et pour $n = 3$, $u(3) = u(0) + 3 \times r$.

De proche en proche, on peut montrer que quel que soit n : $u(n) = u(0) + n \times r$ ou encore $u(n) = n \times r + u(0)$.

On retrouve une équation de droite de type $y = p \times x + m$ avec p le coefficient directeur correspondant à la raison r de la suite arithmétique et m l'ordonnée à l'origine correspondant au premier terme $u(0)$.

● Ainsi, dans la réalité, pour une population dont la variation absolue est presque constante d'un palier à l'autre, on peut ajuster l'ensemble des valeurs de mesure, ou nuage de points qui la représente, par une droite.

Doc. Droite ($\mathcal{D}$) d'équation $y = px + m$

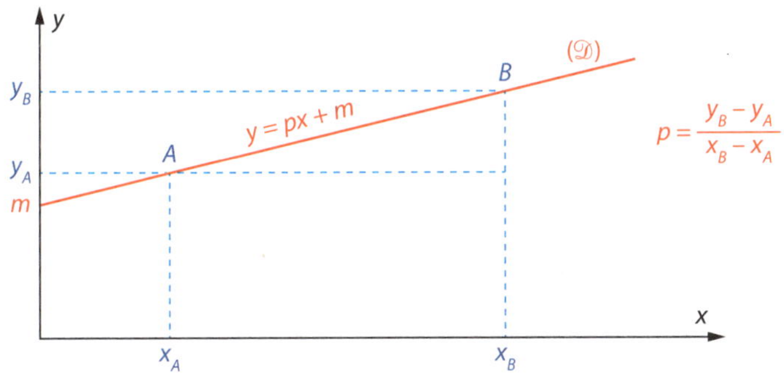

Vocabulaire

Coefficient directeur : pente d'une droite ou rapport de la variation des ordonnées et de la variation des abscisses de deux points distincts de la droite.

Ordonnée à l'origine : ordonnée du point d'abscisse nulle.

Grandeur discrète : par opposition à grandeur continue, grandeur qui ne prend qu'un ensemble de valeurs distinctes.

Suite numérique : ensemble fini ou infini de nombres généralement liés aux suivants et aux précédents par une même relation mathématique.

Variation absolue : différence entre deux nombres. Dans le cas d'une suite, il s'agit de la différence entre deux termes de la suite $u(n+1) - u(n)$.

Suite arithmétique : suite pour laquelle la variation absolue est constante, soit $u(n+1) - u(n) = r$.

Raison : dans une suite, valeur permettant de passer d'un terme de la suite à un autre. Dans le cas d'une suite arithmétique, r est la valeur constante de la variation absolue.

2 Modèle exponentiel

De quoi s'agit-il ? Le modèle linéaire est inadapté pour représenter l'évolution d'une grandeur dont la variation absolue change fortement d'un palier à l'autre. Le modèle de Malthus est un modèle exponentiel donnant de bonnes prévisions de l'évolution des effectifs d'une population sur un temps court.

1 Suite géométrique

- Une grandeur discrète u varie de manière exponentielle en fonction du palier entier n si sa variation absolue est proportionnelle à sa valeur courante. Cela se traduit mathématiquement par la relation $u(n+1) - u(n) = ku(n)$.
- Dans ce cas, sa variation relative, aussi appelée taux de variation, est constante :

$$\frac{u(n+1) - u(n)}{u(n)} = k.$$ Soit k cette constante.

Au rang ou au palier $n = 1$, on a : $u(1) - u(0) = ku(0)$, soit $u(1) = (k + 1)u(0)$. De même, au rang $n = 2$: $u(2) = (k + 1)u(1) = (k + 1)^2u(0)$ et à $n = 3$, $u(3) = (k+1)^3u(0)$.

De proche en proche, on peut montrer que, quel que soit n : $u(n) = (k + 1)^n\, u(0)$.

- La suite $u(n)$ est une suite géométrique de raison $q = k + 1$.
- De manière générale, pour n et m quelconques entiers naturels, la suite $u(n)$ est géométrique de raison q si $u(n) = u(m) \times q^{n+m}$. Dans le cas particulier où $m = 0$, on a $u(n) = u(0) \times q^n$.

2 Modèle de croissance continue ou modèle exponentiel

- En démographie, si les valeurs $u(n)$ de la population en fonction des années n sont telles que le taux de variation est presque constant d'un palier à l'autre, le nombre d'habitants $u(n)$ est une suite géométrique.
- Dans ce cas, lorsque le phénomène de croissance est continu, on peut le modéliser par une fonction exponentielle. Ainsi, dans la réalité, pour une population dont le taux de variation est presque constant d'un palier à l'autre, on peut ajuster le nuage de points par un modèle exponentiel (**Doc.**).

3 Modèle de Malthus

- Le modèle démographique de Malthus est le premier modèle historiquement proposé par l'économiste britannique Thomas Malthus en 1798. Il pose l'hypothèse que la variation de la population est proportionnelle à son effectif *N*. *N* est alors défini par Malthus comme la différence entre le nombre de naissances et le nombre de décès pour une population donnée.

- Le modèle de Malthus est un modèle exponentiel d'évolution. Il prévoit que l'effectif de la population décroît vers 0 si le taux de mortalité est supérieur au taux de natalité et croît vers l'infini si le taux de natalité est supérieur au taux de mortalité.
- Si les prédictions du modèle de Malthus peuvent se révéler correctes sur un temps court, elles sont irréalistes sur un temps long, notamment en raison de l'insuffisance des ressources disponibles.

4 Limites et autres modèles démographiques

- En réponse à Malthus, le mathématicien belge Pierre François Verhulst propose un modèle non exponentiel pour lequel le taux de natalité est une fonction affine décroissante et le taux de mortalité une fonction affine croissante de l'effectif d'une population. Il postule ainsi que plus une population augmente, plus son taux de mortalité augmente alors que son taux de natalité diminue.
- Des modèles plus élaborés et non exponentiels prévoient que la population mondiale atteindra environ 10 milliards d'humains en 2050.

Doc. **Modèle exponentiel : population de Lagos (1950-2015) et projection (2020-2035)**

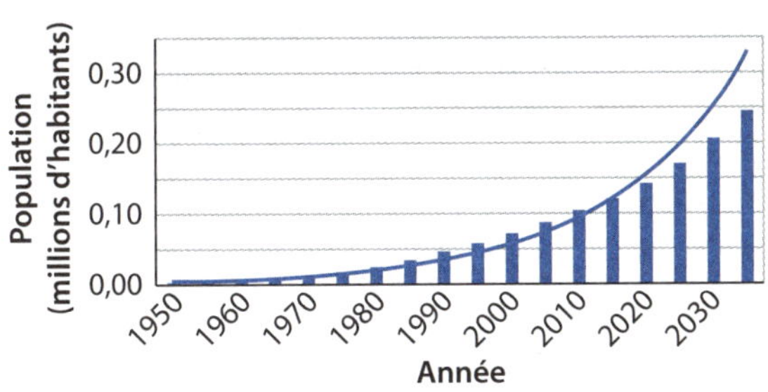

Vocabulaire

Variation relative : rapport de la différence entre une valeur finale et une valeur initiale $x_f - x_i$ et de la valeur initiale x_i : $\frac{x_f - x_i}{x_i}$. En multipliant ce taux de variation par 100, on l'obtient en pourcentage.

Suite géométrique : ensemble de valeurs tel que chaque terme est obtenu à partir du précédent par multiplication par un nombre constant appelé raison.

RÉVISION EXPRESS

LES POINTS IMPORTANTS À RETENIR

- Un modèle mathématique simple est le **modèle linéaire**.
- Une grandeur discrète u varie de manière linéaire en fonction d'un palier entier n si sa variation absolue $u(n + 1) - u(n)$ est constante. Dans ce cas, les points $(n, u(n))$ sont situés sur une **droite affine**.
- Dans la réalité, pour une population dont la variation absolue est presque constante d'un palier à l'autre, on peut ajuster le nuage de points qui la représente par une **droite** (modèle linéaire).
- Le modèle linéaire est inadapté pour représenter l'évolution d'une grandeur dont la variation absolue change fortement d'un palier à l'autre.
- Une grandeur discrète u varie de manière exponentielle en fonction du palier entier n si sa **variation absolue** est **proportionnelle à sa valeur courante**. Dans ce cas, sa **variation relative (ou taux de variation)** est **constante**.
- Dans la réalité, pour une population dont le taux de variation est presque constant d'un palier à l'autre, on peut ajuster le nuage de points par un **modèle exponentiel**.
- Le **modèle démographique de Malthus** est un modèle exponentiel d'évolution de l'effectif de la population. Il prévoit que l'**effectif de la population décroît vers 0 si le taux de mortalité est supérieur au taux de natalité** et **croît vers l'infini si le taux de natalité est supérieur au taux de mortalité**.
- Si les prédictions du modèle de Malthus peuvent se révéler correctes sur un temps court, elles sont irréalistes sur un temps long, notamment en raison de l'**insuffisance des ressources disponibles**.
- Des modèles plus élaborés prévoient que la population mondiale atteindra environ **10 milliards d'humains en 2050**.

Vidéo

LES MOTS IMPORTANTS

- Coefficient directeur
- Fonction affine
- Fonction exponentielle
- Modèle de Malthus
- Modèle démographique
- Modèle de Verhulst
- Modèle exponentiel
- Modèle linéaire
- Ordonnée à l'origine
- Population
- Raison
- Suite arithmétique
- Suite géométrique
- Taux de mortalité
- Taux de natalité
- Taux de variation
- Variation absolue
- Variation relative

LE SCHÉMA IMPORTANT À RETENIR

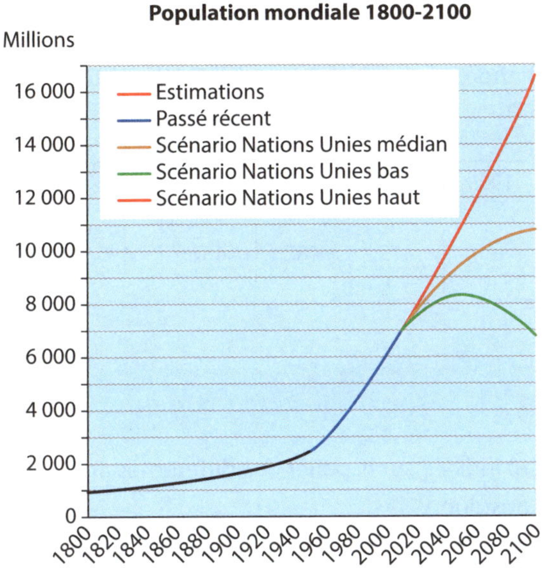

Sources : Nations Unies

QuiZ

1. Le coefficient directeur d'une droite $(\mathscr{D})$ correspond à la valeur de la pente de $(\mathscr{D})$.
☐ Vrai ☐ Faux

2. Soit une suite arithmétique $u(n)$ de raison r. Le terme $u(n+1)$ s'obtient à partir de $u(n)$: $u(n+1) = r \times u(n)$.
☐ Vrai ☐ Faux

3. La variation relative s'obtient en divisant la variation absolue par l'effectif de départ.
☐ Vrai ☐ Faux

4. L'effectif d'une population dont la variation absolue est constante peut être représenté par une droite.
☐ Vrai ☐ Faux

5. Dans une certaine mesure, le modèle linéaire est adapté pour décrire l'évolution d'une population dont la variation absolue varie fortement.
☐ Vrai ☐ Faux

6. Contrairement au modèle de Malthus, le modèle de Verhulst est linéaire.
☐ Vrai ☐ Faux

→ **Réponses p. 203**

Proposer un modèle linéaire

ÉNONCÉ

Le tableau ci-après fait état de la population européenne (en millions d'habitants) au 1er janvier de chaque année. Proposer un modèle mathématique à l'évolution de cette population.

Année	1980	1985	1990	1995	2000	2005	2010	2015
Population (millions d'habitants)	462	468	475	482	487	495	503	509

Source : Eurostat.

MÉTHODE

1. Établir la suite des $u(n)$ indicée sur n, palier des différentes années.

2. Calculer la variation absolue.

3. En déduire le type de modèle. En particulier, identifier le modèle linéaire lorsque la variation absolue est presque constante.

4. Construire dans le repère $(n, u(n))$ l'ensemble des points représentatifs des données statistiques de l'évolution de la population concernée.

5. Tracer la courbe représentative du modèle choisi.

6. En déduire les caractéristiques du modèle.

CORRIGÉ

1. Les données statistiques peuvent être considérées comme les termes d'une suite $u(n)$ exprimés en millions d'habitants :

Année	1980	1985	1990	1995	2000	2005	2010	2015
n	0	1	2	3	4	5	6	7
$u(n)$	462	468	475	482	487	495	503	509

On note n le palier correspondant à une date d'évaluation de la population européenne.

2. La variation absolue s'obtient par différence entre deux termes consécutifs de la suite : $u(n + 1) - u(n)$. On peut compléter le tableau des données.

Année	1980	1985	1990	1995	2000	2005	2010	2015
n	0	1	2	.3	4	5	6	7
u(n)	462	468	475	482	487	495	503	509
Variation absolue		6	7	7	5	8	8	6

La première variation absolue est obtenue par différence entre $u(1)$ et $u(0)$:

$$u(1) - u(0) = 468 - 462 = 4$$

La première valeur correspond au second palier : une différence nécessite l'existence d'au moins deux termes de la suite.

3. La variation absolue est quasiment constante : entre 5 et 8. Le modèle choisi semble être un modèle linéaire.

4. L'ensemble des termes de la suite ou points représentatifs de l'évolution de la population européenne peut être représenté par le graphe suivant :

À retenir

La variation relative, de l'ordre de 1 à 2 %, est très faible : le modèle linéaire est cohérent avec l'évolution de la population.

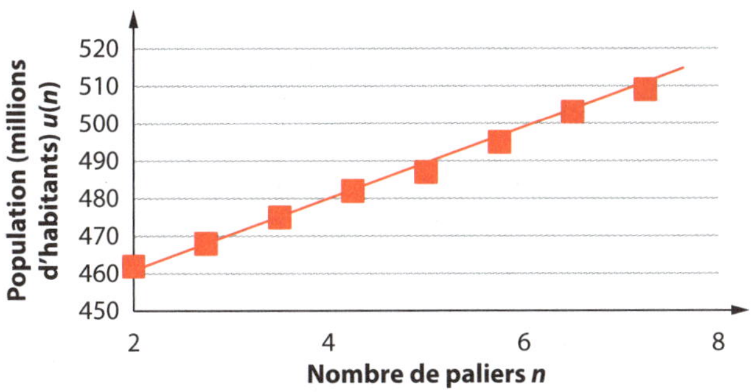

5. La population, dont la variation absolue est presque constante d'un palier à l'autre, est telle que l'on peut ajuster le nuage de points qui la représente par une droite.

6. L'équation de la droite est $u(n) = u(0) + r \times n$ avec $u(0) = 462$ et $r = 6{,}7$ (en millions d'habitants).

Vérification des connaissances

Pour chaque question ou affirmation, il y a entre 0 et 3 bonnes réponses.

1. Un modèle mathématique permet de :
a. donner une loi mathématique représentative des données réelles.
b. pouvoir faire des extrapolations sur les effectifs.
c. comprendre la réalité.

2. Le coefficient directeur d'une droite $(\mathscr{D})$:
a. est toujours positif.
b. correspond à la variation des ordonnées de deux points appartenant à $(\mathscr{D})$.
c. est égal à la pente de la droite.

3. L'ordonnée à l'origine d'une courbe :
a. est la valeur de l'abscisse en zéro.
b. peut être nulle.
c. n'est jamais négative.

4. Le terme $u(n)$ d'une suite indexée sur n :
a. est une valeur continue.
b. est un entier non nul.
c. est un terme plus petit que $u(n + 1)$.

5. On suppose une évolution démographique linéaire.
a. La suite $u(n)$ représentant la population au palier de temps n est une suite représentative de l'évolution.
b. Sa fonction représentative est une fonction linéaire.
c. Le modèle linéaire suppose que les valeurs discrètes de la population sont les termes d'une suite arithmétique.

6. Le modèle exponentiel peut être un modèle pertinent :
a. si la variation absolue de la suite représentative est constante.
b. si la variation relative de la suite représentative est constante.
c. si la variation absolue de la suite représentative est proportionnelle à la valeur courante.

7. Les modèles suivants sont des modèles exponentiels :
a. le modèle de Malthus.
b. le modèle de Verhulst.
c. le modèle linéaire.

Entraînement

1 Production mondiale de riz

Calcul

Le tableau suivant représente la production mondiale de riz (en millions de tonnes) entre 1967 et 2017.

Année	1967	1977	1987	1997	2007	2017
Production	277	369	461	577	657	770

On modélise le nombre de millions de tonnes de riz produit au niveau mondial lors des années 1967 à 2017, de palier n, par une suite u de terme général $u(n)$.

QUESTIONS

1. Que vaut $u(0)$ et $u(3)$?

2. Déterminer la variation absolue. Conclure sur la pertinence d'un modèle linéaire pour l'évolution de la production mondiale de riz.

3. L'évolution de la production mondiale de riz peut-elle être modélisée par une croissance exponentielle ? Justifier.

4. En supposant une croissance exponentielle de la production de riz de 15 % à partir de 2017, en déduire la production en 2027.

2 Bilan de la population mondiale

Exploitation de documents, calcul

Le document ci-après présente un bilan de la population mondiale pour les périodes 1995-2000 et 2010-2015.

Doc. 1 Population, nombre de naissances et nombre de décès

Année	Population au 1er janvier (millions)
1995	5 692,353
2000	6 085,573
2010	6 842, 923
2015	7 219,431

	Nombre (millions)
Naissances entre 1995 et 2000	662,540
Naissances entre 2010 et 2015	687,060
Décès entre 1995 et 2000	269,320
Décès entre 2010 et 2015	310,550

Doc. 2 **Calcul du taux annuel de natalité et de mortalité**

Le taux annuel de natalité correspond au rapport qui suit :

$$\frac{\text{Nombre annuel moyen de naissances}}{\text{Population moyenne annuelle}}$$

Le taux annuel de mortalité correspond au rapport qui suit :

$$\frac{\text{Nombre annuel moyen de décès}}{\text{Population moyenne annuelle}}$$

QUESTIONS

1. Calculer les taux de natalité et de mortalité pour chacune des périodes. Commenter les résultats obtenus.

2. À partir de la population en 1995, en déduire la population mondiale en 2000. Comparer à la valeur réelle et commenter.

Quiz

1. Vrai. Le coefficient directeur d'une droite correspond à la valeur de la pente de la droite. Soit A et B deux points de la droite, dont les coordonnées respectives sont $A(x_A, y_A)$ et $B(x_B, y_B)$, alors la valeur de la pente est $p = \dfrac{y_B - y_A}{x_B - x_A}$.

2. Faux. Le terme $u(n + 1) = r \times u(n)$ est le terme au rang $n + 1$ d'une suite géométrique de raison r et non d'une suite arithmétique. Dans le cas de la suite arithmétique, on a $u(n + 1) = r + u(n)$.

3. Vrai. La variation relative est par définition entre deux termes consécutifs d'une suite : $\dfrac{u(n+1) - u(n)}{u(n)}$. Or $u(n + 1) - u(n)$ est la variation absolue. Finalement, la variation relative est le quotient de la variation absolue et du terme $u(n)$.

4. Vrai. Si la variation absolue est constante, alors la différence entre deux termes consécutifs est constante, soit $u(n + 1) - u(n) = r$. La suite est arithmétique, et l'ensemble des termes en fonction des paliers n appartient à une droite d'ordonnée à l'origine $u(0)$ et de pente r ou raison de la suite.

5. Faux. Dans le cas d'une variation absolue fortement variable, le modèle linéaire n'est plus pertinent.

6. Faux. Même si non exponentiel, le modèle de Verhulst n'est, par définition, pas un modèle linéaire.

Vérification des connaissances

1. a. et **b. Vrai.** Un modèle mathématique propose une loi mathématique représentative des données réelles et permet ainsi de prédire des valeurs dans la limite des hypothèses du modèle. Un modèle n'explique pas une réalité (**c.** Faux).

2. c. Vrai. Le coefficient directeur est la valeur de la pente de la droite. Il correspond au rapport entre la variation des ordonnées et la variation des abscisses de deux points de la droite (**b.** Faux). Ce rapport peut être nul pour une droite horizontale ou négatif dans le cas d'une décroissance (**a.** Faux).

3. **b. Vrai.** L'ordonnée à l'origine peut prendre toutes les valeurs possibles (**c.** Faux) et correspond, comme son nom l'indique, à l'ordonnée d'abscisse nulle (**a.** Faux).

4. **Aucune réponse n'est vraie.** Le terme $u(n)$ d'une suite indexée sur n est une valeur discrète (**a.** Faux), pas nécessairement entière (**b.** Faux). Par ailleurs, $u(n) < u(n+1)$ uniquement dans le cas d'une suite strictement croissante (**c.** Faux).

5. **a.** et **c. Vrai.** L'évolution démographique est représentée par un ensemble de valeurs dans le temps : cela correspond ainsi à une suite $u(n)$, terme dont la valeur est la population au palier de temps n. Le modèle linéaire est le modèle continu d'une suite arithmétique. En revanche, malgré le nom de ce modèle, la fonction représentative est une fonction affine dont l'ordonnée à l'origine n'est pas forcément nulle (**b.** Faux).

6. **b.** et **c. Vrai.** Les propositions **b.** et **c.** ont la même signification et correspondent à la définition du modèle exponentiel. Une variation absolue constante correspond en revanche à un modèle linéaire (**a.** Faux).

7. **a. Vrai.** Le modèle de Malthus est historiquement le premier modèle exponentiel. Celui de Verhulst est plus complexe qu'un modèle linéaire, sans être exponentiel (**b.** et **c.** Faux).

Entraînement

1 Production mondiale de riz

1. Pour $n = 0$, la production est $u(0) = 277$, correspondant au premier palier en 1967. Pour $n = 3$, l'année de production est 1997 ; on en déduit $u(3) = 577$.

2. Le tableau de l'énoncé peut être complété comme ci-après.

Année	1967	1977	1987	1997	2007	2017
n	0	1	2	3	4	5
Production $u(n)$	277	369	461	577	657	770
Variation absolue		92	92	116	80	113
Variation relative	33,2 %	24,9 %	25,2 %	13,9 %	17,2 %	

La variation absolue n'est pas une valeur constante, le modèle linéaire n'est donc pas pertinent.

3. À partir de 1967, la variation relative est récapitulée dans le tableau ci-avant. La variation relative n'est pas constante : la production mondiale de riz n'est pas une croissance exponentielle.

4. Dans le cas d'un modèle exponentiel dont la variation relative est de 15 %, on a $u(n+1) - u(n) = 0{,}15 \times u(n)$. Soit $u(n+1) = 1{,}15 \times u(n)$.
Pour la production de riz en 2027, on a :
pour $n = 6$, $u(6) = 1{,}15 \times u(5) = 1{,}15 \times 770 = 886$.

2 Bilan de la population mondiale

1. La population moyenne entre 1995 et 2000 est :

$$\frac{6\,085{,}573 + 5\,692{,}353}{2} = 5\,888{,}963 \text{ millions}$$

Le nombre annuel moyen de naissances entre 1995 et 2000, soit sur une période de 5 ans, est : $\frac{662{,}540}{5} = 132{,}508$ millions.

Le taux brut de natalité vaut alors : $\frac{132{,}508}{5888{,}963} = 0{,}022\,501\,07$, soit 22,5 ‰.

On procède de même pour le taux de mortalité et pour la seconde période.

Période	Taux de natalité (‰)	Taux de mortalité (‰)
1995-2000	22,5	9,1
2010-2015	19,5	8,8

Entre 1995 et 2015, les taux de natalité et de mortalité sont en baisse.

2. La population mondiale en 2000 est celle de 1995 augmentée du nombre annuel de naissances et diminuée du nombre annuel de décès, soit : $5\,692{,}353 + \frac{662{,}540}{5} - \frac{269{,}320}{5} = 5\,770{,}997$ millions au lieu de 6 085,573 millions en 2000. Le solde migratoire entre 1995 et 2000 n'est donc pas négligeable.

Piège à éviter
La population sur la période considérée est la moyenne entre les populations.

CHAPITRE 13

L'intelligence artificielle

1 Ordinateurs et traitement de l'information

De quoi s'agit-il ? **L'être humain n'a cessé d'accroître son pouvoir d'action sur le monde, utilisant son intelligence pour construire des outils et des machines. L'ancêtre des ordinateurs est né avec les cartes perforées assemblées en ruban dès le XVIIIe siècle. La machine de Turing, modèle abstrait de machine universelle, est matérialisée avec les premiers ordinateurs en 1945.**

1 Des cartes perforées au concept de Turing

• Le XVIIIe siècle voit l'apparition de cartes perforées, morceaux de papier rigide dans lesquels sont perforés un ensemble de trous. L'information, originellement destinée à la programmation d'un métier à tisser lyonnais, est représentée par l'absence ou la présence de trous sur la carte. Les cartes sont reliées entre elles comme un programme et constituent ainsi un ruban.

• Jusqu'au début du XXe siècle, les machines traitant l'information sont limitées à une ou quelques tâches prédéterminées comme :

– tisser grâce à un ruban ou des cartes perforées ;

– trier un jeu de cartes perforées ;

– séparer des cartes selon un critère ;

– sommer des valeurs indiquées sur ces cartes, etc.

• En 1936, Alan M. Turing a été le premier à proposer le concept de machine universelle. Initialement, il ne s'agissait pas, malgré son nom, d'une machine, mais bien d'un concept, d'un modèle abstrait de fonctionnement ou de procédure mécanique. En effet, la machine de Turing est la représentation d'une personne virtuelle qui exécute, étape par étape, des instructions conditionnées.

• Cette machine universelle a été matérialisée dix ans plus tard avec les premiers ordinateurs numériques comme l'ENIAC.

2 Un ordinateur : un processeur et une mémoire vive

• Un ordinateur est constitué *a minima* d'un processeur et d'une mémoire vive. La mémoire vive ou RAM (*Random Access Memory*) permet de stocker des informations temporaires de l'ordinateur venant du processeur. La transmission des données entre les différents composants de l'ordinateur se fait par l'intermédiaire de bus (**Doc.**).

• Le processeur est le « cerveau » de l'ordinateur. Aussi appelé CPU, il traite les données et exécute les instructions :

– les données comme les fichiers sons, textes et images sont préalablement numérisées avant traitement ;

– les programmes sont également des données : ils peuvent être stockés, transportés et traités ;

– un programme, écrit dans un langage de programmation tel que scratch, python, C, etc., peut être traduit en instructions spécifiques à chaque type de processeur.

• Dans notre vie de tous les jours, les ordinateurs sont de plus en plus présents : ordinateur portable, thermostat d'ambiance, smartphone, box internet, ordinateur de bord d'une voiture, etc.

Doc. **Schéma de principe d'un ordinateur**

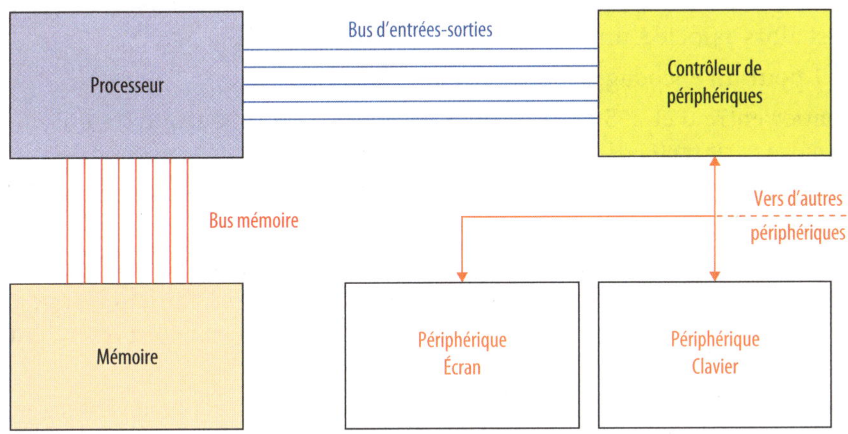

Vocabulaire

Carte perforée : morceau de papier rigide constitué de perforations ; ancêtre du programme informatique.

Machine de Turing : concept de machine virtuelle dans laquelle des instructions conditionnées sont exécutées.

Mémoire vive ou RAM : mémoire temporaire d'un ordinateur.

Processeur ou CPU : « cerveau » d'un ordinateur, indispensable à son fonctionnement, qui traite les données et exécute les instructions.

Bus informatique : dispositif de transmission des données informatiques entre deux composants d'un système.

2 Langages de programmation et code

De quoi s'agit-il ? **Les données comme les images, les textes et les sons sont encodées avant d'être transportées et stockées par un ordinateur. Les programmes traitant ces données ou les données elles-mêmes peuvent comporter un certain nombre d'erreurs, appelées bogues ou bugs, pouvant compromettre l'exécution du programme et/ou avoir des conséquences informatiques graves.**

1 Numérisation des données et encodage

- Les textes, sons et images sont numérisés sous forme de programmes. Ces derniers peuvent alors être considérés comme un ensemble de données pouvant être stocké, transporté et traité par des ordinateurs.
- Les données sont encodées sous la forme d'un ensemble de 0 (bit de poids faible) et de 1 (bit de poids fort). Un bit est ainsi la quantité minimale d'information ; il correspond au plus petit élément d'information stockable, transportable et traitable par un ordinateur.
- Une image est encodée après un découpage en pixels (*PICture Element*). Chaque pixel est alors associé à un nombre qui dépend du type d'encodage :

– 0 ou 1 pour un encodage en noir et blanc (**Doc. 1**) ;

– un entier entre 0 et 255 pour un niveau de gris, qui est ensuite traduit en un mot binaire écrit en 0 et 1 (**Doc. 2**) ;

– un triplet (R, V, B) de nombres entiers entre 0 et 255 pour un encodage en couleurs.

- Un texte est considéré comme un ensemble de caractères de l'encodage traduit en nombre, puis en mot binaire. On possède classiquement plusieurs standards dont Unicode ou ASCII (American Standard Code for Information Interchange, Code américain normalisé pour l'échange d'information).

Exemple : En ASCII, 128 caractères sont encodés par un mot binaire. La lettre A majuscule latine est par exemple encodée par 1000001 et la lettre a minuscule latine par 1100001.

- Un son est lui, échantillonné, puis quantifié avant d'être encodé.
- Certains fichiers informatiques sont des ensembles de données, mais d'autres sont des ensembles d'instructions appelés encore fichiers exécutables. Ces programmes peuvent utiliser d'autres fichiers de données ou d'autres exécutables.

2 Lignes de code et bugs

- Un programme peut comporter jusqu'à plusieurs centaines de millions de lignes de code, ce qui rend très probable la présence d'erreurs appelées bogues (ou bugs).

Ces erreurs peuvent conduire un programme à avoir un comportement inattendu et entraîner des conséquences graves.

Doc. 1 Codage binaire d'une tête de chat

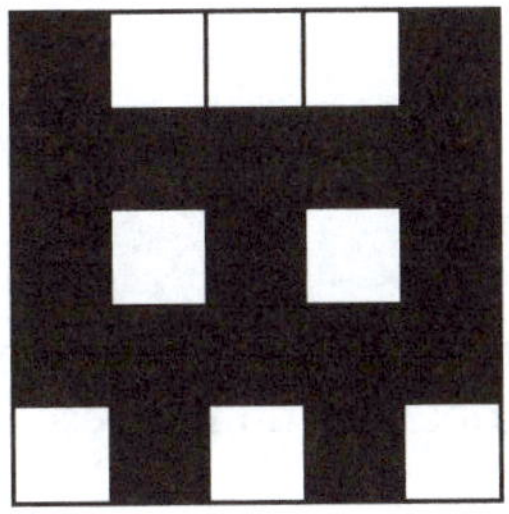

1000111111010111111101010

Doc. 2 Codage en niveaux de gris d'une image de fleur

48	49	46	42	44
110	79	54	47	48
190	192	190	153	99
150	166	189	203	183
131	140	145	161	165

La valeur 0 correspond au noir, et la valeur 255 correspond au blanc. Les valeurs intermédiaires correspondent à des niveaux de gris allant du noir au blanc. Le stockage en machine est ensuite effectué en codant les éléments du tableau sous forme binaire, c'est-à-dire à l'aide d'une suite de 0 et de 1.

Vocabulaire

Bit : élément binaire minimal d'information.

Pixel : noté px, élément minimal d'information d'une image.

Mot binaire : ensemble de 0 et de 1 à la suite codant pour une information.

Fichier exécutable : fichier contenant un programme et identifié par la machine.

Bug : erreur dans un programme.

3 Apprentissage machine

De quoi s'agit-il ? Aujourd'hui, l'intelligence artificielle (IA) permet l'accomplissement de tâches et la résolution de problèmes jusqu'ici réservés aux humains. Un champ de l'intelligence artificielle ayant permis des applications spectaculaires est celui de l'apprentissage machine.

1 Intelligence artificielle (IA)

● L'expression « intelligence artificielle » (IA) recouvre un ensemble de théories et de techniques qui traite de problèmes dont la résolution fait appel à l'intelligence humaine.

● À l'heure actuelle, l'intelligence artificielle est présente dans tous les domaines d'activité : santé, transports, industrie, commerce, finance, etc.

● Au niveau informatique, il s'agit de doter une machine d'algorithmes lui permettant d'acquérir des capacités d'analyse et de décision en s'adaptant intelligemment aux différentes situations qu'elle rencontre. Pour développer cette intelligence, la machine doit apprendre !

● Les exemples d'utilisation de l'intelligence artificielle dans la vie quotidienne sont nombreux :
- analyse de données orales ou écrites afin de répondre à des requêtes ou des besoins d'utilisateur : sur une plateforme Web ou par téléphone, en se basant sur la reconnaissance de texte, de la parole, des expressions du visage, un agent conversationnel ou *chatbot* peut entretenir une conversation en langage naturel pour gérer des relations clients ;
- prise de décision à partir d'un raisonnement type et d'une collecte d'informations : les médecins peuvent se faire assister pour proposer des traitements personnalisés de certains cancers à partir de la collecte de données multiples et complexes de leur patient ;
- détection en temps réel : les machines sont capables d'effectuer une reconnaissance des visages en temps réel ou de détecter des problèmes techniques permettant d'arrêter une production ;
- imitation et mimétisme de certains gestes : le geste humain pour vacciner des individus peut être reproduit à la perfection via une main robotisée.

2 Apprentissage automatique

● L'apprentissage machine (*machine learning*), encore nommé apprentissage automatique, utilise des programmes capables de s'entraîner à partir de données.

- À partir du repérage de tendances (corrélations, similarités) sur de très grands volumes de données (*big data*), en adaptant ses analyses et ses comportements et en fonction de l'expérience accumulée, l'apprentissage automatique permet de:
– créer ses propres connaissances;
– faire des prédictions;
– prendre des décisions sur d'autres données.

- Ces prédictions sont utilisées dans les domaines de la consommation d'énergie, de l'évolution du comportement d'une machine ou d'un bâtiment. Les règles prédictives qui en sont tirées ne sont que le résultat de ce qui a déjà eu lieu; ce ne sont pas des lois générales. La qualité et la représentativité des données d'entraînement sont essentielles pour la qualité des résultats. Les biais dans les données peuvent se retrouver amplifiés dans les résultats (**Doc.**).

3 Test de Turing

Le test de Turing a pour objectif de différencier une machine IA d'un humain. Il consiste à faire dialoguer A et B (IA ou humain) avec un humain C, ce dernier devant détecter qui, de A ou B, est l'IA. Le test est positif si C n'arrive pas à déterminer lequel est la machine.

Doc. **Apprentissage automatique**

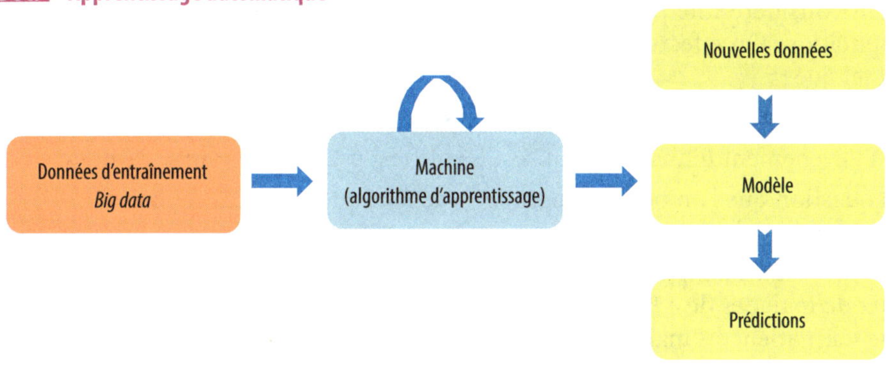

Vocabulaire

Intelligence artificielle (IA): système capable d'acquérir des capacités d'analyse et de décision à partir de situations qu'il rencontre.

Algorithme: ensemble d'opérations permettant de résoudre un problème, correspondant à un programme dans un langage choisi.

4 Inférence bayésienne

De quoi s'agit-il ? L'inférence bayésienne est une méthode de calcul de probabilités de causes à partir des probabilités de leurs effets.

1 Inférence bayésienne et diagnostic

- L'inférence bayésienne est utilisée en apprentissage automatique pour modéliser des relations au sein de systèmes complexes, notamment en vue de prononcer un diagnostic (médical, industriel, détection de spam, etc.). Cela permet de détecter une anomalie à partir d'un test imparfait.
- À partir d'un jeu de données, cette méthode permet de produire un tableau de contingence afin de calculer des fréquences de faux positifs, faux négatifs, vrais positifs, vrais négatifs.

Exemple : les jeux de données peuvent être issus d'un diagnostic médical fondé sur un test et on peut ainsi en déduire le nombre de personnes malades suivant leur résultat à un test médical.

- Si le jeu de données est de taille suffisamment grande (*big data*), la probabilité d'un événement est égale à sa fréquence.

2 Formalisation mathématique

- On considère une population dont un événement « E » touche x_E % de cette population. On effectue alors un test sur l'ensemble des individus et le résultat est tel que :

– si l'événement E est réalisé, alors le test est positif pour x_+ % des cas ;

– si l'événement E n'est pas réalisé, alors le test est négatif pour x_- % des cas.

La question que l'on peut se poser est : sachant que son test est positif, quelle est la probabilité de l'événement E ?

- Prenons un exemple. Soit la population française en phase épidémique avec un taux de malades de 4 %. Le test de dépistage produit par un laboratoire garantit que si le patient est malade, le test est positif à 99 % des cas et que si le patient n'est pas malade, le test est négatif à 97 % des cas.

L'événement E est alors « le patient testé est malade » avec $x_E = 4\ \% = 0{,}04$.

La probabilité que le test soit positif sachant que le patient est malade (événement E réalisé) est $x_+ = 99\ \% = 0{,}99$. La probabilité que le test soit négatif sachant que le patient n'est pas malade (événement E non réalisé) est $x_- = 97\ \% = 0{,}97$.

La question posée est : quelle est la probabilité qu'un patient soit malade, c'est-à-dire que l'événement E soit vrai, alors que son test est positif ?

Afin de répondre à la question, on utilise le formalisme mathématique probabiliste suivant :

– E un événement réalisé ; $\bar{E}$ un événement non réalisé ; T un test positif ; $\bar{T}$ un test négatif ;

– $P(E)$ la probabilité que l'événement soit réalisé ;

– $P(T|E)$ la probabilité de T sachant E, soit la probabilité d'avoir un test positif sachant que l'événement E est réalisé, par exemple.

La réponse à la question posée revient alors à calculer $P(E|T)$.

Dans le cas de l'épidémie ci-avant, on peut traduire l'énoncé par :

$P(E) = x_E = 0{,}04$; $P(T|E) = x_+ = 0{,}99$ et $P(\bar{T}|\bar{E}) = x_- = 0{,}97$.

3 Lois de probabilité et résolution du problème

- Les lois de probabilité nécessaires à la résolution du problème sont :

– le théorème de Bayes ou formule de probabilité des causes :

$$P(A|B) = \frac{P(B|A) \times P(A)}{P(B)}$$

– le théorème de la probabilité totale : $P(A) = P(A|B) \times P(B) + P(A|\bar{B}) \times P(\bar{B})$.

La somme des probabilités est de 100 % : $P(A) + P(\bar{A}) = 1$ et $P(A|B) + P(\bar{A}|B) = 1$.

- On montre ainsi que :

$$P(E|T) = \frac{P(T|E) \times P(E)}{P(T)} = \frac{P(T|E) \times P(E)}{P(T|E) \times P(E) + P(T|\bar{E}) \times P(\bar{E})}$$

avec $P(\bar{E}) = 1 - P(E)$ et $P(T|\bar{E}) = 1 - P(\bar{T}|\bar{E})$ soit :

$$P(E|T) = \frac{P(T|E) \times P(E)}{P(T|E) \times P(E) + (1 - P(\bar{T}|\bar{E})) \times (1 - P(E))} = \frac{1}{1 + \dfrac{(1 - P(\bar{T}|\bar{E})) \times (1 - P(E))}{P(T|E) \times P(E)}}$$

Dans le cas pratique qui nous intéresse ici, on a : $P(E|T) = 0{,}58$.

La probabilité d'être malade sans qu'un patient ait un test positif est de 58 %.

Vocabulaire

Faux positif : se dit d'un individu ayant un test positif, mais pour lequel l'événement n'est pas vérifié (n'est pas malade).

Vrai négatif : se dit d'un individu ayant un test négatif et pour lequel l'événement n'est pas vérifié (n'est pas malade).

RÉVISION EXPRESS

LES POINTS IMPORTANTS À RETENIR

- Jusqu'au début du XXe siècle, les machines traitant l'information sont limitées à une ou **quelques tâches prédéterminées** (tisser grâce à un ruban ou des cartes perforées, trier un jeu de cartes perforées, séparer des cartes selon un critère, sommer des valeurs indiquées sur ces cartes…). **Alan M. Turing** a été le premier à proposer le concept de machine universelle, matérialisé dix ans plus tard avec les **premiers ordinateurs**. Ceux-ci sont constitués *a minima* d'un **processeur** et d'une **mémoire vive**.
- Un ordinateur peut **manipuler des données** de natures diverses une fois qu'elles ont été **numérisées** : textes, images, sons. Les **programmes sont également des données** : ils peuvent être stockés, transportés et traités par des ordinateurs. En particulier, un programme écrit dans un langage de programmation de haut niveau (Python, Scratch…) peut être traduit en **instructions spécifiques** à chaque type de processeur.
- Un programme peut comporter jusqu'à plusieurs centaines de millions de lignes de code, ce qui rend très probable la présence d'erreurs appelées **bogues (ou bugs)**. Ces erreurs peuvent conduire un programme à avoir un **comportement inattendu** et entraîner des **conséquences graves**.
- Le terme « intelligence artificielle » (IA) recouvre un ensemble de théories et de techniques qui traite de **problèmes dont la résolution fait appel à l'intelligence humaine**. L'**apprentissage machine** (ou « apprentissage automatique ») utilise des programmes capables de s'entraîner à partir de données. Il exploite des méthodes mathématiques qui, à partir du repérage de tendances (corrélations, similarités) sur de **très grandes quantités de données** (*big data*), permettent de faire des prédictions ou de prendre des décisions sur d'autres données. La qualité et la représentativité des données d'entraînement sont essentielles pour **la qualité des résultats**. Les biais dans les données peuvent se retrouver amplifiés dans les résultats.
- L'**inférence bayésienne** est une méthode de calcul de probabilités de causes à partir des probabilités de leurs effets. Elle est utilisée en apprentissage automatique pour **modéliser des relations** au sein de systèmes complexes, notamment en vue de prononcer un diagnostic (médical, industriel, détection de spam…). Cela permet de détecter une anomalie à partir d'un test imparfait.

Vidéo

LES MOTS IMPORTANTS

- Algorithme
- Apprentissage automatique
- Bayes
- Bug
- Encodage
- Intelligence artificielle
- Machine de Turing
- Mémoire vive
- Ordinateur
- Processeur
- Programme

LE SCHÉMA IMPORTANT À RETENIR

Les cinq composantes de l'intelligence artificielle

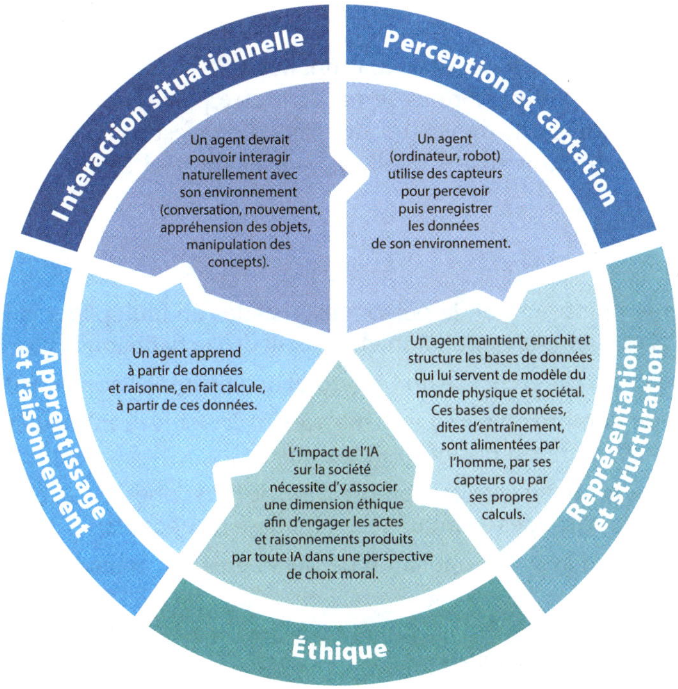

Quiz

1. Les cartes perforées sont les premiers supports de stockage de l'information.
☐ Vrai ☐ Faux

2. L'ordinateur numérique date de 1946.
☐ Vrai ☐ Faux

3. La RAM est le « cerveau » de l'ordinateur.
☐ Vrai ☐ Faux

4. Un patient faux positif a un test négatif mais est malade.
☐ Vrai ☐ Faux

5. Un bit est un groupe de 2 valeurs.
☐ Vrai ☐ Faux

6. Un bus informatique transmet les données.
☐ Vrai ☐ Faux

→ Réponses p. 221

Calculer le nombre de personnes malades suivant leur résultat à un test

ÉNONCÉ

Une maladie touche 0,2 % de la population. Les tests cliniques sur un échantillon représentatif de 10 000 personnes se révèlent être positifs dans 96 % des cas si l'on est malade et négatifs dans 90 % des cas si l'on n'est pas malade.
Le test de dépistage étant positif, quelle est la probabilité d'être vraiment malade ?

MÉTHODE

1. Calculer le nombre total de personnes malades en multipliant la fréquence de la maladie dans la population et l'effectif de l'échantillon test.
2. En déduire par différence le nombre total de personnes non malades.
3. À partir du nombre de personnes malades, calculer le nombre de personnes malades ayant un test positif (vrais positifs).
4. En déduire par différence au nombre total de personnes malades, le nombre de personnes malades ayant un test négatif (faux négatifs).
5. Faire de même avec la population de personnes non malades (faux positifs et vrais négatifs).
6. Récapituler les résultats dans un tableau, appelé tableau de contingence, et établir un arbre probabiliste.
7. Additionner les effectifs des vrais et les faux positifs pour avoir le nombre de personnes ayant un test positif.
8. En déduire la probabilité demandée en divisant le nombre de vrais positifs par le nombre précédent.

CORRIGÉ

1. La maladie touche 0,2 % de la population. Donc sur un effectif de 10 000 personnes testées, $0{,}002 \times 10\,000 = 20$ personnes sont malades.

Rappel

$0{,}2\,\% = \dfrac{0{,}2}{100} = 0{,}002.$

2. Cela signifie donc que :
$10\,000 - 20 = 9\,980$ personnes ne sont pas malades.

3. Les tests sont positifs pour 96 % des malades. Cela correspond donc à un effectif de vrais positifs de $0{,}96 \times 20 = 19$ personnes.

4. La différence permet de déterminer le nombre de faux négatifs, soit $20 - 19 = 1$.

Réflexe à avoir

Bien faire attention au nombre de chiffres significatifs des résultats obtenus.

5. Par le même raisonnement, on obtient :

– le nombre de vrais négatifs : $9\,980 \times 0{,}90 = 8\,982$ personnes ;

– le nombre de faux positifs : $9\,980 - 8\,982 = 998$ personnes.

6. On rassemble les résultats obtenus dans un tableau de contingence :

Nombre de personnes sur 10 000	Test positif	Test négatif	Total
Malades	19	1	20
Non malades	998	8 982	9 980
Total	1 017	8 983	10 000

Réflexe à avoir

Vérifier que : nombre total des malades + non malades = tests positifs + tests négatifs = 10 000.

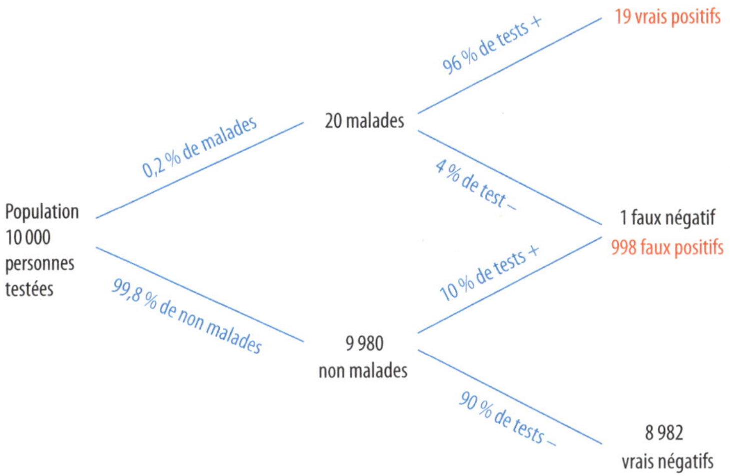

7. Le nombre de personnes ayant un test positif est 19 (malades) + 998 (non malades), soit 1 017 personnes.

8. Le nombre de vrais positifs est de 19. On en déduit que la probabilité d'être malade en ayant un test positif est de $\frac{19}{1\,017} = 0{,}019$ ou 1,9 %.

Vérification des connaissances

Pour chaque question ou affirmation, il y a entre 0 et 3 bonnes réponses.

1. Dans une carte perforée, l'information est :
a. binaire.
b. codée par des trous.
c. éphémère.

2. La machine de Turing :
a. correspond à un concept et n'a pas réellement existé.
b. exécute un ensemble d'instructions simples.
c. date de la seconde guerre mondiale.

3. Un ordinateur :
a. possède une mémoire pour stocker l'information.
b. est un ensemble au minimum constitué d'un processeur et d'une mémoire.
c. transmet des informations par l'intermédiaire de bus informatiques.

4. Le processeur d'un ordinateur :
a. traite les données.
b. stocke les informations.
c. exécute les instructions.

5. Le codage d'une image :
a. utilise un standard de type ASCII ou Unicode.
b. est différent suivant que l'image est en noir et blanc ou en couleurs.
c. nécessite un découpage en pixels.

6. Dans notre vie quotidienne, l'intelligence artificielle est présente dans les processus :
a. d'envoi de mails.
b. de lecture d'une vidéo.
c. de reconnaissance faciale.

7. Dans la situation d'une population testée en phase épidémique, un vrai négatif est un patient :
a. malade, mais dont le test est négatif.
b. non malade, mais dont le test est négatif.
c. non malade, mais dont le test est positif.

Entraînement

1 Taille d'un fichier audio

Calcul

Un enregistrement sonore du *Boléro* de Maurice Ravel de 18 minutes et 47 secondes est numérisé et stocké sur un CD en 16 bits et en stéréo. La fréquence d'échantillonnage est de $f_e = 44{,}1$ kHz.
Calculer la taille du fichier non compressé.

2 Code binaire pour un caractère ASCII

Exploitation de document et calcul

Doc. Conversion de la base 10 vers la base 2

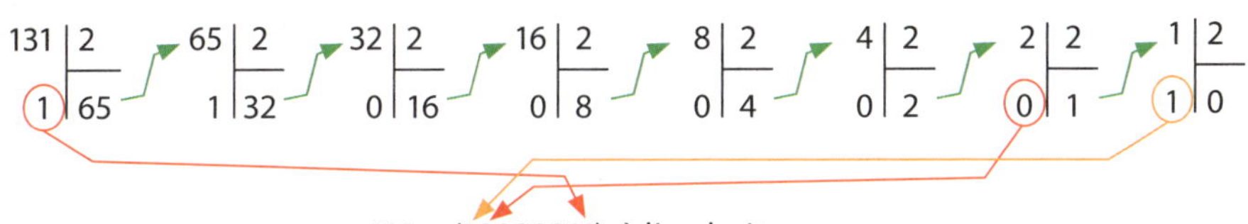

$131 = (10000011)_2$ à l'endroit

Le nombre 131 en base 10 est codé 10000011 en binaire ou base 2.

La lettre latine capitale Y est le caractère 89 du standard ASCII.
En utilisant le document tutoriel donnant la correspondance entre le nombre 131 (base 10) et le nombre 10000011 (base 2), montrer que le code binaire ASCII de la lettre Y est 1011001, c'est-à-dire que 89 en base 10 correspond bien à 1011001 en base 2.

3 Exemple d'utilisation de l'intelligence artificielle

Exploitation de document

Doc. Identifier précocement la schizophrénie

Une collaboration internationale de chercheurs en psychiatrie, pilotée par une équipe de NeuroSpin, a démontré qu'il est possible d'identifier une signature neuro-anatomique de la schizophrénie[1], reproductible dans les différents sites d'acquisition des images et pour les différentes étapes d'évolution de la maladie, avec des algorithmes de *machine learning*.

L'imagerie par résonance magnétique (IRM) [...] est utilisée pour identifier les changements de l'anatomie cérébrale associés au développement de la schizophrénie. Mais les statistiques classiques ne permettent pas de détecter, à partir des images, des

« patterns[2] » globaux d'anomalies, ni de fournir une prédiction à l'échelle individuelle, ce qui constitue une limite dans la perspective d'une médecine personnalisée. Ces limitations pourraient être levées par les algorithmes de *machine learning* qui « apprennent du passé pour prédire l'avenir ».

À partir d'une cohorte de patients pour lesquels on dispose à la fois de l'imagerie initiale et de l'évolution clinique, ces algorithmes apprendraient un motif cérébral global, ou « signature » pronostique de cette évolution. La signature serait ensuite appliquée à l'imagerie d'un nouveau patient afin d'obtenir une prédiction de son évolution, à prendre en compte dans la stratégie thérapeutique du clinicien. Jusqu'à présent, cependant, ces algorithmes avaient encore une portée limitée, car conduisant à des signatures peu interprétables et peu reproductibles. En outre, ni le stade de la maladie et ni l'effet de traitements n'étaient pris en compte. Dans le travail piloté par une équipe de NeuroSpin, les chercheurs ont utilisé ces récents développements en *machine learning* pour intégrer un *a priori* biologique dans l'identification de la signature prédictive afin d'améliorer son interprétabilité et sa reproductibilité.

[...] Cette étude démontre l'existence d'une signature neuro-anatomique commune à une majorité de patients souffrant de schizophrénie, qui est déjà présente dès le début de la maladie. Elle ouvre ainsi des perspectives de détection et de prise en charge précoces de personnes à risque de transition psychotique et d'évolution vers la schizophrénie.

Édouard Duchesnay, *Les clefs du CEA*, n° 69, novembre 2019.

1. Schizophrénie : maladie psychiatrique caractérisée par un ensemble de symptômes très variables. Les plus impressionnants sont les délires et les hallucinations, mais les plus invalidants sont le retrait social et les difficultés cognitives.
2. Pattern : synonyme de modèle, structure, motif, type.

QUESTIONS

1. Dans quel domaine les chercheurs de la collaboration NeuroSpin travaillent-ils ?

2. Définir les trois mots soulignés dans le texte.

3. Quelles sont les limites des analyses actuelles concernant le diagnostic de la schizophrénie ?

4. Expliquer en quelques phrases la contribution de l'intelligence artificielle.

QuiZ

1. Vrai. Les cartes perforées codent et stockent l'information avec des bits de valeur de type présence de trou/absence de trou.

2. Vrai. Le premier ordinateur numérique date de 1946. L'ENIAC a été inventé par J. Presper Eckert et John Mauchly à l'Université de Pennsylvanie. Construit à partir de 1943, il n'a été achevé qu'en 1946.

3. Faux. La RAM est la mémoire vive d'un ordinateur. Son « cerveau » est le processeur.

4. Faux. Un faux positif est un patient qui a un test positif, mais qui n'est pas malade.

5. Faux. Un bit est une seule valeur parmi deux valeurs possibles, par exemple 0 ou 1, noir ou blanc, etc.

6. Vrai. Un bus informatique permet de transmettre des données d'un élément à un autre d'un système informatique.

Vérification des connaissances

1. a. et **b. Vrai.** Une carte perforée code une information binaire par un trou ou une absence de trou. L'information existe pendant toute la durée de la carte qui permet aussi de la stocker (**c.** Faux).

2. a. Vrai. La machine de Turing est un concept daté de 1936 (**c.** Faux). Elle correspond à la procédure exécutée par une personne virtuelle. Les instructions ne sont pas simples mais conditionnées par l'endroit où l'on se trouve dans la procédure (**b.** Faux).

3. a., b. et **c. Vrai.** Toutes les réponses sont correctes. Un ordinateur est au minimum un processeur et une mémoire vide pouvant stocker les données. Ces dernières s'échangent entre les différents éléments par des bus informatiques.

4. a. et **c. Vrai.** Le processeur d'un ordinateur exécute des instructions et traite les données sans les stocker (**b.** Faux).

5. b. et **c. Vrai.** Une image est découpée en éléments d'image appelés pixels. Chaque pixel est encodé suivant qu'il correspond à une information binaire noir/blanc ou en niveaux de gris ou encore en couleurs. Les standards ASCII ou

Unicode sont des standards pour encoder des caractères, éléments constitutifs d'un texte (**a.** Faux).

6. c. Vrai. L'intelligence artificielle est présente dans les processus complexes comme la reconnaissance faciale. L'envoi de mails ou la lecture d'une vidéo sont simplement du ressort d'exécutables (**a.** et **b.** Faux).

7. b. Vrai. Un vrai négatif est un patient ayant un test négatif qui est effectivement sain. Un malade dont le test est négatif est un faux négatif (**a.** Faux) et un non malade dont le test est positif est un faux positif (**c.** Faux).

> **À retenir**
> Le mot « vrai » est employé lorsque le test et l'état du patient sont en accord logique, et le mot « négatif » lorsque le test est négatif.

Entraînement

1 Taille d'un fichier audio

La taille de l'enregistrement est égale à :

$$\text{Taille} = f_e \times r \times N \times \Delta t$$

Taille = 44,1 × 10³ × 16 × 2 × 1 127 = 1,59 × 10⁹ bits.

En octets, on obtient donc : $\text{Taille} = 1{,}59 \times \frac{10^9}{8} = 1{,}99 \times 10^8$ octets = 199 Go.

Le *Boléro* de Ravel, enregistré en stéréo sur un CD 16 bits avec une fréquence d'échantillonnage de 44,1 kHz, a une taille d'**environ 200 Go**.

> **Rappel**
> Le signal diffusé en stéréo nécessite deux canaux différents.

> **Rappel**
> 1 octet = 8 bits.

2 Code binaire pour un caractère ASCII

La lettre latine capitale Y est le caractère 89 du standard ASCII. En utilisant la méthode proposée dans le document, on obtient :

89	2	44	2	22	2	11	2	5	2	2	2	1	2
1	44	0	22	0	11	1	5	1	2	0	1	1	0

1001101 à l'envers → 1011001 à l'endroit

La méthode consiste à enchaîner les divisions par 2 et à renseigner le reste de chaque division (en rouge).

> **À retenir**
> Les divisions à effectuer sont des divisions par la base dans laquelle on souhaite écrire le résultat : ici, l'écriture binaire étant une écriture en base 2, les différents résultats sont à diviser par 2.

La condition d'arrêt de la méthode est l'obtention d'un « 0 » en résultat de division.

Le nombre recherché en base 2 correspond à la concaténation des restes de division (0 ou 1) en partant de la dernière division effectuée vers la première.

À retenir

En informatique, concaténer signifie mettre bout à bout ou accoler.

3 Exemple d'utilisation de l'intelligence artificielle

1. Les chercheurs de la collaboration NeuroSpin travaillent dans le domaine de la santé et en particulier dans celui de la neurologie.

2. Les mots à définir sont :
– cohorte : ensemble d'individus présentant un ensemble de caractères communs dont l'étude dans le temps repose sur la collecte d'un certain nombre de données les concernant ;

– algorithme : suite d'instructions à mettre en œuvre afin de résoudre un problème donné ou d'exécuter une tâche complexe ;

– signature : ensemble de données résultant d'examens et caractéristique d'une maladie. Lorsqu'elles sont réunies, ces données permettent de poser un diagnostic de la maladie.

3. Les outils actuels sont en particulier des outils d'imagerie médicale comme la RMN. Les statistiques classiques ne permettent pas de conclure, à partir d'un ensemble de résultats communs, à un diagnostic fiable et personnalisé.

4. Le recours à l'intelligence artificielle permet, à partir de données de la cohorte de départ (données d'entraînement) et de la connaissance de l'évolution de chaque patient, de proposer un modèle pour établir le diagnostic de la schizophrénie. Le modèle est ensuite appliqué à un nouveau patient, permettant ainsi un bouclage et donc des améliorations du modèle lui-même.

Cahier spécial contrôle continu

LE CÔNTROLE CONTINU

■ Les évaluations ont **lieu tout au long de l'année scolaire**. Elles peuvent être constituées d'un ou de plusieurs exercices, portant sur **un ou plusieurs thèmes du programme**.

■ Les évaluations peuvent porter sur une ou plusieurs disciplines. En effet, les trois disciplines étudiées dans l'enseignement scientifique sont la **physique-chimie**, les **SVT** et les **mathématiques**. Suivant les établissements scolaires, ces trois disciplines sont enseignées par :
– trois professeurs différents (de physique-chimie, de SVT et de mathématiques) ;
– deux professeurs différents, souvent de physique-chimie et de SVT (le professeur de physique-chimie enseigne dans ce cas la physique-chimie et les mathématiques) ;
– un seul professeur (de physique-chimie, de SVT ou de mathématiques), qui enseigne les trois disciplines.

■ Lors des évaluations, **l'usage de la calculatrice peut être autorisé, ou non**.

■ Toute formulation des questions est envisageable, de la question ouverte jusqu'au questionnaire à choix multiples.

■ Les évaluations portent sur les compétences suivantes :
– exploiter des documents ;
– organiser, effectuer et contrôler des calculs ;
– rédiger une argumentation scientifique.

Sujet 1

SVT et Physique-Chimie

EXERCICE 1 [10 pts]

L'homme de Florès

En 2003, la découverte des restes fossiles de plusieurs individus sur l'île de Florès, en Indonésie, donne jour à une nouvelle espèce, *Homo floresiensis*, l'« Homme de Florès ». La particularité de ces fossiles réside dans leur très petite taille, aussi leur place dans l'arbre phylogénétique des Hominidés fait-elle débat.

PARTIE 1 Un représentant du genre *Homo*

Doc. 1 Caractéristiques du fossile nommé LB1 (une femelle adulte) trouvé sur l'île de Florès

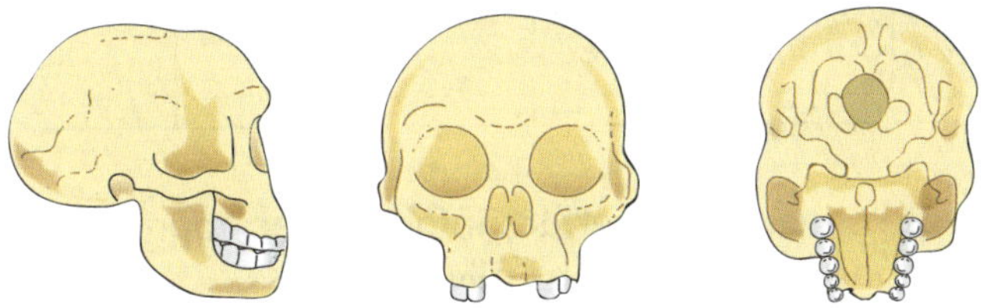

Volume crânien : 380 à 530 cm^3. Boîte crânienne épaisse.
Taille : entre 1,06 et 1,20 m.
La comparaison de trois os du poignet de l'Homme de Florès (le scaphoïde, le trapézoïde et le capitatum) avec ceux de l'Homme moderne, de l'Homme de Néandertal, de l'Australopithèque et du Chimpanzé montre une ressemblance avec les os de singes.

D'après Matthew Tocheri du Muséum d'histoire naturelle de Washington, 2007.

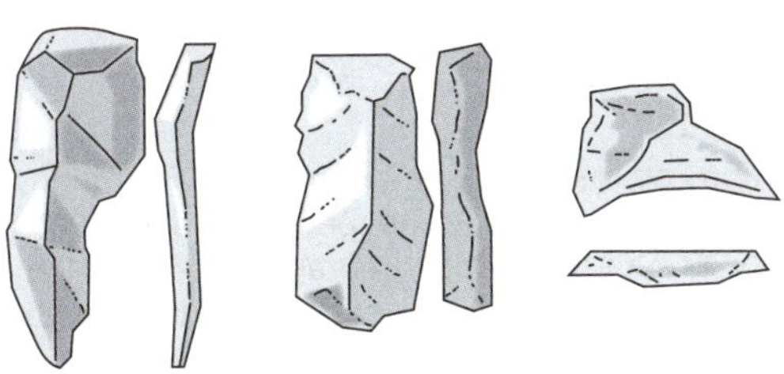

Outils associés : lames, grattoirs et poinçons (face et profil)

Doc. 2 Données relatives à *Australopithecus*, *Homo erectus* et *Homo sapiens*

	Australopithecus	*Homo erectus*	*Homo sapiens*
Forme et volume du crâne	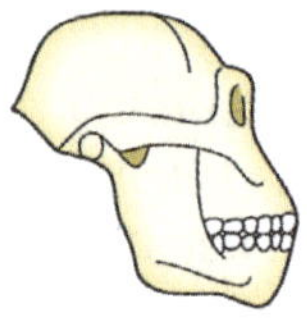 400 cm³	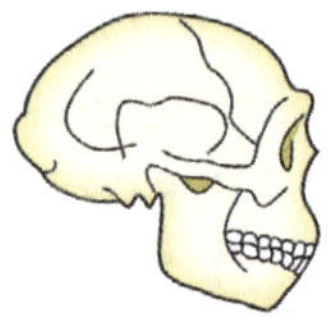 800 à 1 200 cm³	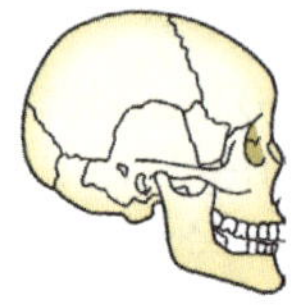 1 300 à 1 500 cm³
Position du trou occipital	Intermédiaire	Avancé	Avancé
Taille adulte	1,05 à 1,30 m	1,55 à 1,65 m	1,60 à 1,80 m
Outils produits	Aucune fabrication d'outils de pierre avérée	Bifaces	Outils variés

À partir de vos connaissances et des informations apportées par les **documents 1** et **2**, répondre aux questions suivantes.

1. Dégager les caractéristiques du genre *Homo*.
2. Justifier que l'Homme de Florès appartient au genre *Homo*.
3. Donner des arguments pour justifier que l'Homme de Florès peut être considéré comme une espèce à part entière.

PARTIE 2 Place de l'Homme de Florès dans l'arbre phylogénétique de la lignée humaine

Doc. 3 La datation de l'Homme de Florès

Les premières datations du fossile LB1 de l'Homme de Florès lui avaient attribué un âge de – 18 000 ans. Elles furent par la suite réévaluées à – 50 000 ans.
En 2014, un morceau de mandibule s'apparentant à celle de l'Homme de Florès a été trouvé dans une autre grotte de la même île. La datation de cette mandibule lui attribue un âge de – 700 000 ans. Enfin, une étude phylogénétique fondée sur l'analyse de 133 caractères sur des restes de crânes et de dents conclut qu'il s'agirait d'une espèce très ancienne, apparue il y a plus de 1,75 million d'années, apparentée à *Homo habilis*.

Doc. 4 Arbre phylogénétique de la lignée humaine

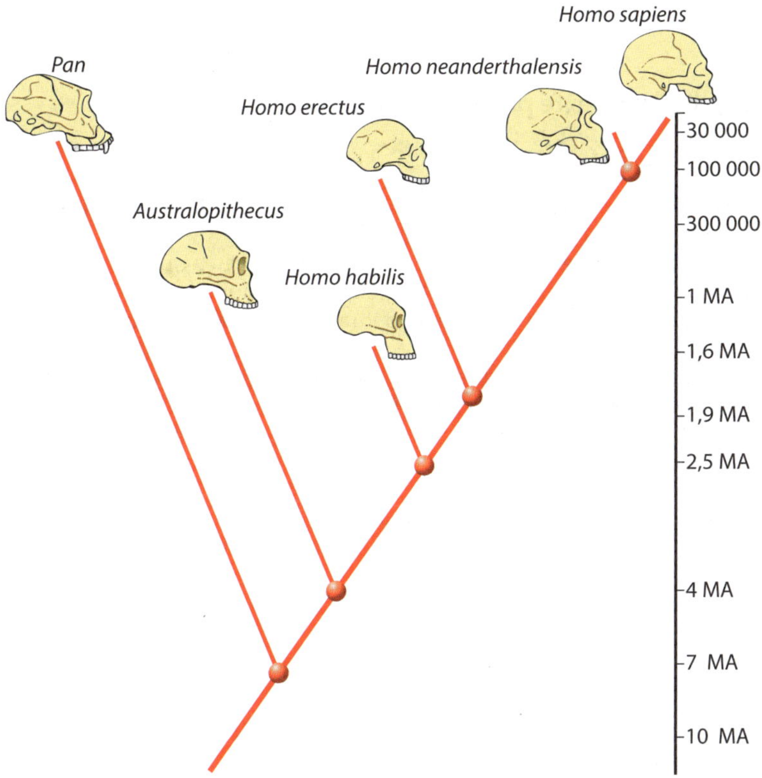

À partir de vos connaissances et des informations apportées par les **documents 3** et **4**, répondre aux questions suivantes.

4. Expliquer pourquoi les premières datations de l'Homme de Florès ont pu conduire à penser qu'il s'agissait d'une forme naine de l'Homme moderne.

5. À partir du **document 4**, expliquer pourquoi l'Homme moderne est plus proche parent de l'*Homo erectus* que de l'Homme de Florès.

6. L'Homme de Florès présente à la fois des caractères évolués et des caractères primitifs. Expliquer ce fait.

EXERCICE 2 [10 pts]

Énergie électrique

PARTIE 1 Électricité produite par une éolienne

Doc. 1 Fonctionnement d'une éolienne

L'énergie produite par une éolienne dépend de sa vitesse, de la régularité de rotation et de la surface de ses pales.

La vitesse de rotation de l'hélice est de 12 à 15 tours/min, ce qui n'est pas suffisant à un alternateur pour fonctionner correctement. Un multiplicateur de vitesse est donc placé juste avant l'alternateur pour augmenter la vitesse de rotation à environ 1 500 tours/min.

Le vent est par définition variable. Aussi, pour maintenir une vitesse de rotation constante, il faut que les pales captent le mieux possible le vent.

Pour cela, un calculateur est intégré dans la nacelle pour orienter l'hélice perpendiculairement à la direction du vent [et] modifier l'angle d'orientation des pales par rapport au vent.

Plus les pales ont de surface, plus l'énergie produite est importante. Les éoliennes sont donc de plus en plus grandes. En contrepartie, cela alourdit le poids de l'hélice qui du coup, tourne moins vite.

Les technologies actuelles, issues de l'aérospatiale, ont permis des gains de poids importants pour résoudre ce problème.

D'après www.edf.fr

On se propose d'étudier certains éléments constitutifs d'un réseau éolien autonome simplifié.

Doc. 2 Réseau éolien autonome simplifié

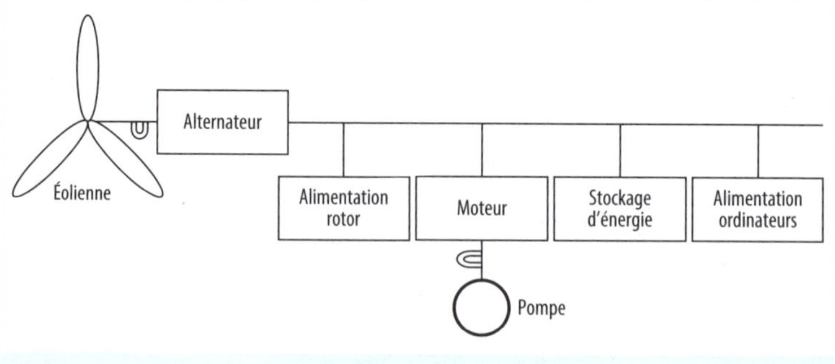

Les pales de l'éolienne entraînent le rotor d'un alternateur qui alimente un réseau électrique 400 V sur lequel sont branchés l'alimentation du rotor de l'alternateur, un moteur associé à une pompe, une unité de stockage d'énergie et l'alimentation des ordinateurs.
On suppose que l'alternateur tourne à la vitesse constante $n_s = 1\,000$ tr·min^{-1} et qu'il délivre des tensions sinusoïdales de fréquence $f = 50$ Hz. Sur la plaque signalétique de l'alternateur, on peut ainsi lire : 8,0 kVA ; 400 V ; 50 Hz.
On supposera que les pales de l'éolienne tournent 80 % du temps et que le rendement de l'alternateur est $\eta = 90$ %.

1. Quelle conversion d'énergie un alternateur réalise-t-il ?

2. Combien de paires de pôles le rotor de l'alternateur doit-il constituer ? Justifier.

3. À quelle grandeur correspond l'indication 8,0 kVA ? Quelle est l'unité usuellement utilisée pour cette grandeur ?

4. Calculer l'énergie mécanique, exprimée en kWh, produite par les pales de l'éolienne en une journée de fonctionnement. Justifier.

La fiche signalétique du moteur alimenté par l'alternateur et entraînant la pompe est la suivante.

Doc. 3 Fiche signalétique simplifiée du moteur

Puissance nominale : 1,4 kW.
Tension d'alimentation : 400 V.
Intensité nominale : 2,6 A.

5. Définir le rendement du moteur au point de fonctionnement nominal et le calculer.

6. Sachant que ce type de moteur a un rendement compris entre 55 % et 85 %, commenter.

PARTIE 2 Le solaire thermique

D'après sujet de Baccalauréat STI2D, Antilles, septembre 2017

Doc. 4 Fonctionnement d'un panneau solaire

[...] des tuyauteries de couleur sombre (absorbeur), intégrées dans des panneaux emprisonnant l'énergie grâce à un vitrage et une isolation adaptés, transmettent à l'eau (circuit direct) ou au liquide caloporteur (circuit à échangeur) qu'elles contiennent la chaleur absorbée.

Le vitrage laisse pénétrer la lumière solaire et minimise les pertes par rayonnement infrarouge de l'absorbeur en utilisant l'effet de serre tout en limitant les pertes de chaleur avec l'air ambiant. Le capteur solaire est d'autant plus performant que le revêtement de l'absorbeur aura un coefficient d'absorption élevé et un coefficient d'émission faible. [...] Un ballon d'eau chaude accumule et préserve cette eau chaude, puis la restitue à la demande.

D'après http://seme.cer.free.fr

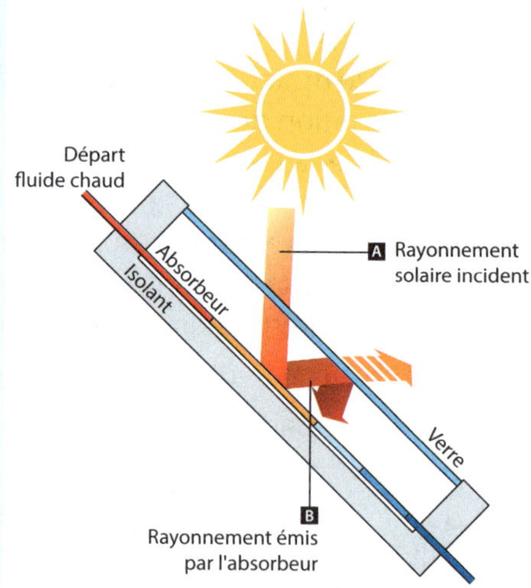

Doc. 5 Production d'eau chaude par un panneau solaire thermique

Un panneau solaire thermique est décrit de manière simplifiée comme une boîte noire mate isolée, coiffée d'une vitre. À l'intérieur se trouve un serpentin de même couleur à travers lequel circule un fluide caloporteur avec un débit modulable. Le rayonnement solaire absorbé par le panneau chauffe le liquide caloporteur.

7. Expliquer pourquoi le corps du panneau est noir mat.

8. En s'appuyant sur le **document 4**, justifier la nécessité de la vitre transparente. Préciser la nature du rayonnement piégé dans l'absorbeur.

9. Quel est l'intérêt d'un circuit en serpentin (**Doc. 5**) pour le fluide caloporteur ?

10. Compléter le schéma du diagramme énergétique du panneau solaire thermique avec les mots « rayonnante » ou « thermique ». Préciser si les énergies citées après le panneau sont utiles ou perdues.

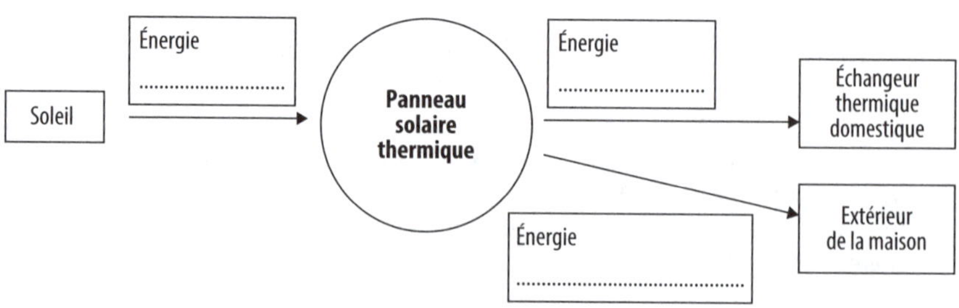

CORRIGÉ

Exercice 1 L'homme de Florès

PARTIE 1 : Un représentant du genre *Homo*

1. Les représentants du genre *Homo* se caractérisent par une face plate (avec une absence de prognathisme) et une bipédie permanente autorisée notamment par un trou occipital avancé. Ils présentent une capacité crânienne élevée (entre 800 et 1 500 cm^3) et une taille adulte supérieure à 1,55 m. Enfin, ils produisent et utilisent des outils.

> **À savoir**
> Tous les représentants de la lignée humaine se caractérisent par une bipédie permanente, mais elle est imparfaite chez les Australopithèques.

2. L'Homme de Florès présente un faible prognathisme et un redressement de la face, et la forme globale de son crâne est proche de celle des représentants du genre *Homo*. Son trou occipital central témoigne d'une bipédie véritable. Enfin, la présence d'outils sophistiqués associés à ses restes permet de considérer que l'Homme de Florès appartient au genre *Homo*.

3. Du fait de son faible volume crânien, de sa petite taille et de ses outils sophistiqués, l'Homme de Florès pourrait s'interpréter comme une forme naine d'*Homo sapiens*. Toutefois, la forme des os du poignet semble exclure cette hypothèse.

> **Réflexe à avoir**
> Il faut interpréter la présence de caractères archaïques comme invalidant cette hypothèse.

PARTIE 2 : Place de l'Homme de Florès dans l'arbre phylogénétique de la lignée humaine

4. L'âge des fossiles estimé à – 18 000 ans a fait supposer qu'il s'agissait d'une forme d'*Homo sapiens*. En effet, à cette époque, seule cette espèce subsistait, l'Homme de Néandertal ayant disparu environ 10 000 ans plus tôt.

5. L'Homme de Florès serait finalement une espèce apparentée à *Homo habilis*. Or *Homo sapiens* et *Homo erectus* partagent un ancêtre commun exclusif qu'ils ne partagent pas avec *Homo habilis*. Ils ont donc une parenté plus étroite entre eux qu'avec *Homo habilis*.

6. La lignée humaine se caractérise par une évolution buissonnante. Chaque espèce présente une mosaïque de caractères qui évoluent indépendamment à des vitesses différentes.

Exercice 2 Énergie électrique

PARTIE 1 : Électricité produite par une éolienne

1. L'alternateur transforme l'énergie mécanique fournie par l'arbre de l'éolienne en énergie électrique.

2. Le rotor de l'alternateur tourne à une vitesse constante $n_s = 1\,000$ tr·min^{-1}. En faisant la conversion en tr·s^{-1}, on obtient alors une fréquence mécanique de :

$n_s = \frac{1\,000}{60} = 16{,}67$ tr·s^{-1} $= 16{,}67$ Hz.

À retenir

Les tours par seconde (tr·s^{-1}) sont homogènes à des hertz (Hz).

En comparant à la fréquence électrique, on en déduit le nombre N de pôles du rotor nécessaires à l'alternateur pour fournir une tension électrique de $f = 50$ Hz :

$$N = \frac{f}{n_s}$$

$$N = \frac{50}{16{,}67} = \frac{50 \times 60}{1\,000} = 3.$$

Le rotor de l'alternateur doit donc posséder 3 pôles.

3. L'unité VA (volt-ampère) correspond à l'unité d'une tension U multipliée par celle d'une intensité I. La grandeur correspondante est donc le produit d'une tension par une intensité, soit une puissance :

$$P = U \times I$$

La puissance s'exprime usuellement en watts de symbole W. L'indication correspond donc à la puissance délivrée par l'alternateur de l'éolienne, soit $P = 8{,}0$ kW.

Gagnez des points !

À partir de l'unité VA, retrouver l'opération sur les grandeurs IU et identifier la grandeur résultante $P = IU$.

4. L'alternateur fournit une puissance $P = 8{,}0$ kW correspondant à 90 % de la puissance délivrée par les pales de l'éolienne :

$$P_{\text{alternateur}} = \eta \times P_{\text{éolienne}}$$

On en déduit la puissance fournie par l'éolienne :

$$P_{\text{éolienne}} = \frac{P_{\text{alternateur}}}{\eta}$$

$$P_{\text{éolienne}} = \frac{8{,}0}{0{,}90} = 8{,}9 \text{ kW}.$$

Or l'éolienne fonctionne uniquement 80 % du temps. On en déduit que la durée de fonctionnement de l'éolienne en une journée est de : $\Delta t = 0{,}80 \times 24 \text{ h} = 19{,}2 \text{ h}$.

Réflexe à avoir

Prendre en compte les différents rendements horaire et en puissance.

L'énergie mécanique produite par l'éolienne est :

$$E_{\text{m éolienne}} = P_{\text{éolienne}} \times \Delta t$$

$$E_{\text{m éolienne}} = \frac{8{,}0}{0{,}90} \times 0{,}80 \times 24 = 8{,}9 \times 19{,}2 = 171 \text{ kWh}.$$

5. Le rendement d'un récepteur est le rapport entre la puissance utile et la puissance absorbée :

$$\eta_{\text{moteur}} = \frac{P_{\text{utile}}}{P_{\text{absorbée}}}$$

avec η sans unité et les puissances exprimées toutes les deux en watts.

Dans le cas présent, la puissance absorbée est celle délivrée par l'alternateur, encore appelée « Puissance nominale » de fonctionnement sur la fiche signalétique. La puissance utile est :

$$P_{\text{utile}} = U \times I$$

avec U la tension d'alimentation du moteur, soit $U = 400$ V délivrée par l'alternateur, et I l'intensité du courant nécessaire au fonctionnement du moteur, soit $I = 2{,}6$ A.

Finalement, le rendement est :

$$\eta_{\text{moteur}} = \frac{P_{\text{utile}}}{P_{\text{absorbée}}} = \frac{UI}{P_{\text{absorbée}}}$$

$$\eta_{\text{moteur}} = \frac{400 \times 2{,}6}{1{,}4 \times 10^3} = 0{,}74 \text{ ou } 74\ \%.$$

6. On trouve bien un résultat compris dans l'intervalle de rendement proposé :

$$55\ \% < \eta_{\text{moteur}} < 85\ \%$$

La moyenne étant autour de 70 %, on peut penser que le moteur est un appareil d'efficacité raisonnable.

PARTIE 2 : Le solaire thermique

7. La couleur noire d'un objet est due à « un coefficient d'absorption élevé et un coefficient d'émission faible », d'après le **document 4**. Le panneau solaire absorbe donc une très grande partie du rayonnement solaire qu'il reçoit.

> **Réflexe à avoir**
> Le noir correspond à une absorption maximale, contrairement au blanc.

8. Le vitrage transparent laisse passer la lumière reçue ou « rayonnement solaire incident » et il « minimise les pertes par rayonnement infrarouge de l'absorbeur en utilisant l'effet de serre » : le rayonnement piégé est donc un rayonnement infrarouge.

9. Une structure en serpentin augmente la surface de contact entre le fluide caloporteur et le rayonnement infrarouge.

10. Les énergies rayonnantes (IR) vers l'extérieur sont perdues, alors que l'énergie thermique est utile.

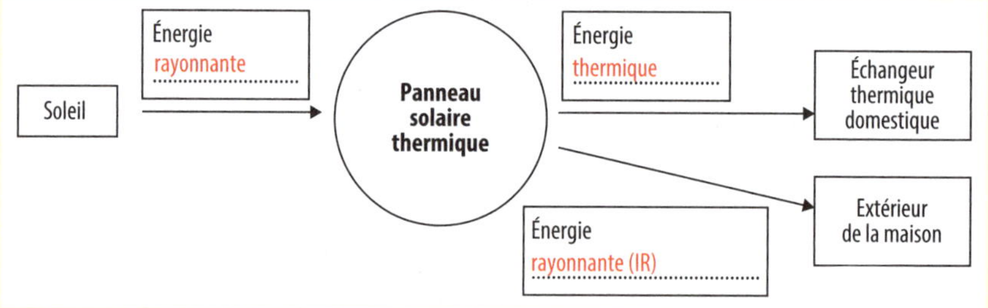

Sujet 2

Mathématiques et SVT

L'usage d'une calculatrice est autorisé.

EXERCICE 1 [10 pts]

Le réchauffement climatique

Des refroidissements peuvent être observés ponctuellement et localement, néanmoins la tendance générale est au réchauffement climatique. Selon les prévisions des climatologues, la hausse des températures moyennes globales pourrait se situer entre + 2 °C et + 6 °C d'ici 2100.

PARTIE 1 Des répercussions sur la faune et la flore du globe

Doc. 1 Étude du début de floraison des cerisiers à Liestal (Suisse) pendant la période 1900-2000

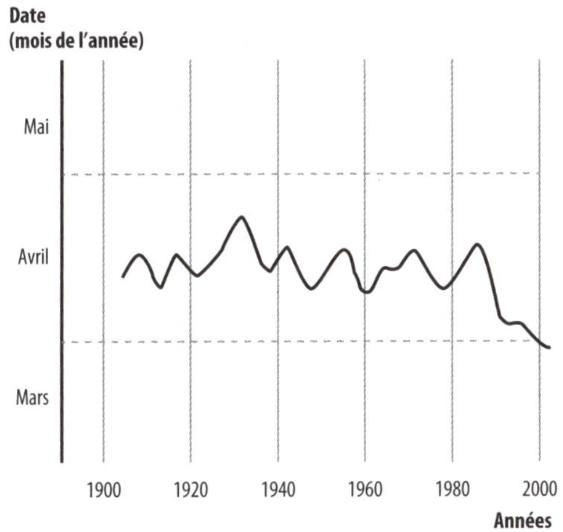

Doc. 2 Résultats d'expériences menées sur la floraison de différentes plantes photosynthétiques

Conditions expérimentales	Nombre de jours, après le début de l'expérience, nécessaire à la floraison
Témoin	210
+ 1,5 °C par rapport au témoin	157
+ 3 °C par rapport au témoin	150

Doc. 3 **Distribution selon les latitudes et les années, de 1960 à 1995, de deux espèces de poissons à affinités tropicales**

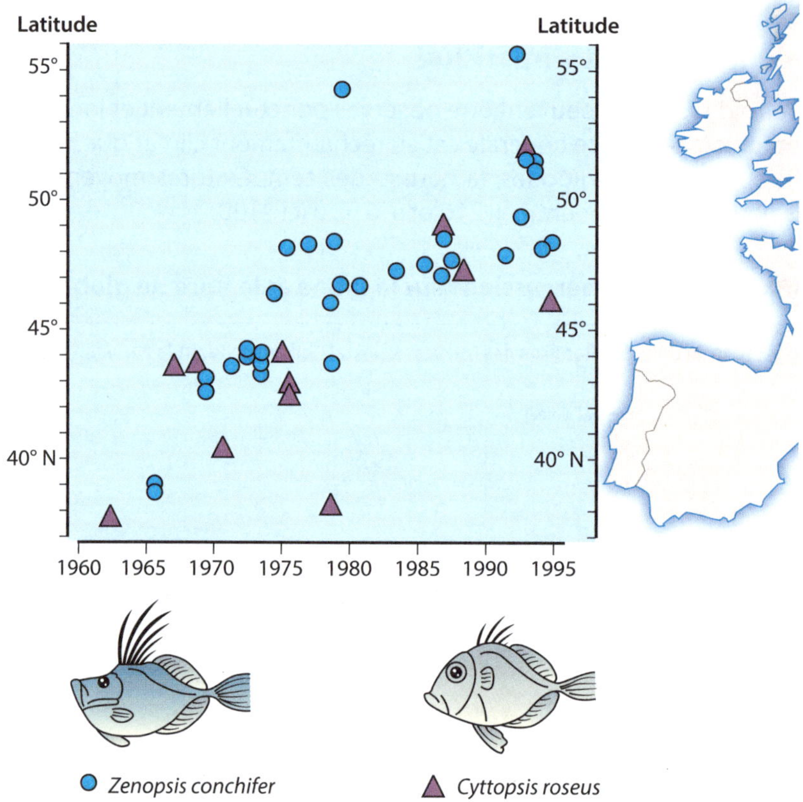

À partir de vos connaissances et des informations apportées par les **documents 1** à **3**, répondre aux questions suivantes :

1. Utiliser les **documents 1** et **2** pour fournir un argument en faveur de la réalité du changement climatique.
2. Décrire et expliquer les variations de distribution des poissons tropicaux observées sur le **document 3**.
3. D'après vos connaissances, indiquer les effets d'une élévation de la température sur les conditions de vie à la surface du globe.

PARTIE 2 Impacts de l'Homme dans le réchauffement actuel

Doc. 4 Température et teneur en CO_2

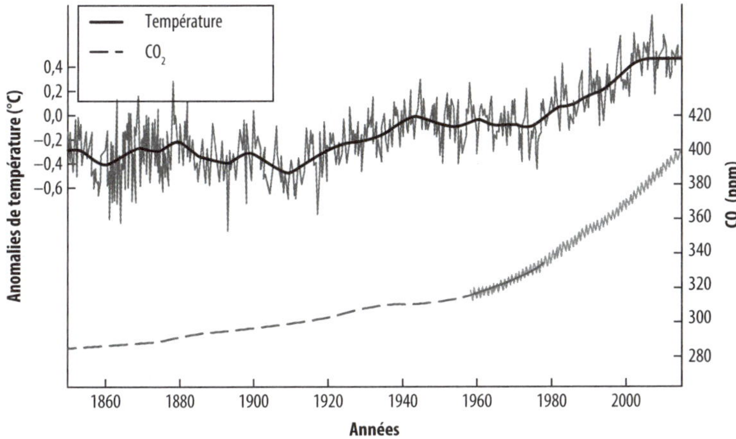

ppm : parties par million

D'après 2017, GIEC.

4. Décrire les variations de température enregistrées sur le **document 4** et les relier aux variations de la teneur en CO_2 atmosphérique.
5. Expliquer comment les variations du taux de CO_2 peuvent être à l'origine de variations de température.
6. Argumenter en faveur d'une origine anthropique de l'élévation du taux de CO_2.
7. L'élévation du taux de CO_2 est à l'origine d'une rétroaction positive sur la température. Expliquer pourquoi.

EXERCICE 2 [10 pts]

Impact écologique du numérique

PARTIE 1 Le courrier électronique

Doc. 1 Analyse des cycles de vie des technologies de l'information et de la communication : le courriel

En moyenne, 247 milliards de courriers électroniques ont été envoyés par jour dans le monde en 2009 en prenant en compte les spams. [...]
Les scénarii ont montré que chaque collaborateur d'une entreprise française de 100 personnes reçoit en moyenne 58 courriels et en envoie en moyenne 33 par jour, dont la taille moyenne est d'environ 1 Mo. Ces envois de courriels entraînent des émissions de gaz à effet de serre. Sur la base de 220 jours ouvrés par an, ces dernières représentent 13,6 tonnes équivalent CO_2. Réduire de 10 % l'envoi de courriels incluant systématiquement son responsable et un de ses collègues au sein d'une entreprise de 100 personnes permet un gain d'environ 1 tonne équivalent CO_2 sur l'année (soit environ 1 aller-retour Paris/New-York).
Le cas spécifique d'une entreprise française dans laquelle un employé envoie un courriel de 1 Mo à plusieurs destinataires (10 personnes puis 100 personnes) a été étudié. Les résultats ont montré que décupler le nombre de destinataires multipliait par 4 l'impact sur le changement climatique. Pour obtenir des données plus précises, les scenarii ont mesuré la différence d'impact de l'envoi d'un courriel de 1 Mo à 1, 2 ou 3 destinataires. Environ 6 g équivalent CO_2 supplémentaires sont émis pour chaque destinataire supplémentaire, ce qui représente environ 44 kg équivalent CO_2 par an et par employé. Diminuer de 10 % le taux d'impression des courriels reçus par les employés d'une entreprise de 100 personnes permet d'économiser 5 tonnes équivalent CO_2 sur un an (soit l'équivalent d'environ 5 allers-retours New-York/Paris). Les scenarii ont comparé l'impact de l'impression d'une pièce jointe de 4 pages sous différents formats et constaté que l'impression a une forte influence sur le potentiel de changement climatique, tout comme le format d'impression sélectionné. Les scenarii ont aussi montré que les impacts de la lecture à l'écran d'un document reçu par courriel sont liés au temps de lecture, qui détermine le temps d'utilisation de l'ordinateur.

Communiqué de presse de l'Ademe, 7 juillet 2011.

1. En s'appuyant sur le texte de l'Ademe, déterminer le nombre de courriels reçus et envoyés par année de travail dans une entreprise comprenant 100 personnes.
2. En déduire la taille des données échangées par les 100 collaborateurs par année travaillée.
3. Retrouver l'ordre de grandeur de 6 g équivalent CO_2 par courriel envoyé par un individu de l'entreprise ou reçu par lui.

4. Plus de 90 % des courriels sont considérés comme des spams et ne sont pas délivrés par les opérateurs. Calculer l'ordre de grandeur de l'impact carbone des spams pour l'entreprise par jour, puis par an.

PARTIE 2 Le spam, courriel indésirable ou pourriel

Doc. 2 Méthode de filtrage des spams

On estime à près de 90 % le taux de spams ou pourriels, lors des échanges électroniques. La quasi-totalité de ces courriels indésirables est filtrée par les opérateurs. On souhaite créer une méthode de filtrage des spams.

Pour cela, on recherche dans le texte d'un courriel l'expression « gagner beaucoup d'argent ». Un test est alors mis en place. Le test est positif si l'expression apparaît dans le courriel.

Sur 100 courriels reçus, 12 % sont des spams non filtrés par la boîte électronique et l'opérateur ; si le courriel est un spam, il contient « gagner beaucoup d'argent » dans 83 % des cas ; si le courriel n'est pas un spam, il ne contient pas « gagner beaucoup d'argent » dans 95 % des cas.

5. Quel est l'événement correspondant à la méthode de filtrage proposée ?
6. Quelle est la probabilité que le courriel soit un spam s'il contient l'expression « gagner beaucoup d'argent » ?

CORRIGÉ

Exercice 1 Le réchauffement climatique

PARTIE 1 : Des répercussions sur la faune et la flore du globe

1. À partir des années 1980, on observe un avancement de la date de floraison des cerisiers en Suisse qui dépasse toutes les variations enregistrées depuis le début du XXe siècle.

Or, d'après le **document 2**, une augmentation de la température accélère la floraison.

On peut donc penser qu'un réchauffement climatique est responsable de la floraison plus précoce des cerisiers.

2. On constate, depuis les années 1960, une remontée régulière des espèces de poissons tropicaux vers le Nord.

Or les espèces sont adaptées à un environnement donné, et en particulier à des conditions de température.

On peut donc supposer qu'un réchauffement climatique global a augmenté la température des eaux, obligeant certaines espèces à remonter vers le nord pour retrouver des conditions correspondant à leur milieu de vie.

3. Le réchauffement des océans est responsable d'une dilatation de l'eau et donc d'une élévation du niveau marin, avec en conséquence une diminution des terres émergées.

Par ailleurs, une élévation de la température entraîne une fonte des glaciers, accentuant ce phénomène.

De nombreuses espèces voient ainsi leur aire de répartition modifiée.

PARTIE 2 : Impacts de l'Homme dans le réchauffement actuel

4. Depuis le début du XXe siècle, on observe de façon continue une élévation de la température (avec un écart de + 0,5 °C en 2017).

Parallèlement, le taux de CO_2 augmente régulièrement depuis la fin du XIXe siècle jusqu'en 1960 (de 280 à 320 ppm), puis de façon plus accrue (de 320 à 400 ppm) entre 1960 et 2017.

5. Le CO_2 est un gaz à effet de serre. Il piège les rayons thermiques réémis par la Terre, ce qui entraîne une élévation de la température de l'atmosphère.

6. L'élévation du taux de CO_2 débute avec l'industrialisation et s'accroît avec l'exploitation toujours plus importante des énergies fossiles. À cela s'ajoutent des activités humaines comme la déforestation ou la production de ciment, qui libèrent du CO_2 dans l'atmosphère.

Gagnez des points !
Penser à développer ses explications dans ses réponses.

7. Lorsque la température augmente, le CO_2 atmosphérique se dissout moins bien dans l'eau des océans. Ces derniers se comportent alors comme des sources de CO_2 et en libèrent. Il en résulte une élévation du taux de CO_2 atmosphérique et par conséquent de la température.

Réflexe à avoir
Penser aux effets de la température sur les échanges entre l'atmosphère et l'océan.

Exercice 2 Impact écologique du numérique

PARTIE 1 : Le courriel électronique

1. Chaque employé reçoit ou envoie : $58 + 33 = 91$ courriels par jour.

Si une année travaillée correspond à 220 jours ouvrés, cela correspond à un nombre de courriels annuels envoyés ou reçus pour chaque personne de l'entreprise de :
$91 \times 220 = 20\,020$ courriels/personne/an.

Rappel
Ne pas oublier que le courriel est envoyé ou reçu par les 100 personnes de l'entreprise.

Or le nombre d'employés est de 100 personnes : le nombre de courriels total est alors multiplié par 100, soit :

$20\,020 \times 100 = 2\,002\,000$ courriels/an ou $2{,}002 \times 10^6$ courriels/an.

2. Chaque courriel envoyé ou reçu a un poids numérique de 1 Mo. On en déduit une taille totale des données échangées de $2{,}002 \times 10^6$ Mo/an.

3. Le document de l'Ademe précise que l'ensemble des données annuelles échangées correspond à 13,6 tonnes équivalent CO_2, soit $13{,}6 \times 10^6$ g équivalent CO_2. Chaque courriel représente alors un équivalent de :

$$\frac{13{,}6 \times 10^6}{2{,}002 \times 10^6} = \frac{13{,}6}{2{,}002} = 6{,}8 \text{ g par courriel.}$$

On retrouve l'ordre de grandeur du chiffre donné dans le texte : « Environ 6 g équivalent CO_2 supplémentaires sont émis pour chaque destinataire supplémentaire ».

4. Si 90 % des échanges sont des spams, alors les courriels échangés dans l'entreprise correspondent à 10 % des échanges totaux (distribués et non distribués). Le nombre de courriels est donc 10 fois plus important que celui calculé ci-avant. On en déduit que l'impact carbone de l'entreprise concernant les échanges de communication électronique est de $13{,}6 \times 10 = 136$ tonnes équivalent CO_2 par an et $\frac{136}{220} = 0{,}62$ tonne par jour travaillé.

PARTIE 2 Le spam, courriel indésirable ou pourriel

5. L'événement correspondant à la méthode de filtrage proposée est E : « être un spam ». Soit l'événement est réalisé, soit il ne l'est pas.

Gagnez des points !

Le test T est : contenir les mots « gagner beaucoup d'argent » dans le corps du texte d'un courriel.
Le test est positif si les mots sont écrits tous dans cet ordre et à la suite. Le test est négatif sinon.

6. Établissons un tableau des contingences.

Sur 100 courriels, 12 % sont des spams non filtrés, soit un total de 12 spams.

Le nombre de courriels n'étant pas un spam est de $100 - 12 = 88$ courriels.

Si le courriel est un spam, le test est positif dans 83 % des cas : soit pour $12 \times 0{,}83 = 10$ spams. Cela signifie que $12 - 10 = 2$ spams ne contiennent pas les mots « gagner beaucoup d'argent ».

Si le courriel n'est pas un spam, le test est négatif dans 95 % des cas. Cela correspond alors à $88 \times 0{,}95 = 84$ courriels et $88 - 84 = 4$ courriels ne sont pas des spams, mais contiennent les mots « gagner beaucoup d'argent ».

Le tableau des contingences récapitule les résultats obtenus :

	Test positif	Test négatif	Total
Spams	10	2	12
Non spams	4	84	88
Total	14	82	100

La lecture du tableau permet de répondre à la question posée.

Le nombre total de tests positifs, soit de corps de texte contenant les mots « gagner beaucoup d'argent », est égal à 14.

Le nombre de spams à test positif, appelés aussi de vrais positifs, est de 10.

La probabilité qu'un courriel reçu soit un spam s'il contient l'expression « gagner beaucoup d'argent » est de $\frac{10}{14} = 71\ \%$.

Dans 71 % des cas, lorsqu'un corps de texte de courriel électronique contient les mots « gagner beaucoup d'argent », il s'agit d'un spam.

On peut toutefois nuancer le résultat, car l'échantillon de 100 courriels est peu important. Les conditions de l'hypothèse faite – la probabilité est égale à la fréquence – ne sont pas réunies pour valider le résultat obtenu avec autant de précision (2 chiffres significatifs).

Gagnez des points !

La probabilité d'un événement est égale à sa fréquence si la taille de l'échantillon est suffisamment importante.

Annexes

Classification périodique des éléments

colonnes → / périodes ↓	1	2	3	4	5	6	7	8	9	10	11	12	13	14	15	16	17	18
1	H 1 hydrogène 1,0																	He 2 hélium 4,0
2	Li 3 lithium 6,9	Be 4 béryllium 9,0											B 5 bore 10,8	C 6 carbone 12,0	N 7 azote 14,0	O 8 oxygène 16,0	F 9 fluor 19,0	Ne 10 néon 20,2
3	Na 11 sodium 23,0	Mg 12 magnésium 24,3											Al 13 aluminium 27,0	Si 14 silicium 28,1	P 15 phosphore 31,0	S 16 soufre 32,1	Cl 17 chlore 35,5	Ar 18 argon 39,9
4	K 19 potassium 39,1	Ca 20 calcium 40,1	Sc 21 scandium 45,0	Ti 22 titane 47,9	V 23 vanadium 50,9	Cr 24 chrome 52,0	Mn 25 manganèse 54,9	Fe 26 fer 55,8	Co 27 cobalt 58,9	Ni 28 nickel 58,7	Cu 29 cuivre 63,5	Zn 30 zinc 65,4	Ga 31 gallium 69,7	Ge 32 germanium 72,6	As 33 arsenic 74,9	Se 34 sélénium 79,0	Br 35 brome 79,9	Kr 36 krypton 83,8
5	Rb 37 rubidium 85,5	Sr 38 strontium 87,6	Y 39 yttrium 88,9	Zr 40 zirconium 91,2	Nb 41 niobium 92,9	Mo 42 molybdène 95,9	Tc 43 technétium (98)	Ru 44 ruthénium 101,1	Rh 45 rhodium 102,9	Pd 46 palladium 106,4	Ag 47 argent 107,9	Cd 48 cadmium 112,4	In 49 indium 114,8	Sn 50 étain 118,7	Sb 51 antimoine 121,7	Te 52 tellure 127,6	I 53 iode 126,9	Xe 54 xénon 131,3
6	Cs 55 césium 132,9	Ba 56 baryum 137,3	La	Hf 72 hafnium 178,5	Ta 73 tantale 180,9	W 74 tungstène 183,9	Re 75 rhénium 186,2	Os 76 osmium 190,2	Ir 77 iridium 192,2	Pt 78 platine 195,1	Au 79 or 197,0	Hg 80 mercure 200,6	Tl 81 thallium 204,4	Pb 82 plomb 207,2	Bi 83 bismuth 209,0	Po 84 polonium ≈209	At 85 astate ≈210	Rn 86 radon ≈222
7	Fr 87 francium ≈223	Ra 88 radium ≈226	Ac	Ku 104 Kurtchatovium ≈261	Ha 105 Hahnium ≈262	Sg 106 seaborgium ≈266	Ns 107 Nielsbohrium ≈264	Hs 108 hassium ≈269	Mt 109 meitnerium ≈268	X 110 – –								

Légende de la case :
- numéro atomique → Z
- symbole de l'élément → X
- nom
- masse molaire « atomique » de l'élément ($g \cdot mol^{-1}$) → M

Couleurs :
- métaux
- non-métaux
- gaz nobles
- Lanthanides et Actinides

La = Lanthanides (57 à 71) ; Ac = Actinides (89 à 103))

Constantes et valeurs numériques utiles

Constante	Valeur précise	Valeur approchée
Vitesse de la lumière dans le vide	$c = 299\,792\,458 \text{ m} \cdot \text{s}^{-1}$	$c = 3{,}00 \times 10^{8} \text{ m} \cdot \text{s}^{-1}$
Constante de gravitation	$G = 6{,}674\,2 \times 10^{-11} \text{ m}^3 \cdot \text{kg}^{-1} \cdot \text{s}^{-2}$	$G = 6{,}67 \times 10^{-11} \text{ m}^3 \cdot \text{kg}^{-1} \cdot \text{s}^{-2}$
Constante de la loi de Coulomb	$k = 8{,}987\,55 \times 10^{9} \text{ N} \cdot \text{m}^2 \cdot \text{C}^{-2}$	$k = 9{,}0 \times 10^{9} \text{ N} \cdot \text{m}^2 \cdot \text{C}^{-2}$
Charge élémentaire	$e = 1{,}602\,176\,53 \times 10^{-19} \text{ C}$	$e = 1{,}60 \times 10^{-19} \text{ C}$
Masse du proton	$m_{\text{p}} = 1{,}672\,621\,71 \times 10^{-27} \text{ kg}$	$m_{\text{p}} = 1{,}673 \times 10^{-27} \text{ kg}$
Masse du neutron	$m_{\text{n}} = 1{,}674\,927\,28 \times 10^{-27} \text{ kg}$	$m_{\text{n}} = 1{,}675 \times 10^{-27} \text{ kg}$
Masse de l'électron	$m_{\text{e}} = 9{,}109\,382\,6 \times 10^{-31} \text{ kg}$	$m_{\text{e}} = 9{,}109 \times 10^{-31} \text{ kg}$
Constante d'Avogadro	$\mathcal{N}_{\text{A}} = 6{,}022\,141\,5 \times 10^{23} \text{ mol}^{-1}$	$\mathcal{N}_{\text{A}} = 6{,}02 \times 10^{23} \text{ mol}^{-1}$
Capacité calorifique de l'eau	$C_{\text{eau}} = 4{,}18 \text{ kJ} \cdot \text{kg}^{-1} \cdot {}^{\circ}\text{C}^{-1}$	
Chaleur latente de vaporisation de l'eau	$L_{\text{v}} = 41 \text{ kJ} \cdot \text{mol}^{-1}$	
Constante de Planck	$h = 6{,}626\,068\,96 \times 10^{-34} \text{ J} \cdot \text{s}$	$h = 6{,}62 \times 10^{-34} \text{ J} \cdot \text{s}$
Unité de masse atomique	$1 \text{ u} = 1{,}660\,537\,78 \times 10^{-27} \text{ kg}$	$1 \text{ u} = 1{,}660\,54 \times 10^{-27} \text{ kg}$

Analyse dimensionnelle

Grandeur	Symbole de la grandeur	Symbole de la dimension
Masse	m	M
Temps	t	T
Longueur	$l, x, r\ldots$	L
Température	T	θ
Intensité électrique	I, i	I
Quantité de matière	n	N
Intensité lumineuse	I_v	J

Grandeurs fondamentales et dérivées

	Nom	Notation littérale usuelle	Symbole de l'unité SI (nom)
Grandeurs fondamentales	Longueur	L	m (mètre)
	Temps	t	s (seconde)
	Masse	m	kg (kilogramme)
	Intensité du courant électrique	I	A (ampère)
	Température absolue	T	K (kelvin)
	Quantité de matière	n	mol (mole)
Grandeurs dérivées	Aire ou superficie	S	m^2
	Volume	V	m^3
	Vitesse	v	$m \cdot s^{-1}$
	Force	F	N (newton)
	Intensité de la pesanteur	g	$N \cdot kg^{-1}$ ou $m \cdot s^{-2}$
	Énergie	W ou Q	J (joule)
	Puissance	P	W (watt)
	Champ magnétique	B	T (tesla)
	Champ électrique	E	$C \cdot m^{-1}$
	Charge électrique	q	C (coulomb)
	Tension électrique	U	V (volt)
	Résistance	R	Ω (ohm)
	Masse volumique	ρ ou μ	$kg \cdot m^{-3}$ ou $g \cdot L^{-1}$
	Densité	d	Sans unité
	Masse molaire	M	$g \cdot mol^{-1}$
	Volume molaire	V_m	$L \cdot mol^{-1}$
	Concentration	[...] ou C	$mol \cdot L^{-1}$ ou $mol \cdot m^{-3}$
	Activité	A	Bq (becquerel)
	Demi-vie	$t_{1/2}$	s (seconde)
	Constante radioactive	λ	s^{-1} (par seconde)
	Absorbance	A	Sans unité
	Fréquence	f ou ν	Hz (hertz)
	Électronégativité	χ	Sans unité
	Champ électrostatique	E	$V \cdot m^{-1}$
	Champ de gravitation	$\mathcal{G}$	$N \cdot kg^{-1}$
	Capacité électrique	C	C (coulomb) ou A·h (ampère heure)

Principaux représentants de la lignée humaine

	Australopithecus (– 4,5 à –1 Ma)	*Homo erectus* (–1,6 Ma à – 300 000 ans)	*Homo neanderthalensis* (– 250 000 ans à – 25 000 ans)	*Homo sapiens* (– 200 000 ans…)
Volume et forme du crâne	450 à 530 cm^3 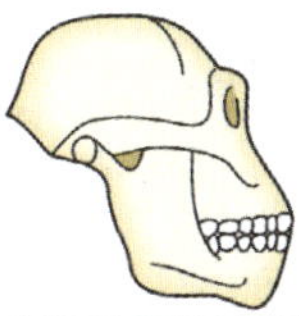	800 à 1 200 cm^3 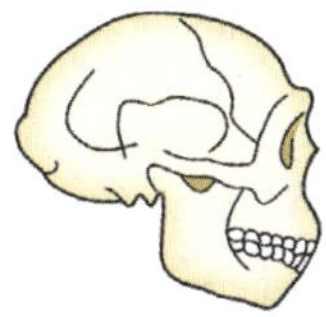	1 600 cm^3 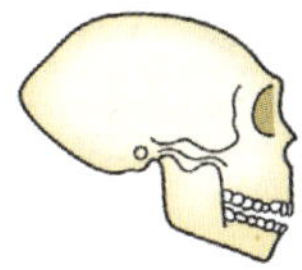	1 300 à 1 500 cm^3 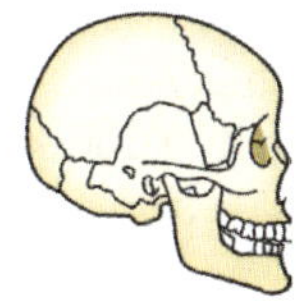
Structure et taille	Bipédie imparfaite 1,05 à 1,30 m	Bipédie permanente 1,55 à 1,65 m	Bipédie permanente 1,55 à 1,65 m	Bipédie permanente 1,60 à 1,80 m
Outils produits	Inconnus	Biface 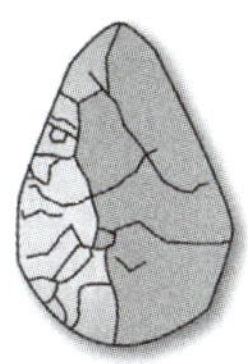	Biface, racloir 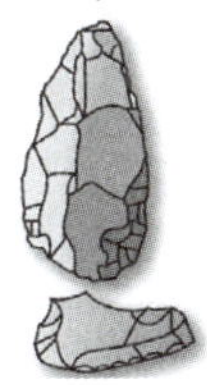	Pointes, aiguilles 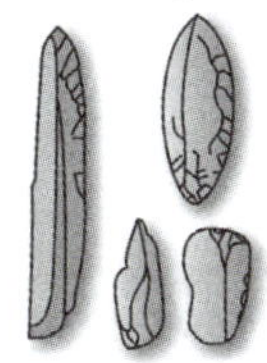
Extension	Afrique	Afrique, Eurasie	Europe, Asie	Planète entière
Culture	Inconnue	Maîtrise du feu	Rites funéraires, langage	Rites funéraires, langage, art

Effet de serre

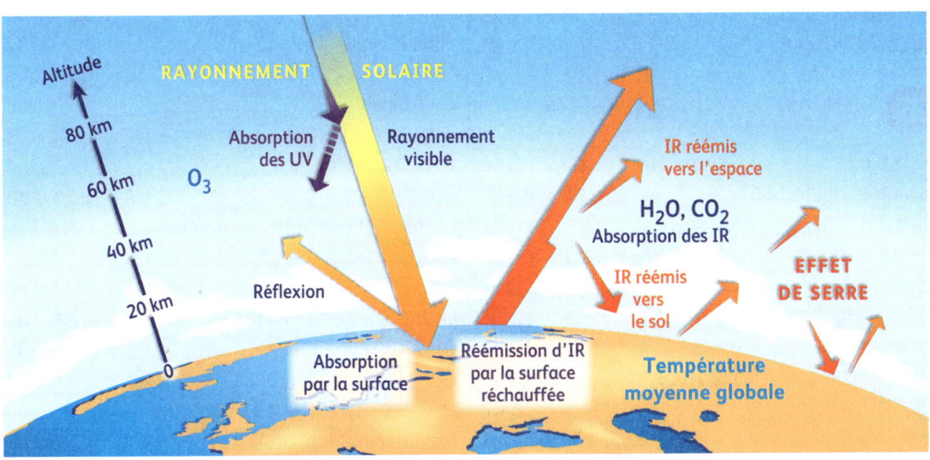

Index

A

Abondance ... 140-141
Accrétion ... 12-13
Acidification des océans ... 54-55
ADN ... 174
Adventice ... 162
Agnathe ... 158-159
Aimant ... 84
Aire cérébrale ... 180-181
Albédo ... 38-39
Algorithme ... 210
Allèle ... 142-144
Allergène ... 68
Alternateur ... 84-85, 90
Analyse multi-modèles ... 52-53
Anthropique ... 21
Antibiotique ... 160-161
Anticorps ... 161
Apprentissage automatique ... 210-211
Apprentissage machine ... 210-211
Arbre de parenté ... 183
Arbre phylogénétique ... 174, 184
Arc ... 114
Atmosphère ... 12-13, 23
Australopithèque ... 180

B

Bactérie ... 160
Bande de conduction ... 86-87
Bande de valence ... 86-87
Biface ... 176-177
Big data ... 211
Bilan énergétique ... 52-53
Bilan radiatif ... 36-37
Biodiversité ... 100-101, 140-141, 146, 149
Biomasse ... 66-67
Biosphère ... 18
Biotype ... 163
Bipédie ... 174-175-176-177
Bit ... 208
Bourrelet sus-orbitaire ... 178-179
BT (basse tension) ... 112
Bug ... 208
Bus informatique ... 207

C

Caractère anatomique ... 158
Carbonate de calcium ... 12-13
Carbone ... 18, 20
Carotte glaciaire ... 34
Carte perforée ... 206-207
Caryotype ... 174
Cellule photoréceptrice ... 158-159
Cellule photovoltaïque ... 86
Centrale hydraulique ... 128
Centrale thermique ... 128-129
Chaîne énergétique ... 98-99, 103
Charbon ... 20
Chimpanzé ... 180
Chromosome ... 175
Climat ... 32, 34, 40
Climatologie ... 32
Codage ... 208
Code binaire ... 208
Coefficient directeur ... 192-193
Combustible fossile ... 20, 66
Combustion ... 16-17, 20, 68-70
Conducteur ohmique ... 114-115
Consommation énergétique ... 66-67
Contraintes de réseau ... 114, 118
Conversion d'énergie ... 98, 103
Convertisseur d'énergie ... 98-99
COP 21 ... 73
Couche d'ozone ... 68
Courant alternatif ... 84-85

Crâne 177
Cristallin 158-159
Cryosphère 32
Cyanobactérie 14-15
Cycle du carbone 18, 24

D

Dégazage 12-13
Démographie 192
Dérive génétique 144-145
Diagramme d'énergie 87
Dilatation 40-41
Dioxyde de carbone 40
Dioxygène 14, 16-17
Diploïde 142-143
Dipôle 114-115
Distribution électrique 112-113
Distribution spatiale 140-141
Diversité spécifique 140-141
Données 211

E

Échantillon 140-141
Effet de serre 36
Effet Joule 113
Électricité 98-99
Élévation du niveau marin 54
Empirique 52-53
Empreinte carbone 70-72
Énergie 98, 101
Énergie électrique 84, 89
Énergie fossile 66-67, 126
Énergie mécanique 84, 89
Énergie non renouvelable 20-21
Énergie nucléaire 128
Énergie primaire 66
Énergie renouvelable 66, 126, 128
Énergie utile 99
Éolien 66-67
Éolienne 128-129
Équilibre radiatif 36
ERC (éviter réduire compenser) 100-101
Eucaryote 16-17
Eutrophisation 100-101
Événement 212-213
Événement météorologique 54-55
Évolution 158, 165
Évolution buissonnante 176-177-178
Évolution des espèces 144
Évolution humaine 183
Excentricité 41

F

Facteur du climat 32
Faux positif 212-213, 216-217
Fer rubané 14-15
Fermentation 18
Fichier exécutable 208
Fission 128-129
Forçage radiatif 36
Forces évolutives 144
Forme ancestrale 158
Fragmentation des habitats 146-147
Fréquence allélique 144-145

G

Galet aménagé 176-177
Gaz 20
Gaz à effet de serre 36, 52, 66-67, 70
Gaz volcanique 12
Génotype 142-143, 174
Géothermique 66-67
GIEC 58
Glacier 38
Grand Singe 174-175
Grandeur discrète 192-193
Graphe orienté 115

H

Hétérozygote 142-143
Homme de Néandertal 178
Homo erectus 180
Homo sapiens 178, 180
Homozygote 142-143

HT (haute tension) ... 112
Hydrocarbure ... 20, 66-68
Hydrosphère ... 12

I - J

IA (intelligence artificielle) ... 210, 215
Indicateur du climat ... 34
Induction ... 84-85
Inférence bayésienne ... 212
Infrarouge ... 36
Innovation évolutive ... 174-175
Intelligence artificielle ... 210, 215
Iris ... 158-159
Isotope ... 34

Jonction PN ... 87

L

Langage ... 180
Langage de programmation ... 207
Larynx ... 180-181
Lignée humaine ... 176-177, 179
Lithosphère ... 18-19
Loi de probabilité ... 213
Loi des nœuds ... 114-115

M

Machine de Turing ... 206-207
Marquage-recapture ... 140-141
Matière organique ... 16, 18-20
Mémoire vive ... 206-207
Météorite ... 12-13
Météorologie ... 32
Migration ... 54
Minéralisation ... 20-21
Mix énergétique ... 126-127
Modèle climatique ... 52
Modèle de Hardy-Weinberg ... 142-143
Modèle de Malthus ... 194
Modèle démographique ... 193
Modèle exponentiel ... 194-195
Modèle linéaire ... 192, 198
Modèle prédictif ... 32, 58
Mot binaire ... 208
Mutation ... 161-162

N - O

Neutralité carbone ... 73
Niveau de confiance ... 140-141
Niveau marin ... 41
Nuage ... 38

Océan ... 18, 40
Œil ... 158-159
Ordinateur ... 206-207
Ordonnée à l'origine ... 192-193
Ozone ... 16-17, 68

P

Paléoclimat ... 52-53
Paramètre astronomique ... 40-41
Particule fine ... 68-69
Période glaciaire ... 35
Permafrost ... 38-39
Pertes par effet Joule ... 114-115
Pétrole ... 20
Photosynthèse ... 14, 16, 40
PIB ... 73
Pixel ... 208
Plasmide ... 160-161
Pollen ... 34
Pollution ... 68-69
Population ... 140-141, 144
Population mondiale ... 197
Pouce opposable ... 174-175
Pouvoir calorifique ... 68
Pression atmosphérique ... 33
Primate ... 174-75
Probabilité ... 212-213
Probabilité d'occurrence ... 54-55
Processeur ... 206-207
Production électrique ... 99, 112-113, 127
Produit phytosanitaire ... 162
Prognathe ... 178-179
Programme ... 207

Prophylactique 160-161
Protection des espèces 146
Puissance 98
Puissance Joule 113
Puits d'O_2 16-17
Puits de CO_2 40

Q - R

Quanta 86-87

Raison 192-193
RAM (*random access memory*) 206
Rayonnement incident 36
Réchauffement climatique 36, 57, 73, 75
Régime de pluie 54-55
Rendement 85
Rendement global 98, 105
Réseau électrique 112, 114, 117
Réservoir 18-19
Réservoir d'énergie 98-99
Résistance 160, 163, 166
Respiration 16, 18
Rétine 158-159
Rétroaction 38-39
Richesse spécifique 140-141
Risque d'extinction 150
Roche carbonée 18-19
Rotation des cultures 162
Rotor 84-85

S

Scénario 72
Sélection naturelle 144-145, 160-161
Semi-conducteur 86-87
Sol oxydé 14-15
Source d'O_2 16-17
Spam 212-213
Spectre d'absorption 86-87
Spectre d'émission 86-87
Spectre solaire 86
Stabilité génétique 143
Stator 84-85
Stockage énergétique 101
Stratosphère 16-17
Stromatolithe 14-15
Subduction 19
Subsidente 21
Suite arithmétique 192-193
Suite géométrique 194-195
Suite numérique 192-193
Super-capacité 101
Surexploitation 146-147

T

Température 34, 54-55
Température moyenne 37-38
Test de Turing 211
Théorème de Bayes 213
Théorème de la probabilité totale 213
THT (très haute tension) 112-113
Transition écologique 72
Transition énergétique 126-127
Transport électrique 114
Trou occipital 176-177
Turbine 84-85

U - V

Uraninite 14

Vaccin 160
Variation absolue 192-193
Variation climatique 44
Variation relative 194-195
Vertébré 158
Virus 161
Volant d'inertie 101
Volcan 19
Volume céphalique 176-177
Vrai négatif 212-213

Crédit photographique couverture : Shutterstock

MIXTE
Papier issu de sources responsables
FSC® C022030

Nathan est un éditeur qui s'engage pour la préservation de son environnement et qui utilise du papier fabriqué à partir de bois provenant de forêts gérées de manière responsable et contrôlée.

N° de projet : 10278750 - Dépôt légal : juin 2022
Achevé d'imprimer en mai 2022 par Estimprim 25110 Autechaux